Katharina Pauter
Mein Herz in Havanna

Das Werk, einschließlich aller seiner Teile, ist urheberrechtlich geschützt. Jede Verwertung ist ohne Zustimmung des Verlages und der Autorin unzulässig. Dies gilt insbesondere für Vervielfältigungen, Übersetzungen, Mikroverfilmungen und die Einspeicherung und Verarbeitung in elektronischen Systemen. Sollte diese Publikation Links auf Webseiten Dritter enthalten, so übernehmen wir für deren Inhalte keine Haftung, da wir uns diese nicht zu eigen machen, sondern lediglich auf deren Stand zum Zeitpunkt der Erstveröffentlichung verweisen.

Dieses Buch ist auch als E-Book erhältlich.

© 2023, Katharina Pauter
Verlag: Flamingo Tales, Am Rodenbach 49, 51469 Bergisch Gladbach
flamingo-tales.de
Korrektorat: Sara Münster | pergamentundfederkiel.de
Cover-/Umschlaggestaltung: Buchgewand Coverdesign | buch-gewand.de
unter Verwendung von Moriven von:
stock.adobe.com: Loveleen, NATASHA-CHU, Franzi draws;
depositphotos.com: benjaminlion, Olga_C;
Unsplash: Spencer Everett, Jcob Nasyr, Daniel Seßler, Hannah Cauhepe, Falco Negenman, Jake Nackos, Ishan @seefromthesky
Innenteil: stock.adobe.com: NATASHA-CHU
ISBN: 978-3-75-792694-6

Herstellung und Druck über tolino media GmbH & Co. KG, Albrechtstr. 14, 80636 München. Printed in Germany.
Fragen zu Produktsicherheit an: gpsr@tolino.media.

MEIN Herz IN Havanna

TRAVEL. LOVE. CUBA.

KATHARINA PAUTER

Der Verlag:

Zigarren, Rum und Oldtimer. Reisen ist für uns mehr als Tourismus. Es sind die Menschen und einzigartigen Begegnungen, die uns faszinieren. Deshalb weben wir in unsere Romane authentische kulturelle Aspekte ein: regionale Feste, traditionelle Rezepte, lokale Redewendungen.

Unsere Autor:innen sind Weltenbummler:innen, Abenteurer:innen und leidenschaftliche Fans der Region, über die sie schreiben.

Begleitet uns ein Stück in unseren Geschichten und zieht dann selbst los.
„Ein Lächeln ist der kürzeste Weg zwischen zwei Menschen", besagt ein chinesisches Sprichwort.
Also seid mutig und offen, denn die Welt ist bunt und voller Wunder.

Kuba:

Auf der größten Insel der Karibik, die knapp dreimal so groß ist wie die Schweiz, scheint an 330 Tagen die Sonne. In der Regenzeit im Sommer herrscht manchmal eine Luftfeuchtigkeit von 95 % und es muss mit Hurrikans gerechnet werden. Hier wird der beste Tabak der Welt angebaut. Seit 1959 ist das Land sozialistisch regiert, weshalb durch die USA ein Embargo besteht. Die Zeit scheint stehen geblieben zu sein, so wird Kuba als ein großes Open-Air-Museum bezeichnet. In Kuba sind unter anderem folgende Dinge verboten: Surfen, Monopoly, Coca-Cola. Inzwischen erlaubt: private Mobiltelefone und Weihnachten, das dreißig Jahre lang nicht gefeiert werden durfte, bis der Papst höchstpersönlich vorbeikam, und es wieder erlaubt wurde.

La vida es corta pero una sonrisa sólo precisa un segundo.

Das Leben ist kurz, aber ein **Lächeln** ist nur die Mühe einer Sekunde.

Kubanisches Sprichwort

Kapitel 1

Maike

Die Hunderten schwarzen Plättchen der monströsen Anzeigetafel am Frankfurter Flughafen schlugen sekundenlang klackernd um, bis sie mir den aktuellen Stand der Abflüge präsentierten. Und tatsächlich, zwischen allen möglichen Städten in nah und fern stand da auch mein Flug: »Havanna – elf Uhr fünfzehn von Terminal eins«. Ein Flattern machte sich in meiner Magengegend breit. O Gott. Zog ich das wirklich durch? Würde aus der spontanen Entscheidung in einer feuchtfröhlichen Nacht mit Svenja vor ein paar Wochen wirklich ein Sabbatical werden?

Menschenmassen mit nassen Schirmen, Trekkingsandalen und überladenen Gepäckwagen strömten an mir vorbei. Durchsagen in verschiedenen Sprachen klingelten mir in den Ohren. Ich atmete tief durch. In weniger als zwei Stunden würde ich den feuchten, aber nach Erdbeeren duftenden deutschen Frühsommer hinter mir lassen und in den kochenden Karibiksommer eintauchen.

Sonnencreme hatte ich Gott sei Dank genug eingepackt. Außerdem hatte Oma Marianne mir ihren Lieblingsstrohhut mitgegeben, zur Sicherheit. »Dort kann man ja nicht alles nachkaufen«, hatte sie gesagt und gelächelt. Das hatte der

Reiseführer bestätigt, den ich noch fix gelesen hatte, um nicht völlig unvorbereitet an meiner Arbeitsstelle für die nächsten Monate einzutrudeln: der Hilfsorganisation *STE – Strong Together Everywhere.*

Neben mir tauchte Oma Marianne auf, die mich hierhergefahren hatte. Die zierliche Nase und die kölsche Frohnatur hatten meine Schwester Sarah und ich von ihr geerbt.

Im Gegensatz zu den beiden hatte es mich jedoch nie in die Ferne gezogen. Einzig die Enttäuschung darüber, dass Sarah kurz zuvor verkündet hatte, zunächst nicht aus Australien wiederzukommen, hatte mich dazu verleitet, ebenfalls in die Welt hinauszuziehen. Das und das Kränzchen Kölsch bei Sion.

Das erneute Rattern der Anzeigetafel zeigte mir, dass ich nicht träumte. Es war real. Nicht mehr lange und ich würde Deutschland verlassen. Meine Familie verlassen. Fahrig fuhr ich mir durch meine hellbraunen, schulterlangen Haare und stöhnte leise.

»Ach, Maike.« Oma legte den Arm um mich. »Ich weiß, et fällt dir schwer. Dat is ein großer Schritt, aber auch ene Chance.«

Bevor mir die Tränen kommen konnten, schmiegte ich mich in ihre Umarmung, und der Duft von gebackenen Äpfeln mit einer Prise Zimt stieg mir in die Nase, die es jeden Sonntag mit cremigem Milchreis gab. Ich schluckte. Nicht nur ihre hausgemachten Reibekuchen würde ich vermissen. Auch die Kaffeepläuschchen mit ihr würden mir fehlen, die wir öfter spontan einlegten, wenn ich nach dem Büro einfach eine Station früher aus der U1 stieg und bei ihr vorbeischaute. Was war, wenn sich alles änderte, während ich weg war? Wenn es Omi plötzlich schlecht ging? Sie wurde zwar immer auf maximal sechzig geschätzt, war aber in echt schon zehn Jahre älter.

Warum zum Teufel hatte ich Svenja nur zugesagt, als sie mir vorgeschlagen hatte, die Freiwilligenstelle einer anderen Freundin zu übernehmen, die gerade aus Kuba wiedergekommen war?

»Ich will dich nicht zurücklassen, Omi! Das alles war eine schlechte Idee. Eine saumiese. Die schlechteste, die ich je hatte.« Nun entwischte mir doch ein gequetschter Schluchzer, den ich schnell unterdrückte. Kurzerhand wand ich mich aus ihren Armen. »Komm, wir gehen einfach. Egal, ob der Flug teuer war.« Ich schnappte mir meinen Koffer und schritt zielstrebig in Richtung Parkdeck, auf dem Oma vorhin ihren klapprigen silbernen Polo mit den Marienkäferaufklebern abgestellt hatte. »Mit Glück sind wir in zwei Stunden wieder am Dom!« Nach der Drehtür schlug mir eine Böe mit lauwarmem Nieselregen entgegen, und ich nahm einen Atemzug der würzigen Luft. Hauptsache, wir nahmen den kürzesten Weg nach Hause.

»Kindchen, dat sind jetzt nur die kalten Füße.« Marianne stellte sich mir in den Weg und ihre grauen Dauerwellenlocken wippten, als sie nachsichtig nickte. »Et is ene wahnsinnig mutige Entscheidung. Und die richtige.«

»Wenn ich Udo jetzt sofort anrufe, dann schmeißt er meinen Antrag auf unbezahlten Urlaub vielleicht einfach in den Papierkorb. Das war immerhin mein Traumjob.«

»Hast du nicht erzählt, dat die Sabrina aus der Elternzeit zurück ist und der Knapp sich fast schon gefreut hat über deinen Entschluss?«

Ja gut, das stimmte. Indirekt hatte ich für ihn ein Problem gelöst, weil ich für Sabrina eingesprungen war, die jetzt ihren Arbeitsplatz in der Logistik bei dem Automobilhersteller wieder beanspruchte. Nur deshalb hatte er so kurzfristig zugestimmt.

Oma Marianne fixierte mich mit ihrem liebevollen Blick, den sie schon damals aufgesetzt hatte, wenn ich mit einem Bilderbuch bei ihr in der Küche geblieben war, während Sarah draußen im Hinterhof Schmetterlingen und ihren Träumen hinterhergejagt war. »*Ming Leevje*, meine Liebchen. Sarah is fott und kommt auch erst mal net wieder. Vielleicht war et kein Zufall, dass sie ihre wahre Liebe so weit weg gefunden hat.«

Mit einem Schnauben manövrierte ich meinen Koffer an ihr vorbei und nahm wieder Kurs aufs Parkhaus. »Als ob das wahre Liebe ist ... Jake wird es sich bestimmt schnell anders überlegen. Hast du dir den mal angeschaut?« Gut, ich kannte ihn nur von ihren Instagram-Bildern, die genauso gut aus einer Surfzeitschrift stammen konnten, aber mit seinen goldblonden Wuschellocken, dem gebräunten Waschbrettbauch und den dichten Wimpern schien er mir ein echter Weiberheld zu sein. Wie hatte Sarah nur auf ihn hereinfallen können?

»Ja klar, den seh ich immer sonntags, wenn wir facetimen.«

Als Sarah ihre Rückkehr ans Rheinufer auf unbestimmte Zeit verschoben hatte, war Oma kurzerhand in einen Laden marschiert, wo sie sich das neueste Smartphone gekauft hatte. Seit sie den Technikkurs für Senioren besucht hatte, wusste sie mehr über die aktuellen Trends im Internet als ich.

»Schön, dann sieht wenigstens einer von uns sie.« Das klang jetzt schnippischer als beabsichtigt.

»Schätzelein, du hast den Kontakt abgebrochen.«

Ich bremste so plötzlich ab, dass Oma in mich hineinlief, die mir auf einem verengten Streifen des Gehwegs gefolgt war.

»Ja. Und du kennst die Gründe. Ich war ihre beste Freundin seit fast dreißig Jahren.«

»Genau. Euch gab et nur im Doppelpack.«

»Bis sie einfach gegangen ist.«

»Eure enge Verbindung war schön. Aber …« Sie ließ ihren Blick über die Straße mit den Kurzhalteparkplätzen wandern, die heiß begehrt waren. Unmengen von Autos schoben sich durch die dunklen Pfützen, in der Hoffnung, Angehörige zügig ein- oder ausladen zu können. »Aber vielleicht hat Sarah ja Zeit für sich gebraucht? Um ihren Platz in der Welt zu finden? Sich selbst? Das wünsche ich dir jedenfalls auch in der Ferne. Dass du dich findest.«

Betreten sah ich auf meine Chucks und tapste mit der Sohle in eine Pfütze, sodass ich mein Spiegelbild nicht mehr sehen musste. Das stimmte. Hierzubleiben war keine Option. Zu Hause in Köln holten mich an jeder Ecke gute Erinnerungen ein. Sarahs türkise Lieblingstasse mit der abgeplatzten Stelle am Rand fing Staub auf dem Küchenregal in unserer Schwestern-WG, ihre rote Geranie ließ den Kopf hängen, weil ich im Gegensatz zu ihr keinen grünen Daumen hatte, und in *Fritz' Büdchen*, unserer Lieblingskneipe, fragte ständig jemand, wann sie endlich zurückkam. Wie es mir ging, fragte niemand. Oma hatte recht, ich musste gehen. Ich war nur die zweite Seite einer Medaille.

»Außerdem brauchen die dich da, *ming Leevje*. Du wirst dir doch nicht die Gelegenheit entgehen lassen, den Kindern zu helfen?«

Mist, damit hatte sie mich. Das hatte mich auch letztens in der Brauerei überzeugt. Mein weiches Herz hatte entschieden, bevor mein Kopf Einwände hatte hervorbringen können. Svenjas

Freundin Sandra hatte erzählt, dass verzweifelt eine Nachfolgerin für sie gesucht wurde, und mir auf ihrem Handy Bilder von Kindern mit Kulleraugen und nackten Füßen gezeigt.

Oma grinste mich an. Sie wusste, dass sie mich geknackt hatte. »Du kennst doch den Spruch ...«

Widerwillig musste ich kichern und schniefte sehr unelegant. »Niemals geht man so ganz.« Eines von Oma Mariannes Grundgesetzen, das sie aus dem legendären Song von Trude Herr übernommen hatte. Sie öffnete ihre Arme, ich drückte mich fest an sie und sie rubbelte mir über den Rücken wie damals mit dem Handtuch nach einem heißen Schaumbad in ihrer antiken Wanne mit den Löwenfüßen, die sie inzwischen durch eine Eckbadewanne mit Sprudelfunktion ersetzt hatte.

»So ist's recht, Mädchen. Wir facetimen einfach. Jetzt, wo ich dat kann.«

»Falls das in Kuba so einfach geht. Ich hab im Reiseführer gelesen, dass es nicht flächendeckend Internet gibt.« Ich deutete auf meinen Rucksack, den ich neben dem Koffer abgestellt hatte und aus dessen Seitentasche das bunte Buch ragte.

»Dat kriegen wir schon hin. *Et hätt noch immer jot jejange.*«

»Ich melde mich bei dir so oft ich kann.«

»Leb dein eigenes Leben. Dat is jetzt deine Aufgabe. Sei versichert, ich bin noch da, wenn du zurückkommst und dann erzählst du mir alles ganz genau.« Sie lächelte mich an und die Fältchen um ihre Augen wurden tiefer.

Plötzlich trat ein neckisches Funkeln in ihre Augen. »Falls du überhaupt zurückkommst. Vielleicht findest du ja auch die Liebe.«

Ich lachte herzhaft auf. Liebe war das Letzte, das ich suchte. Mir würde dieser Schnitzer nicht passieren. Ich würde mich bestimmt nie in jemanden verlieben, wegen dem ich auswanderte. Ich würde schön mit dem Verlieben warten, bis ich wieder in Kölle war, und dann würde ich mir ne nette kölsche Jung suchen, mit dem ich auch noch glücklich in Lindenthal wohnte, wenn er einen gezwirbelten Schnauzer trüge wie Horst Lichter. Ich seufzte tief. »Na komm, Omi. Dann lass uns gehen, bevor der Flieger doch noch ohne mich abhebt.« Ich schnappte mir meinen Koffer und den Rucksack und Arm in Arm schlenderten Marianne und ich unter der Abflugtafel hindurch in Richtung Sicherheitscheck.

***

Endlich war ich nach einem langen, aber entspannten Flug in Havanna gelandet. »Willkommen im Land der Oldtimer, der Zigarren und des Cuba Libre. Willkommen in der Karibik.«

Unvermittelt kicherte ich über diese ersten Sätze im Reiseführer, der vom Frühsommerschauer vor dem Frankfurter Flughafen wellige Seiten bekommen hatte. Als sich der Tourist in der Schlange vor mir erstaunt zu mir umdrehte, steckte ich schnell wieder meine Nase zwischen die Seiten.

Es war so skurril, dass ich jetzt hier stand. Wenn mir das vor ein paar Wochen jemand gesagt hätte, hätte ich das niemals geglaubt. Dieser Gedanke wäre einfach völlig absurd gewesen.

Ich war eine 29-Jährige, die mit ihrer Heimat fest verflochten war. Ich liebte rheinischen Sauerbraten, ging sonntags mit Omi Marianne am Rheinufer spazieren und war schon Messdienerin im Dom gewesen. Das alles tauschte ich laut Reiseführer ein gegen blitzweiße Strände, Salsa und Rum. Ich würde das Leben auf der kommunistisch geprägten Insel erkunden und mein Spanisch verbessern können. Mein aktuelles Sprachniveau befand sich nämlich gerade auf Stufe drei, was bedeutete, dass ich genau drei Wörter konnte: *hola*, Mojito und *despacito*. Ja, wegen des Songs. Leider.

Ich schmökerte weiter durch den Reiseführer, den ich schon mehrfach gewälzt hatte: Straßenmusiker mit weißen Hüten vor knallbunten Kolonialhausfassaden, rostige Werbetafeln mit Che Guevara und das Kapitol, das dem in Washington nachempfunden war.

Die Schlange am Immigrationsschalter schob sich schneller voran als gedacht und schon war ich dran. Mit einer Hand fischte ich meinen Pass aus dem Rucksack, während ich versuchte, den Reiseführer so zu halten, dass nicht alle als Lesezeichen missbrauchten Kassenbons durch die Luft wirbelten. Der Blick des Beamten wanderte einige Male zwischen dem Passfoto und mir hin und her, aber sein Gesicht zeigte keine Regung.

Garantiert sah ich jetzt aus wie ein ausgiebig genutzter Besen, weil mir die Strähnen nach dem langen Flug wild vom Kopf abstanden.

Der füllige Beamte stellte mir eine Frage auf Spanisch, registrierte dann meinen entschuldigenden Blick und fragte in gebrochenem Englisch: »Sie unterstützen das kubanische Volk?«

»Ja, die Organisation *Strong Together Everywhere*.« Mit dem Gefühl, einen Zentimeter zu wachsen, nahm ich den Pass zurück, den er mir ohne eine Miene zu verziehen zurückschob. Mit einer trägen Handbewegung winke er mich durch.

Ich folgte den Schildern mit dem Koffersymbol in Richtung der *reclamo de equipaje* und als mir ein gut aussehender junger Flughafenangestellter in Uniform mit unverhohlenem

Interesse einen spanischen Satz zuträllerte, wurde mir klar, dass eine mehrmonatige Abwehr der lokalen Männer eine ordentliche Herausforderung sein würde.

Mein kleiner Hartschalenkoffer flog als einer der Ersten auf das Band, was ich einfach mal als gutes Omen wertete.

Nach der Zollkontrolle gelangte ich in die Ankunftshalle des Aeropuerto Internacional José Martí, wo es von Leuten nur so wimmelte. Hunderte Touristen freuten sich aufgeregt schnatternd auf den Urlaub, holten ihren Mietwagen ab oder hielten nach den richtigen Hotelfahrern Ausschau. Ich konnte allerdings niemanden sehen, der ein Schild mit der Beschriftung »Maike« hochhielt. Laut Svenjas Freundin sollte mich ein gewisser *sehr freundlicher* Mateo abholen, mit dem ich zusammenarbeiten würde.

Er schien noch nicht da zu sein, deshalb beschloss ich, mir ein paar Bonbons zu holen, mein Hals kratzte nämlich ein bisschen von der eiskalten Klimaanlagenluft im Flugzeug.

Im Duty-free-Shop gab es ein breites Spektrum an Rum und Zigarren, das Trinkwassersortiment erwies sich jedoch als ziemlich überschaubar. Ich konnte mich zwischen zwei Sorten entscheiden: mit Sprudel oder still, aber die Limitation kam mir recht. Im Rewe meines Vertrauens war ich oft von der Auswahl regelrecht erschlagen und stand minutenlang wie versteinert vor dem zum Bersten gefüllten Regal, bis ich endlich die Entscheidung für ein simples Getränk treffen konnte. Jetzt war es ganz einfach: Ich nahm mir eine Flasche stilles Wasser, um meinen Hals zu schonen, und eine Packung Pfefferminzdrops. Auch hier gab es lediglich eine Sorte von einer Marke, die ich nicht kannte. Beim Kassieren pfiff der herausgeputzte Kubaner zwischen den Zähnen und sagte »Sehr süß« mit einem Nicken auf die Drops und einem kessen Zwinkern.

Ich seufzte und zahlte, ohne ihm noch einmal in die Augen zu sehen.

Als ich mit meinen ersten kubanischen Produkten in die Ankunftshalle zurückkam, war immer noch niemand da, der mich abholte.

Eine geschlagene Stunde später saß ich auf einer der Sitzbänke und begann langsam in Erwägung zu ziehen, dass dieser *nette* Mateo mich vergessen hatte. Svenjas Freundin hatte zwar angekündigt, dass er ziemlich kubanisch war, aber selbst für Latinos waren doch Verspätungen im Ausmaß von ganzen Stunden unüblich, oder? Im Reiseführer fand ich keine Info dazu.

Schnell schrieb ich eine Nachricht an Marianne, dass ich gut gelandet war, und hoffte, dass sie zugestellt wurde. Anders als Sarah hatte ich keine Freunde, denen ich hätte Bescheid geben können. Unsere Beziehung war immer so eng gewesen, dass es für mich keinen Platz für andere gegeben hatte. Seit sie weg war, hatte ich ab und zu im Büro mit Nick einen Kaffee getrunken, der bei einem Zulieferer arbeitete und manchmal Termine bei uns hatte. Der sah wegen seinen asiatischen Wurzeln interessant aus und auch irgendwie süß. Aber wir waren eher Bekannte. Wir hatten noch nicht einmal Nummern getauscht. Vielleicht könnte ich mich mal mit ihm treffen, wenn ich zurück war. Wie Nick wohl ein Schnauzer stünde?

Die Lautsprecherdurchsage knisterte mysteriös wie ein altes Autoradio und ich bildete mir ein, dass es eine persönliche Begrüßung war, obwohl die Dame vermutlich nur in ihrem rhythmischen Spanisch mitteilte, dass der Flug aus Cancún gerade gelandet war. Die Klimaanlage legte sich mächtig ins Zeug, das karibische Wetter draußen zu halten. Meinen groben Strickpulli enger um mich ziehend, starrte ich durch die Halle, aber mein Blick blieb an einem Typen hängen, der gerade durch die Schiebetür trat und einen Kofferwagen vor sich herschob. Einen Wagen, auf dem sich ein Surfbrett befand. War Surfen hier nicht untersagt? Sicherlich war die Location prädestiniert dafür. Gerade in Florida, das nur einen Katzensprung entfernt lag, war Surfen ja sozusagen Nationalsport. Okay, das mit dem Verbot hatte in Mariannes Reiseführer gestanden, die damals mit Opa Günther hierherreisen wollte, dann aber von den DDR-Behörden doch keine Ausreisegenehmigung erhalten hatte. Das war noch gewesen, bevor sie nach der Wende nach Köln gezogen waren. In meinem aktuellen »Lonely Planet« hatte nichts dergleichen gestanden.

Bevor ich mich in meinen Überlegungen verlor und diesen Mateo verpasste, flitzte ich lieber nur kurz aufs Klo. Falls er überhaupt noch kam. Darüber, was ich tat, falls nicht, würde ich nachdenken, wenn es so weit war.

Vor dem fast blinden Toilettenspiegel versuchte ich mich etwas zu richten, um einen guten ersten Eindruck zu machen. Schnell putzte ich mir die Zähne und brachte mit meinem kleinen Reisekamm Ordnung auf meinen Kopf, steckte mir das Top wieder in die ausgewaschene Jeans und wischte mit einem angefeuchteten Papier Staub von meinen Schuhen. Ein letzter Blick bestätigte mir, dass ich vorzeigbar war. So konnte ich in mein Abenteuer starten. Ich warf mir ein Lächeln zu und ging zu den Wartebänken zurück.

Mit einem lauten Seufzer ließ ich mich nieder, als ich eine junge Latina sah, die so wild mit einem Schild wedelte, dass man nicht lesen konnte, was darauf stand. Um das wieder wettzumachen, rief sie aufgekratzt: »Maike, Maaaaaike!« Ziemlich sicher war das nicht Mateo. Ob sie eine andere Maike suchte? Aber da bremste sie schon vor mir ab, beäugte mich und streckte mir ihre Hand hin, die ich perplex ergriff. »Du musst Maike sein, aus *Alemania*. *Lo siento*, entschuldige! Die Verspätung tut mir echt leid! Mat hatte eine Panne und ich bin dann … Ach, egal, auf jeden Fall war das ein richtig blöder erster Eindruck! Andererseits wohl immer noch besser als der, den Mat hinterlassen hätte.« Sie kicherte. »Sei froh, dass du den erst später zu Gesicht bekommst, wahrscheinlich heute Abend beim *cena de bienvenida,* dem Willkommensdinner. Ich bin jedenfalls Dominga, eine Kollegin von dir, freut mich.«

Während ihr englischer Redeschwall auf mich niederging, hatte sie schon meinen Koffer geschnappt und war so schnell in Richtung Ausgang marschiert, dass ihr dicker, schwarzer, geflochtener Zopf fröhlich hin und her wippte und sie mich an Letty erinnerte, die Freundin von Dominic Toretto im Film »The Fast and the Furious«. Vermutlich war sie genauso schnell durch den Verkehr gedüst wie die Filmfigur, wenn sie nur der Ersatz war. Grinsend folgte ich ihr durch die quietschenden Schiebetüren der Flughafenhalle nach draußen und verließ neutralen Boden.

Da war ich.

Und das war also Kuba.

Tausend Eindrücke prasselten auf mich ein: hupende, röhrende Oldtimer, rhythmische lateinamerikanische Musik, aufgeregte, laute Unterhaltungen. Eine vollkommen neue Welt. Schwüle Hitze umfing mich und nach nur ein paar Schritten kitzelten mich Schweißtropfen zwischen den Brüsten. Ich streifte meine Strickjacke von den Schultern und genoss das Gefühl aufzutauen, reckte mich sogar ein wenig den Sonnenstrahlen entgegen.

Pastellfarbene Straßenkreuzer in verschiedenen Zuständen, manche schienen neuwertig, andere wiesen eindeutig Mängel auf, passierten im Schritttempo die staubige Straße des Terminals und Latinos mit Sonnenbrillen riefen und gestikulierten, ob wir ein Taxi bräuchten. Dominga winkte ab und wir wurden tatsächlich vom Haken gelassen.

»Keine Sorge, du bekommst noch früh genug die Gelegenheit, mit einem Oldtimer zu fahren.« Dominga verdrehte die Augen und grinste mich an. »Hättest du sogar schon gehabt, wenn unser Charmeur Mat es auch dieses Mal geschafft hätte, pünktlich zu kommen. Leider für ihn, aber zum Glück für dich ist die Karre seines Kumpels liegen geblieben und deshalb hab ich nun die Freude, dich hier zu empfangen.«

Mein Trolley holperte über den steinigen, staubigen Boden und Dominga gab sich Mühe, die tiefsten Schlaglöcher zu umfahren. Als wir an einem im Schatten geparkten Chevy mit offenen Fenstern ankamen, der schon recht schwach auf den Reifen zu sein schien, blieb Dominga stehen und kramte in ihren Shorts nach dem Schlüssel. »Ist zwar betagt und weniger beeindruckend als ein Oldtimer, aber zuverlässig.«

Auf der Rückbank zuckte ein Kopf nach oben: karamellfarbenes zotteliges Fell, eine längliche Schnauze und Schlappohren. Zwei Kulleraugen starrten mich an. Dann öffnete das Tier sein Maul und gab einen seltsamen Laut von sich.

»Hey, Lana! Ja, *mi amor*, ich hab dich auch vermisst, obwohl es nur ein paar Minuten waren!« Dominga strahlte über das ganze Gesicht, während ich abwechselnd sie und das Tier fixierte und zu begreifen versuchte, was hier vor sich ging.

Als sie die Tür der Rückbank öffnete, die gerade noch so in den Angeln hing, hopste Lana trotz ihrer kalbähnlichen Größe flink wie eine Ziege zu uns heraus. Lana streifte Dominga um die Beine wie eine Katze und gab das kurioseste Geräusch von sich, das ich je gehört hatte.

»Ich kenne keine andere Hündin, die einen gesünderen Appetit hat als du. Klar habe ich deine Lieblingsleckerlis dabei.« Während sie mein Gepäck in den Kofferraum packte, gab Dominga dem Tier ein paar braune Brocken aus der Hosentasche und plauderte einfach mit ihm weiter, als wäre es das Normalste der Welt. »Das ist übrigens Maike. Ich hab dir von ihr erzählt.«

Mich ignorierend zupfte Lana energisch mit dem Kopf an ihrer Hosentasche, in der sie wohl weiteres Futter vermutete.

Dominga machte einen Pfeiflaut und der Wuschelhund hüpfte wieder grazil wie ein Reh ins Auto und machte es sich bequem.

Als Stadtmensch war das einzige Haustier, mit dem ich je in Kontakt gekommen war, der Goldfisch, den Marianne ein paar Monate lang gehabt hatte. Aber noch nicht einmal sie hatte mit dem Tier gesprochen, zumindest meines Wissens. War mir klar, dass manche Menschen mit ihren Haustieren redeten, aber mir kam es doch seltsam vor, ein richtiges Gespräch mit einem Hund zu führen.

»Na komm, Maike, spring rein, bald gibt es Essen: Reis mit Bohnen und dazu Gurken aus dem eigenen Garten. Heute gibt es extra für dich den kubanischen Klassiker.«

Abgesehen von der Wartezeit war meine Ankunft ja doch noch erstaunlich positiv verlaufen, auch wenn ich dem Riesenhund noch nicht ganz traute. Lächelnd machte ich es mir auf dem durchgesessenen Beifahrersitz bequem und der Chevy rollte vom Flughafengelände. Das würde sicher ein tolles Abenteuer werden, auf das ich mich hier eingelassen hatte.

Kapitel 2

Mat

Auf was hatte ich mich hier nur eingelassen? Inzwischen sah ich in dem ölverschmierten Muskelshirt so aus, als würde ich in der Hinterhofwerkstatt arbeiten, in der ich vor einer Stunde eingetrudelt war. Zum Glück hatte ich in weiser Voraussicht mein gutes Leinenhemd, die weiße *guayabera,* direkt nach dem Eintreffen ausgezogen und so vor Flecken gerettet.

Im Nachhinein betrachtet hätte ich das kubanische Sprichwort »Ich mache langsam, weil ich keine Zeit habe« befolgen sollen, vielleicht wäre mir dann nicht der Keilriemen auf dem Weg zum Flughafen gerissen. Außerdem wäre es besser gewesen, ich hätte den defekten Oldtimer einfach am Straßenrand zurückgelassen. Camilo hätte ihn dann schon abgeholt und ich hätte noch mit einem Taxi zum Flughafen düsen können. So hatte ich aber leider definitiv meine Chance verpasst, Maike abzuholen.

Mit beiden Händen kramte ich in einer Kiste voller Kleinteile. Was davon – *el diablo* – war nur ein Keilriemen?

Ich hätte es besser wissen müssen. Immerhin war ich selbst Kubaner. Camilo hatte am Telefon gesagt, er brauche nur ein paar Minuten vor Ort, um den Wagen wieder flottzubekommen. Das hatte zu schön geklungen, um wahr zu sein. War es auch. Als er nach gemütlichen zwanzig Minuten eingetroffen war, wurde aus ein paar Minuten fast eine Stunde, in der er in der sengenden Nachmittagshitze am Motor herumgebastelt hatte. Dann hatte er festgestellt, dass er das Ersatzteil nicht dabei, sondern in seiner Werkstatt hatte, die glücklicherweise um die Ecke lag. Seit wir also den Wagen im Schweiße unseres Angesichtes hierhergeschoben hatten, suchte er in aller Seelenruhe nach dem Ding, und mich hatte er gleich mit eingebunden.

»Hey, Mat!«, rief er und schlenderte auf mich zu. »Hast du es gefunden?«

Ich schüttelte den Kopf.

»Tja, *compañero*.« Er zuckte mit den Schultern. »Scheint so, als hab ich doch keinen Passenden mehr. Muss ich bei meinem Cousin Rodolfo in Trinidad bestellen. Dauert ein paar Tage.«

So ein Mist. Wir Kubaner nutzten den Ausdruck *ein paar Tage* als Äquivalent zum arabischen *Inschallah* und zeitlich betrachtet konnte das alles bedeuten. Nicht nur, dass ich meinem Kumpel Ernesto sein Fahrzeug vorerst nicht zurückbringen konnte, ich hatte auch noch Maike verpasst.

Dabei hatte ich sie doch als Erster kennenlernen wollen. Allein dieser schöne Name. Maike. In den letzten Jahren hatte ich zwar einige Mädels gedatet, die süße blonde Cindy aus Sydney, die nette rothaarige Angela aus Kalifornien und erst die schwarzhaarige Schönheit Mouoana aus Tahiti, aber noch keine Maike. Außerdem war sie Deutsche. In meinem Kopf hörte ich sofort die Stimme meines Vaters, der in den höchsten Tönen von den deutschen Frauen schwärmte. Am meisten natürlich von Ingeborg, meiner Mutter, die ihn damals in der DDR im Tanzlokal verzaubert hatte.

Die Vorgängerin von Maike, die ein paar Monate hier gewesen war, war nett gewesen, aber mehr war definitiv nicht zwischen uns entstanden. Aber: neue Freiwillige, neues Glück. Deshalb hatte ich extra alle Geschütze auffahren und direkt mit Ernestos pinkem Pontiac Eindruck schinden wollen. Was ordentlich schiefgelaufen war. Zähneknirschend hatte ich Rieke, unsere Vereinsleiterin, von hier aus anrufen müssen und die wollte dann Dominga losschicken, um Maike abzuholen und zur *STE* zu bringen.

Wie sie wohl aussah? Eine Braunhaarige wäre zur Abwechselung mal schön, aber eigentlich war mir die Haarfarbe egal. Hauptsache, sie hatte dieses besondere Funkeln in den Augen. Das Flirten, das Knistern war es, das mich faszinierte. Meinen Auftritt am Flughafen hatte ich genauestens durchgeplant, denn der erste Eindruck war entscheidend für meine Strategie. Ich wollte, dass die *chica* sich vorkam wie in einer der schnulzigen Telenovelas, die immer abends im Fernsehen liefen, wenn es Strom gab. Sie sollte denken, dass das mit uns Schicksal war, sollte sich besonders fühlen wie eine *princesa*. Jetzt würde ich mir kurzfristig eine Alternative für unser erstes Treffen in der Unterkunft überlegen müssen.

Ich wusch mir die Hände mit Kernseife und grübelte. Bis ich mit den öffentlichen Verkehrsmitteln zurück sein würde, dauerte es sicherlich noch eine Stunde, obwohl es nun wirklich nicht weit war. Bis dahin würde das Abendessen sicher schon in vollem Gange sein. Im in die Jahre gekommenen Spiegel sah ich mich leider etwas verzerrt, strich mir aber mit den nassen Händen meine mittellangen dunkelbraunen Haare zurück, bis sie glatt am Kopf anlagen. Später würden sie wieder schön wellig fallen. *Perfecto.* Ein Pluspunkt, den ich gern ausspielte.

Vielleicht war es gut, dass ich sie nicht schon am Flughafen kennengelernt hatte. Wahrscheinlich würde sie später, wenn sie angekommen war und gegessen hatte, viel entspannter sein und die erste Aufregung und der Stress der Reise würden sich gelegt haben.

Bestimmt spielte mir der Zwischenfall mit dem gerissenen Keilriemen in die Karten. Ich würde ihr später im schummrigen Dämmerlicht, das mir schmeichelte, ein unvergessliches erstes Treffen zu zweit bescheren und ihr tief in die Augen schauen. Zufrieden verabschiedete ich mich von den *mecánicos* und machte mich mit dem gefalteten Hemd in einer Plastiktüte auf den Weg ins Nachbarviertel von Havanna.

Kapitel 3

Maike

Dominga drehte nach guten zwanzig Minuten Fahrt auf der Schnellstraße die kubanische Musik leiser, die durch das Autoradio knisterte wie vorhin die Durchsage am Flughafen. »Du kommst also wie Sandra aus Deutschland?«

»Ja, aus Köln.« Geistesabwesend nickte ich, denn draußen wurde die Bebauung dichter. Wir kamen wohl der Altstadt Havannas näher. Häuser mit den berühmten farbenfrohen Fassaden zogen vorbei und ich konnte den Blick einfach nicht abwenden. Es war so … anders als alles, was ich kannte. Ich erblickte viele Touristen, aber genauso viele Einheimische mit einem breiten Lächeln auf dem Gesicht. Lebensfreude sprach aus jeder ihrer Bewegungen, noch stärker, als ich das aus Köln kannte.

»Und wie lange bleibst du?«

»Vielleicht ein halbes Jahr oder ein bisschen länger. Ich weiß noch nicht genau.« Als wir an einer Ampel hielten, beobachtete ich einen alten Mann, der am Straßenrand auf einem verstaubten Höckerchen saß und aus einer silbernen Mokkamaschine Kaffee in eine Tasse goss. »Ach, dass es hier sogar Bialettis gibt, hatte ich nicht erwartet.« Im Reiseführer hatte ich gelesen, dass die Kubaner ein sehr armes Volk waren.

Dominga beugte sich zu mir herüber, um aus dem Fenster zu schauen. »Ach, das Ding. Ist natürlich keine echte Bialetti, aber dafür hat jeder Haushalt eine.«

»Oh, ist Mokka so beliebt?«

»Die Maschine stand vor einigen Jahren auf der *libreta,* der Lebensmittelkarte. Sollte die Kaffeeversorgung für jedermann sichern.«

»*Libreta?*«, fragte ich verwirrt, da sprang die Ampel auf Grün und Dominga fuhr wieder an.

»Genau. Das ist ein Berechtigungsschein für die Grundversorgung eines jeden Bürgers. Mit dieser Abstreichkarte können die Bürger in die staatlichen Läden gehen und Nahrungsmittel wie Reis kaufen, aber auch Rum steht auf der Liste und einmal pro Jahr auch ein Paar Schuhe.«

Während der Wagen sich weiter durch die verstopften Straßen von Havanna schob, erzählte sie mir ein wenig vom kubanischen Sozialismus.

»Du weißt ganz schön viel über das Land. Wie lange bist du schon hier?«

»Hm. Lass mal kurz überlegen. Bald sind es dreißig.«

»Tage? Monate?«

»Jahre.« Sie grinste mich an. »Ich bin Kubanerin.«

»Oh, ich dachte, du kommst vielleicht aus Spanien und bist auch nur für eine Weile hier.«

»*No,* ich bin in den Gassen von Havanna aufgewachsen und seit zehn Jahren stolzes Mitglied der *STE*-Crew, weil sich die Leute dort um mich gekümmert haben, als ich klein war. Ich möchte mithelfen, etwas zurückgeben.«

»Wow, das ist beeindruckend«, sagte ich, wurde aber von der Gegend draußen abgelenkt. Prächtige Fassaden wechselten sich mit abrissreifen Gebäuden ab, die dennoch bewohnt zu sein schienen, denn Vorhänge flatterten aus den zerbrochenen Fensterscheiben und Wäsche hing zum Trocknen in den Zimmern, deren Außenwände eingestürzt waren oder sogar vollständig fehlten.

»Dadurch, dass die *STE* zentral in Centro Habana angesiedelt ist, leben die Helfenden und die Einheimischen in räumlicher Nähe zueinander. So kann man einen besseren Bezug herstellen, die Probleme nachvollziehen und man überwindet Distanz. Mittendrin statt nur dabei sozusagen.«

Noch während Dominga sprach, hielten wir vor einem Haus, das tatsächlich nicht darauf schließen ließ, dass eine Hilfsorganisation darin ihre Räumlichkeiten hatte, denn der pastellgrüne Putz bröckelte genauso großflächig ab wie an den Nachbarhäusern. Aber der Schein trog ja oft und hinter der Fassade verbargen sich manchmal die größten Überraschungen.

Auf der Straße empfing mich eine Mischung aus herzhaftem Essensduft, Abgasen und dem Staub, den die kleinen Jungen beim Fußballspielen aufwirbelten, die tatsächlich barfuß waren wie auf den Fotos, die ich in der Kneipe gesehen hatte. Familiäres Gemurmel und das Plärren von Fernsehern drangen aus offenen Fenstern und der warme Wind raschelte in Pflanzen, die üppig auf den teils abgebrochenen Balkonen standen.

Als Dominga die hintere Autotür öffnete, sprang Lana behände hinaus, trabte durch einen der hohen barocken Säulenbögen zu der imposanten, doppelflügeligen Holztür und stupste mit den Pfoten dagegen. Ich hörte, wie auf der anderen Seite lachend Kinder angerannt kamen, und sah, dass die Tür sich einen Spalt breit für Lana öffnete, sodass diese hindurchschlüpfen konnte. Große Augen linsten neugierig zu uns heraus. Das waren sie wohl, die Kinder, für die ich schwach geworden war und mein geliebtes Köln verlassen hatte.

Und mit einem Schlag war die Aufregung wieder da, die ich am Frankfurter Flughafen gespürt hatte. Gleich würde ich sehen, wo ich die nächsten Monate leben würde, und ich würde die Leute treffen, mit denen ich zusammenleben oder zumindest zusammenarbeiten würde. Ich atmete tief durch und wischte mir die feuchten Hände an meinen Jeans ab. Ein bisschen fühlte ich mich wie ein Eulenjunges. Bestimmt hatte ich tiefe Augenringe und ein zerfleddertes Gefieder, immerhin war ich seit etlichen Stunden auf den Beinen. Dominga schien meine Erschöpfung und Aufregung auch zu bemerken, denn sie sagte: »*Bienvenida a casa,* und jetzt husch, husch, rein mit dir. Wir sind früher als gedacht und haben noch ein paar Minuten Zeit bis zum Crew-Abendessen. Ich zeige dir dein Zimmer, dann kannst du dich ein wenig akklimatisieren und frisch machen. Passt das für dich?« Sie öffnete das massive Tor und die Kinder standen wie Orgelpfeifen aufgereiht da. Bestimmt waren sie total gespannt, wer für die nächste Zeit zu ihnen kam. »*Hola*«, sagte ich und öffnete meinen Rucksack. Schnell verteilte ich die Bonbons, Schokolade und Gummibärchen, die ich als Gastgeschenk mitgebracht hatte. Die Kinder schnappten sich die Sachen mit strahlenden Gesichtern. »Ja, nur langsam«, sagte ich lachend und konnte direkt ein zweites Wort meiner Spanischkenntnisse anwenden: »*Despacito.*«

Glücklich folgte ich Dominga schließlich durch den hohen Eingangsbereich. Wir gingen einige Schritte durch einen kühlen Gang, bis wir uns mit einem Mal in einer verwunschenen Oase wiederfanden.

»Wow«, entfuhr es mir ehrfürchtig.

»Wunderschön, nicht wahr?« Andächtig nickte Dominga. »Nicht ohne Grund nennen wir unseren Innenhof *cielo* – Himmel.«

Der Freiluft-Innenhof im Kolonialstil strotzte vor Palmen. Auf allen vier Seiten erhoben sich zwei Stockwerke über geschwungenen Rundbögen, die von offenen Fluren umgeben waren. An den kunstvoll geschmiedeten Geländern rankten sich dunkelgrüne Kletterpflanzen nach oben und tropische Bäume streckten sich in den Himmel, in denen Vögelchen saßen und munter zwitscherten. Der Hof war mit filigranen schwarz-weißen Fliesen ausgelegt und in der Mitte plätscherte sanft ein Brunnen. Umlaufend um den kleinen Garten Eden gab es im Erdgeschoss einen überdachten Bereich, der mich an einen Kreuzgang erinnerte. Eine akkurat gefaltete Wolldecke lag auf einem geflochtenen Schaukelstuhl, obenauf ein abgegriffenes Buch. Sich in den Stuhl zu fläzen, leicht zu schaukeln und dabei die schummrige Atmosphäre auf sich wirken zu lassen, war sicherlich unvergleichlich entspannend.

Kurz genoss ich noch das zauberhafte Zwielicht, dann zeigte mir Dominga im Erdgeschoss die Arbeitsbereiche des Vereins, in denen auch die Kurse stattfanden. Im Vorbeigehen spähte ich in einen der Räume: Die Fensterscheiben waren mit Fingerfarben bemalt und es gab Regale mit Bastelmaterial und viele Tische und Stühle für Erwachsene und für Kinder. Bunte Bilder, Fotos und Girlanden lockerten die abgewohnten, hohen Räume auf. An einer Stelle leuchteten bunte Handabdrücke. Wenn hier gewerkelt wurde, war es sicherlich total gemütlich. Ach, ich freute mich schon darauf, endlich die Kids besser kennenzulernen.

»Im ersten Stock sind die Büros des Vereins und im zweiten Stock der Wohnbereich der ausländischen freiwilligen Helfenden«, sagte Dominga, als ich mit ihr die Treppen hinaufstieg. Sie trug den Koffer, als ob er nichts wog und zeigte mir erneut, wie geschafft ich von der Reise war. Eine Dusche und ein kurzes Nickerchen wären einfach wundervoll. Vielleicht hatte ich vor dem Essen ja noch Zeit dafür.

Dominga öffnete eine Tür und ich folgte ihr in das Zimmer, in dem ich die nächsten Monate verbringen würde. Mein Übergangszuhause. Wieder flatterte mein Herz ein wenig. Ich hatte noch nie irgendwo anders gewohnt als mit Sarah zusammen in unserer schnuckeligen Zwillings-WG in Deutz.

Der Raum war überschaubar, aber ich fühlte mich auf Anhieb wohl mit den hohen Decken, dem schnörkeligen Stuck und der abblätternden grauen Farbe an den Wänden. Es hatte seinen eigenen Charme, fand ich, und war auf eine seltsame Art heimelig. Ja, hier wollte ich bleiben. Obwohl es erst Spätnachmittag war, war es nicht mehr sehr hell in dem Raum und Dominga knipste eine Nachttischlampe ein, deren warmes Licht auf die wenigen Möbel fiel: ein einfaches metallenes Bett, ein Tischchen aus Bast, ein Schrank, dessen Türen etwas schief hingen. Mehr brauchte man ja auch nicht. Ich war zum Arbeiten hier und würde vermutlich ohnehin nicht viel Zeit im Zimmer verbringen.

»Das ist es«, sagte Dominga und lächelte. »Das Bad ist am Ende des Flures. Das teilst du dir mit ein paar Leuten, die hier mit dir auf der Etage wohnen.«

»Du lebst nicht hier?«

»Nein, ich wohne bei meiner Familie ein paar Straßen weiter, bin aber tags meist hier.«

»Ach, schön, dann sehen wir uns ja öfter.« Ein seltsam warmes Gefühl umfing mein Herz. Hatte ich etwa schon am ersten Tag so etwas wie eine Freundin gefunden, obwohl ich gar nicht wusste, wie das ging, Freundschaften zu knüpfen?

»Du musst das Wasser eine Weile laufen lassen, bis es warm wird. Die Boiler sind etwas überholt, so wie alles hier. Ich hole dich dann in einer halben Stunde zum Essen ab, okay? Oder brauchst du länger?«

»Nein, das passt.«

Dominga warf mir ein offenes Lächeln zu, während sie die Tür von außen schloss. Schnell streifte ich mir die Chucks von den Füßen, genoss bewusst kurz die Kälte der Fliesen, die in meine Fußsohlen zog, und warf mich dann mit Schwung aufs Bett, das wunderbar weich war, obwohl die Federn empört ächzten. Ich atmete so tief ein, wie ich konnte. In der Ferne hörte ich Kinderlachen, Lanas seltsames Bellen und Geschirrklappern. Mit geschlossenen Augen streckte ich mich ein wenig und erlaubte mir anzukommen.

***

Nach zwanzig Minuten seufzte ich tief und flitzte ins Bad, ohne jemandem zu begegnen. Schnell wusch ich mich mit kaltem Wasser und kämmte mich. Viel lieber wollte ich schlafen, aber mein Magen knurrte laut. Trotz meiner Erschöpfung schlüpfte ich wieder in meine Schuhe und wartete vor meiner Zimmertür auf Dominga, die überpünktlich eintraf, um mich abzuholen.

»Na, bist du bereit für die Kollegen?« Sie deutete auf meine Finger, mit denen ich an meiner Nagelhaut piddelte. »Du brauchst nicht nervös zu sein. Alle können Englisch und sind außerordentlich nett und sie werden dich mit offenen Armen aufnehmen.«

Dem Klappern von Besteck auf Tellern und dem Murmeln von Gesprächen folgend, durchquerten wir den wunderschönen, jetzt fast im Dunkeln liegenden Innenhof und standen schließlich vor einer Tür. Kurz kniff ich die Augen zusammen<<, dann setzte ich ein freundliches Lächeln auf und trat hinter Dominga in den Raum. Abrupt verstummten die Geräusche und etwa zwanzig Leute, die um eine Tafel herumsaßen, hielten inne und strahlten uns entgegen.

»*Hola*, Leute«, sagte Dominga. »Das hier ist Maike aus Köln.«

Lässig, obwohl ich innerlich so aufgeregt war wie am ersten Schultag, lächelte ich in die Runde. »*Hola*, Leute.« Innerlich schlug ich mir mit der Hand vor den Kopf. Das war überhaupt nicht schlagfertig gewesen. Schien aber niemanden zu stören. »Hallo, komm rein«, »Hier ist noch ein Platz« und »Herzlich willkommen, Maike« schallte es mir einhellig vom Tisch entgegen, während ein Mädchen aufsprang und zu uns kam.

»Hey, Maike, freut mich. Ich bin Jolanta aus Cienfuegos, aber alle nennen mich Jola. Komm mit, neben mir ist noch ein Stuhl frei.« Sie nahm mich an der Hand und führte mich an den Tisch.

Mit ihren dunkelbraunen, offenen Haaren und dem Haarband sah Jola der jungen Jessica Alba recht ähnlich. Sie trug ein geblümtes, schwarzes Oversize-T-Shirt und Shorts, die ihr knapp über den Po reichten und die endlos langen, gebräunten Beine freigaben. Als ich mich auf den Stuhl zwischen ihr und Dominga fallen ließ, waren die Gespräche schon wieder voll im Gange, als ob nichts passiert wäre.

»Hast du was von Mat gehört?«, fragte Dominga und füllte erst Jolas, dann meinen Teller mit einer Mischung aus Reis und Bohnen, die unglaublich intensiv duftete.

»Nein.« Jola lachte herzlich. »Der ist noch nicht zurück von seiner Pleiten-Pech-und-Pannen-Tour.«

Dominga stimmte ein. »Das hat er sich verdient, der alte Don Juan. Ich weiß gar nicht, warum Rieke ihn jedes Mal losschickt, die neuen Mädels zu holen, obwohl sie weiß, dass er ein übler Schürzenjäger ist.«

»Er ist halt ihr Liebling.«

»Aber jetzt, wo Sandra weg ist, brauchen wir die Girlpower echt. Gut, dass Mat nicht gleich die Gelegenheit hatte, Maike zu vergraulen.«

Tatsächlich gab es außer uns dreien nur ein weiteres Mädchen in der Runde. Dominga war meinem Blick gefolgt. »Das ist Stina, sie ist achtzehn und bleibt ein halbes Jahr bei uns. Sie ist seit etwa einem Monat hier. Die Jungs sind gemischt, teils sind sie Kubaner und helfen neben dem Job oder dem Studium hier aus, teils sind es Jungs aus der ganzen Welt, die entweder ihr Auslandssemester an der Uni Havanna oder ein Freiwilliges Soziales Jahr machen.«

»Dann ist hier ja ganz schön was los, oder?«

Jola lachte, wurde dann aber ernst. »Tags ja, aber abends wird es ruhig hier. Obwohl das Haus groß ist, haben wir nicht viel bewohnbare Fläche. In Summe seid ihr zu sechst im zweiten Stock. Das Dachgeschoss ist gar nicht mehr begehbar. Zu gefährlich.«

Dominga nickte und fuhr fort: »Die kubanischen Helfer wohnen meist noch bei ihren Eltern, die Studenten im Wohnheim der Uni und der Rest der Vollzeit-Freiwilligen ist in Gastfamilien untergebracht. Wenn du das möchtest, können wir das auch für dich organisieren, sag uns dann einfach Bescheid. Aber bestimmt möchtest du erst mal in Ruhe ankommen.« Sie lächelte und schaufelte mir eine ordentliche Portion Essen auf den Teller. »Das ist unser Nationalgericht. Guten Appetit.«

Es duftete wirklich gut und ich nahm eine große Gabel. Meine Güte, das war unglaublich lecker. Und das, obwohl es nur Bohnen und Reis waren. Das war sicherlich ein genauso einfaches Rezept wie Reibekuchen, aber stand dem in nichts nach. Wann hatte ich das letzte Mal ein Gericht so genossen? Während ich weiteraß, ließ ich meinen Blick schweifen und fing den eines jungen Mannes auf. Er winkte mir fröhlich zu und rief: »*Ciao, bella!*«

Jola deutete in seine Richtung. »Das ist Livio aus Italien, er kocht uns ab und zu die beste Pasta, die du dir vorstellen kannst.« Sie senkte die Stimme. »Keine Sorge, er interessiert sich nicht für das weibliche Geschlecht. Vor ihm brauchst du dich nicht in Acht zu nehmen.«

»Im Vergleich zu Mat.« Dominga zog vielsagend die Augenbrauen hoch. »Ich habe die Vermutung, dass er hier wohnt, damit er die Kolleginnen besser im Blick hat. Also pass gut auf dich auf, wenn du nicht auf ein Quick-and-dirty-Abenteuer aus bist, denn er ist ein notorischer Herzensbrecher. Langfristige Bindungen weiß er zu verhindern.«

»Auf so einen kann ich gut verzichten«, sagte ich und dachte an meinen kölschen, wenn auch erst zukünftigen Freund. »Ich brauche weder eine Affäre noch eine Beziehung. Ich will hier nur helfen.« Und herausfinden, wer ich war ohne Sarah und ohne meine Stadt am Rhein.

»Dann mach ihm das lieber schnell klar.« Bevor ich ablehnen konnte, hatte Jola mir eine zweite Portion auf den Teller geschippt. »Du sollst ihn nämlich in manchen Kursen unterstützen, die er leitet, zum Beispiel in nachhaltigem Lebensmittelanbau. Du kannst aber auch gern eigene anbieten und das Angebot erweitern. Vielleicht kannst du dich dadurch ein bisschen von ihm distanzieren.«

Dominga legte mir die Hand auf den Arm. »Aber mach dein eigenes Tempo und genieß erst mal den Abend.«

Während ich mir den Magen weiter mit der kubanischen Nationalspeise vollschlug, erzählten die Mädels noch vieles vom Alltag und dem Vereinsleben. Wir lachten uns schlapp, als ich vergeblich versuchte, den Namen des Gerichtes *morros y cristianos* ebenso rhythmisch und elegant auszusprechen wie Jola und als sich auch die anderen der Gruppe einmischten und ihr Glück bei der Aussprache probierten, gab es großes einstimmiges Gelächter. Erst danach verrieten die Mädels uns, dass das Gericht in Havanna ganz einfach *congris* genannt wurde, was definitiv leichter auszusprechen war.

Beim Abräumen des Tisches in die Großküche im Nachbarzimmer fühlte ich mich schon wie ein fester Teil der Gruppe. Ein bisschen erinnerte es mich an eine ausgelassene Klassenfahrt, denn keiner in der internationalen Gruppe schien über dreißig zu sein. Dominga und ich waren offenbar die Ältesten und Stina eine der Jüngsten. Ich half beim Abtrocknen und kam mal mit dem einen, mal mit dem anderen in ein kurzes Gespräch und nach dem Dessert, einem Kokos-Flan, hatte ich mit jedem einen schönen Small Talk gehalten. Außer natürlich mit dem angeblich netten Mateo, der immer noch nicht aufgekreuzt war.

Nachdem irgendwann alle gegangen waren, die außerhalb wohnten, und die anderen sich in ihre Zimmer zurückgezogen hatten, reichte mir Dominga noch ein Bier und lotste mich zum *cielo*. Nebeneinander saßen wir auf bunten Kissen und beobachteten die Schatten, die der Mond durch die Palmen in den Innenhof warf, der mir noch magischer erschien als vorhin schon. Lediglich der laue Karibikwind brachte die Blätter zum Rascheln und wir flüsterten fast, als ob wir zwei enge Freundinnen wären, die Geheimnisse austauschten.

»*Salud*«, sagte Dominga und stieß ihre Dose Cristal an meine. Nach dem ersten Schluck des lokalen Biers grinste ich sie an.

»Schmeckt fast wie Kölsch. Lecker.« Ein paar heimatliche Gefühle am ersten Abend, so weit weg von zu Hause.

Eine Weile schweigen wir und ich genoss die einträchtige Stimmung zwischen uns. Nach einem weiteren Schluck kaltem kubanischen Kölsch seufzte ich tief. Dominga lächelte mich an und lehnte ihren Kopf an meine Schulter. »Der erste Abend von etwas Neuem ist immer besonders, oder? Der Zauber des Anfangs.«

»Vermutlich war das für mich längst überfällig.«

»Habe ich mir gedacht. Es gibt nicht viele Reisende in unserem Alter. Die meisten haben schon ein sesshaftes Leben mit Job und Kindern.«

»Ich musste einfach raus.«

»Hm. Ein Typ?« Sie schüttelte den Kopf. »Es ist meistens ein Typ.«

»Indirekt. Aber jetzt will ich die Chance nutzen und mit den Kindern hier arbeiten. Auf andere Gedanken kommen.«

Dominga streichelte mir kurz über das Knie und ihre Berührung legte sich wie Balsam auf mein Herz. »Familie ist immer ein schwieriges Thema. Wenn ich etwas für dich tun kann, dann sag mir einfach Bescheid. In Kuba sind wir eine Gemeinschaft, in der jeder für jeden da ist, und wir hier in der *STE* sehen das genauso.«

Dankbar nickte ich. Dass sie nicht nachbohrte, rechnete ich ihr hoch an.

Bestimmt wohnte wirklich jedem Anfang ein Zauber inne und ich würde hier tatsächlich eine intensive Zeit verleben können und meinen eigenen Weg finden, wie Oma Marianne angedeutet hatte. Als ich wieder den Kopf in den Nacken legte und mich an die kühle Säule lehnte, um den Mond zu betrachten, sah ich, dass im zweiten Stock lautlos eine Silhouette in der Dunkelheit verschwand. Dominga hatte sie wohl nicht bemerkt.

»Morgen früh lernst du Rieke kennen«, sagte sie. »Eine Niederländerin, die seit zehn Jahren Leiterin des Standortes ist. Sie wohnt eine Straße weiter und ist ein toller Mensch: herzlich, offen und hat immer einen Witz auf den Lippen. Ihre einzige Schwäche ist ihre Nachsicht mit unserem Macho Mat, aber ihr werdet euch bestimmt gut verstehen. Sie erklärt dir dann auch deine Aufgaben und den Einsatzplan im Detail.«

»Ich bin schon richtig gespannt.« Plötzlich musste ich ein Gähnen unterdrücken.

»*Ay caramba.*« Dominga sprang auf. »Du bist sicher schon ewig auf den Beinen. Ab mit dir. Frühstück gibt es ab acht Uhr im Speisesaal. *Buenas noches, cariño.*«

Nachdem sie mich zur Treppe geschoben hatte, winke sie noch kurz und zog das große Tor erstaunlich leise hinter sich ins Schloss. Tatsächlich war ich unglaublich müde. Zusätzlich dazu, dass es in Deutschland gerade schon vier Uhr in der Nacht war, hatten mich die Klimaanlagenluft und das Kennenlernen all der neuen Leute wirklich geschlaucht. Meine Güte, freute ich mich jetzt auf mein weiches Bett. Schnell holte ich meine Zahnbürste aus dem Zimmer und schlich mich barfuß über den Gang zum Bad, um meine Mitbewohner nicht zu wecken.

Es fiel kein Licht durch die Milchglasscheibe oberhalb der hohen verschnörkelten Holztür, deshalb legte ich meine Hand auf die Klinke und drückte sie langsam nach unten. Vorhin hatte sie gequietscht, deshalb öffnete ich sie so wenig wie möglich. Ich schlüpfte durch den Türspalt und konnte ein Quieken nicht unterdrücken. Es war jemand im Bad!

Eine Kerze am Waschbecken warf einen flackernden Schein auf ... einen Typen in Jeans und Unterhemd mit markanten Wangenknochen, ungefähr so alt wie ich. Seine etwas längeren Haare waren dunkelbraun und leicht gewellt. Er erinnerte mich ein bisschen an Manuel Cortez, der damals Rokko in »Verliebt in Berlin« gespielt hatte. Mist, für den hatte ich echt geschwärmt.

»Was zur Hölle?! Warum machst du kein Licht an und warum ... hast du nicht abgeschlossen?«, stieß ich hervor.

Mit einer Hand versuchte er lächelnd, seinen Schopf zu bändigen und diese belanglose Geste rief ein dumpfes Kribbeln in meiner Magengegend hervor. Seine Augen blitzten, als ob wir uns schon lange kannten und er sich über unser Wiedersehen ehrlich freute.

»Sorry«, sagte er sanft auf Englisch, mit einem deutlichen und sehr attraktiven spanischen Akzent, und der Blick seiner smaragdgrünen Augen verflocht sich mit meinem. »Da hab ich wohl einfach vergessen abzuschließen. Und der Strom ist ausgefallen.« Er machte mit seinen nackten Füßen einen Schritt auf mich zu und streckte mir die Hand hin. »Du musst Maike sein.«

Innerlich stöhnte ich auf. Warum war Mat nicht ein jugendlicher, von Akne geplagter Typ mit Fistelstimme? Mit einem Herz, das unvernünftig schnell klopfte, schlug ich extra fest ein, um diese Romantikstimmung hier zu unterbrechen. Ich war eine 29-Jährige mit einem entsprechenden Hormonhaushalt und ich hatte zwei hervorragend funktionierende Augen. Allerdings hatte ich auch einen Verstand und einen Mund, mit dem ich Nein sagen konnte, und das Wort flutschte mir heraus, ohne dass ich es zurückhalten konnte.

Der Typ schaute mich irritiert an. »Du bist nicht Maike?«
»Äh, ja, doch. Natürlich. Und du bist also Mateo, der mich versetzt hat.« Ich drückte noch einmal fest zu, um seinen Daumen abzuwehren, mit dem er mir sanft über meine Haut streichelte. Dann entzog ich mich ihm. In meinem Kopf schrillten alle Alarmglocken. Selbst ohne die Warnungen von Dominga und Jola hätte ich sofort gemerkt: Dieser Typ hatte es faustdick hinter den Ohren, und diese ganze Szenerie hier wirkte auf mich wie gestellt. Stromausfall, nur halb bekleidet, um seine, wie ich zu meinem Leidwesen bemerkte, nicht unansehnlichen Oberarmmuskeln im Kerzenschein zu präsentieren. Und vergessen abzuschließen, dass ich nicht lachte. Unwillkürlich fiel mir wieder der Schatten an der Brüstung von vorhin ein. Er hatte offensichtlich auf mich gewartet. So einer war er also. Vermutlich dachte er, dass er mich mit dieser Romantikmaske herumbekommen würde. Tja, falsch gedacht, Freundchen.

»Autopanne. Die Oldtimer sehen gut aus, fordern aber manchmal die kubanische Gemächlichkeit ein.«

»Vielleicht war es Karma«, sagte ich, während er sichtlich versuchte, die Contenance zu bewahren.

»Tut mir leid, dass du meinetwegen am Flughafen warten musstest. Ich hoffe, es war nicht zu lange.«

Sicher hatte er sich vorher genau überlegt, wie die Unterhaltung ablaufen sollte. Aber den würde ich schon aus dem Konzept bringen. Schnell dachte ich mir eine Zahl aus. »Ach, bloß eine Stunde und zwölf Minuten.«

»Ein paar Stunden fallen für uns noch unter das Deutsche Akademische Viertel. Wir Kubaner sind Warten gewöhnt.«

Der ließ sich diesmal wohl doch nicht so leicht irritieren. Ich verschränkte die Arme vor meiner Brust. »Dann war es ja ein Klacks für dich, die letzte Stunde im Badezimmer im Dunkeln zu hocken.«

Er lachte und fuhr sich erneut mit der Hand durch die Strubbelmähne. Wieder reagierte mein Herzschlag prompt darauf. Konnte er das bitte lassen? »Erwischt.« Als er grinste, legte er eine Reihe strahlend weißer Zähne frei. »Aber es hat sich definitiv gelohnt. Ich bin positiv überrascht.«

Kurz blickte ich an mir hinab, konnte aber nichts entdecken, das einen so vor Selbstbewusstsein strotzenden Kerl positiv überraschen könnte. Wenn ein Wort auf mich zutraf, um mein Äußeres zu beschreiben, dann war es *Durchschnitt*. Komplimente gehörten wohl zu seiner Taktik. Das hier war ein ganz anderes Level als »Sehr Süß« zu hauchen wie der Typ im Flughafen-Kiosk.

»Wir sehen uns dann morgen bei unseren ersten gemeinsamen Kursen.« Er trat auf mich zu und blieb so nah vor mir stehen, als wollte er mich küssen. Sein warmer Atem streifte meine Haut, sein herber Duft nach Old Spice stieg mir in die Nase und sein Blick tauchte erneut in meinen ein. »*Bienvenida a Cuba, hermosa.*«

Dann schlüpfte er zur Tür hinaus und das Einzige, was bezeugte, dass das alles gerade wirklich passiert war, war die flackernde Kerze. Ich ließ mich auf die Badewannenkante sinken und stöhnte. Na, das konnte ja was werden.

Kapitel 4

Mat

Das würde wunderbar werden! Grinsend ging ich in mein Zimmer, das neben Maikes lag. Alle meine Hoffnungen hatten sich erfüllt. Sie war braunhaarig, hatte dieses Funkeln in den Augen, und sie gab mir Kontra. Endlich mal wieder eine *chica,* die mir nicht einfach in die Arme fiel, sondern mit der ich ein bisschen spielen konnte.

Ich knipste die Nachttischlampe an und grinste siegessicher. Die Kerze hatte die Inszenierung maximal atmosphärisch gestaltet. Wobei die Situation gar nicht so abwegig war. In Kuba wurde ständig von der Regierung der Strom abgestellt, manchmal sogar stundenlang: Sparmaßnahmen. Manchmal geplant, manchmal spontan. Auch Tankstellen funktionierten dann nicht, wodurch sich Schlangen an den Zapfsäulen bildeten und der Verkehr von Havanna fast vollständig zum Erliegen kam. Natürlich konnten ohne funktionierende Computer Büromitarbeiter auch nicht arbeiten. Kubaner nahmen all dies mit stoischer Gelassenheit hin, meine Chefin Rieke allerdings hatte sich selbst nach all den Jahren, die sie hier lebte, noch nicht daran gewöhnt. In den letzten Monaten hatte sie sich öfter beschwert und dabei hatte manchmal sogar das amüsierte Lächeln gefehlt, mit dem sie sonst kulturelle Unterschiede wertschätzte. Irgendetwas war da im Busch. Gestern erst, als ich ihr gesagt hatte, dass ich persönlich Maike vom Flughafen abholen würde, war der Blick wirklich seltsam gewesen, den sie mir zugeworfen hatte. Als ob sie jede meiner Bewegungen mit Argusaugen beobachtete. Und das, obwohl wir beiden uns sonst so gut verstanden.

Als ich im Bett lag und gerade das Licht löschen wollte, kratzte es an der Tür. Als ich öffnete, tapste Lana herein und stupste mir mit ihrer feuchten Nase gegen mein Bein, als ob sie mich aufmuntern wollte. Dann ließ sie sich wie selbstverständlich auf dem dünnen Bettvorleger nieder.

»Na, Lana. Spürst du auch, dass heute etwas anders ist?«

Lana sah mich aufmerksam an und gab ein leises Grunzen von sich. Ganz oft dachte ich, dass sie uns Menschen verstand und einen siebten Sinn hatte.

Während ich sie mit einer Hand kraulte, blätterte ich mit der anderen in meinem Lehrbuch. Bald standen die Prüfungen meiner Weiterbildung an. Es war absolut notwendig, dass ich sie alle bestand. Nicht nur, dass ich selbst später mal die *STE* leiten wollte, auch wollte ich gern meiner Mentorin Rieke weiterhin beweisen, dass ich ihre schützende Hand verdiente und sie recht damit hatte, Nachsicht mit mir walten zu lassen. Klar wusste sie, dass ich gern flirtete, und natürlich auch, dass ich manchmal für ein paar Monate Kolleginnen traf, bis sie uns wieder verließen. Sie wusste, dass ich trotz meiner dreißig Jahre nichts Festes suchte. Dennoch betonte sie immer, dass ich ein gutes Herz hätte. Aber das hatte ich nur, weil sie mich damals gerettet hatte. Es wurde Zeit, etwas zurückzugeben. Nicht jetzt, aber irgendwann.

Lana stieß einen kleinen Laut aus, stand auf und stupste mich an, sodass sie das Buch zuklappte. Ich lachte. »Stimmt. Morgen ist auch noch ein Tag.« Ein Tag, an dem ich die süße Maike wiedersehen würde.

Kapitel 5

Maike

Als ich die Augen öffnete, war ein neuer Tag angebrochen und sanftes Morgenlicht fiel auf den groben Putz der grauen Wände. Ich war gestern Abend zwar erschöpft gewesen, hatte mich aber die ganze Nacht nur hin und her gewälzt und gedöst.

Barfuß tapste ich auf den kalten Fliesen zum Fenster. Es mutete ohne eine Gardine zwar eher spartanisch an, aber das Buntglas im oberen Bogen glitzerte fröhlich dank der karibischen Morgensonne. Das hatte ich gestern Abend durch die Dämmerung gar nicht bemerkt, machte mein Zimmer aber sogar noch einen Tick besonderer und gemütlicher. Ich streckte meine müden Glieder und schaute hinaus. Das Nachbarhaus, auf das ich einen guten Blick hatte, lag ruhig da. Nur ein riesiger muskulöser Hund streifte durch den etwas verwilderten Garten. Auch nachts war es kein Lärm gewesen, der mich wachgehalten hatte, sondern es waren die Gedanken, die sich durch meinen Kopf gearbeitet hatten, sodass ich nicht zur Ruhe gekommen war.

Das Frühstück würde mir sicher die Energie geben, die ich für mein Meeting mit Rieke später brauchte. Im Speisesaal, in dem gestern Abend mein Willkommensdinner stattgefunden hatte, ging es heute weitaus ruhiger zu. Vier etwa Zwanzigjährige besprachen einen Ausflug mit der kubanischen Gruppe in ihrem Alter. Es sollte gemeinsam auf einen neuen, geheimen Skaterplatz gehen, wie ich mit einem Ohr mitbekam. Livio war einer der Jungs und ab und zu lächelte er mich über sein Omelett hinweg an. Ich hatte mir einen Obstteller mit frischer Mango, Papaya und Bananen angerichtet, aber der Fruchtzucker konnte meinen Kreislauf nicht richtig ankurbeln.

Plötzlich war Livio neben mir und hielt mir ein Tässchen dampfenden Mokka mit einer cremigen Haube hin, der so intensiv duftete, als hätte er ihn direkt von der Theke einer Espressobar in Venedig. »Hier, ein Café Cubano. Das Koffein zusammen mit dem geschlagenen Rohrzucker hilft gegen die Müdigkeit«, sagte er mit einem wissenden Lächeln.

»Du bist mein Held«, ächzte ich erleichtert. »Woher weißt du ...?«

»So ging es mir an meinem ersten Morgen hier auch.« Verständnisvoll nickte er, dann beugte er sich zu mir und flüsterte: »Ich habe mich sogar vor Aufregung übergeben, kurz bevor ich zu Rieke reindurfte.« Er grinste. »Aber soll ich dir etwas verraten?«

Ich nickte, nahm einen ersten Schluck des dicken schwarzen Gebräus und stöhnte auf, so lecker war das Getränk.

»Also, ich weiß, es ist leichter gesagt als getan, aber mach dir nicht so einen Kopf. Die Zeit hier wird wunderbar und du passt perfekt zu uns. In Italien sagen wir: *C'entra come i cavoli a merenda*, du passt zu uns wie Grünkohl zum Snack. Wie sagt man bei euch?«

»Äh, wie die Faust aufs Auge?«

Er lacht. »Wir Italiener benutzen für Vergleiche lieber Nahrungsmittel.«

Besser, ich sagte ihm nicht, dass ich mir nicht nur Sorgen gemacht hatte, ob ich hier gut hinpasste. Ich hatte auch überlegt, ob ich das mit diesem Mateo irgendwie hinbekommen würde. Er war ein Charmeur und hatte mich in sein Visier genommen, wie mir schien. Leider war er auch unverschämt sexy. Wie sollte ich mit ihm zusammenarbeiten, wenn er neben mir stand und gleichzeitig aussah wie aus einem Duschgel-Werbespot? Schlimm genug, dass ich dauernd heute Nacht darüber fantasiert hatte, wie er irgendwo nur ein paar Mauern weiter in seinem Bett lag, vermutlich mit nacktem Oberkörper und … Stopp! Ich musste ihm klarmachen, dass das mit uns nichts werden würde, auch wenn mein verräterischer Körper das vielleicht wollte. Mein Kopf war immerhin der Chef hier und ich würde Mateo einfach in aller Deutlichkeit sagen, dass er sich das abschminken konnte. Es reichte, dass ich mir deshalb die erste Nacht hier um die Ohren geschlagen hatte. Jetzt musste ich mich auf andere Dinge konzentrieren, vor allem das Gespräch mit Rieke. Ich kippte den Kaffee in einem Zug herunter und fühle mich, als hätte ich eine Dose Red Bull intravenös gespritzt bekommen.

»Oh«, sagt Livio. »Dass es so dringend war, hätte ich nicht gedacht.«

»Es war außerordentlich dringend.« Ich grinste entschuldigend. »Danke dir. Geht mir schon viel besser. Ich denke, ich schaffe es, ohne mich zu übergeben.«

Um meine Schüssel in die Spülmaschine zu quetschen, musste ich ein paar Gläser hin und her schieben und einen Teller neu einsortieren. Als ich die Klappe geschlossen hatte und mich umdrehte, stieß ich mit jemandem zusammen und der verräterische Geruch von Old Spice stieg mir in die Nase. Mateo schon wieder. Ob er dieses zufällige Zusammentreffen auch wieder gescriptet hatte?

Wie gestern Abend trug er ein enges Muskelshirt und die Haut an seinen Armen war erstaunlich kühl dafür, dass es um acht Uhr schon wieder knapp zwanzig Grad waren. Als ob er gerade eiskalt geduscht hätte. Seine nassen, an den Kopf gelegten Haare sprachen für diese These.

»Oh, *linda señorita.*« Er lächelte mich charmant an. »*Buenos días.* So früh schon wach?«

»Ich bin ja nicht im Urlaub hier.« Bewusst schenkte ich ihm einen Blick, der so kühl war wie seine Oberarme, die für meinen Geschmack perfekt trainiert waren. Sie waren fest und ausgeprägt, wirkten aber nicht aufgepumpt oder ... Genug! Ich zwang mich zu einem reservierten Lächeln, obwohl meine Wangen bestimmt knallrot waren.

Er trat einen Schritt auf mich zu. Mit seinen Fingern fuhr er mir hauchzart über die Wange und steckte mir eine Strähne hinter mein Ohr, sodass ich eine Gänsehaut am ganzen Körper bekam und ihm wie paralysiert in die grünen Augen starrte.

»Du siehst erschöpft aus, *linda*. Hast du nicht gut geschlafen, so allein?«

Innerlich schüttelte ich mich. Jetzt hatte er offensichtlich vollkommen den Verstand verloren. Eigentlich wollte ich ihm ins Gesicht sagen, dass er der mieseste Verführer seit Anbeginn der Zeit war und dass es doch sicherlich keine Frau gab, die auf so billige Tricks hereinfiel, andererseits war mein Körper kurz davor, sich an ihn zu drücken und meine Wange in seine Handfläche zu schmiegen.

Gott! Ich musste mich verdammt noch mal am Riemen reißen! Ich atmete tief durch, zählte bis zehn und nuschelte dann: »Das-wird-nichts-mit-uns-nur-dass-du-es-weißt.«

Hoch erhobenen Hauptes marschierte ich an ihm vorbei durch den Speisesaal, die Treppen hoch und in mein Zimmer. Puh. Das hatte ich abgehakt. Jetzt konnte ich mich endlich auf das Meeting konzentrieren. Ich hatte noch zehn Minuten, bis ich bei Rieke sein musste. Als ich gerade eine Nachricht an Oma Marianne abgeschickt hatte, vernahm ich komische Geräusche von draußen.

Durch das Fenster beobachtete ich, wie Lana auf dem Rasenstück neben dem Zaun zum Nachbarhaus hin und her streunte und ab und zu nach einem Ast schnappte, der von dem anderen Grundstück herüberhing. Lana hüpfte wieder hoch und gab seltsame Laute von sich. Ich kicherte, so ulkig sah das aus. Als ob sie auf einem Trampolin stand. Sie hüpfte wieder hoch und schnappte nach einem noch größeren Ast, der gerade so über den Zaun ragte. Kaum, dass sie ihn mit ihrem Maul erwischt hatte und er nach unten sauste, brach eine Holzlatte aus dem Zaun heraus. Ein klaffendes Loch zum benachbarten Grundstück entstand.

Lana ließ erstaunt den Ast los, der wieder nach oben peitschte, blickte wie ein Mensch nach links und rechts und trippelte dann durch die Öffnung.

Ach du Schreck! Durfte sie das? Da hing doch dieser andere Hund herum. Und Lana war direkt in sein Revier geschlendert. Was nun? Ich riss meine Zimmertür auf und rannte in Richtung der Treppe, wo Mateo mir entgegenkam.

»Sie ist weg.« Panisch schüttelte ich ihn an den nackten, immer noch kühlen Oberarmen. »Sie ist abgehauen.«

Mat schien sofort zu begreifen, um wen es sich handelte. Die Plastikflasche mit Wasser glitt aus seiner Hand und er rannte los. Er musste direkt geschlussfolgert haben, dass es an der Hausseite passiert war, die vor meinem Fenster lag.

Ich hetzte hinter ihm her, auch wenn ich sogar treppab schnaufte wie ein Walross. Mit deutlichem Vorsprung kam er am Loch im Zaun an. Als ich gerade erst um die Hausecke bog, sah ich, dass er mit einem lässigen Schwung über den Zaun sprang, weil er zu groß für die Öffnung war. Ich allerdings war schmaler als er, vielleicht konnte ich mich ja durch die Lücke zwängen. Sollte ich? Ich hatte jetzt meinen Termin. Und Mat kam sicher gut allein zurecht. Da hörte ich aufgeregtes Bellen und Jaulen und Mats Rufe.

Kurzerhand presste ich mich zwischen den trocken knirschenden Latten hindurch, die kurz davor waren zu splittern, war dann aber drüben. Ich lief um einen Baum herum und blieb stocksteif stehen.

Ein paar Meter vor mir standen Mat und Lana und beide starrten in die blitzenden Augen des Hundes, der die Zähne bleckte und ein tiefes Grummeln ausstieß.

»Verdammt!«, entfuhr es mir und alle drei Augenpaare richteten sich auf mich.

Kapitel 6

Mat

Verdammt! Was machte Maike denn hier? Warum war sie mir nur gefolgt und wie war sie über den Zaun gekommen? Ich schätzte sie nicht als besonders sportlich ein. *Mierda!* Jetzt musste ich Lana und Maike retten. Und mich, wenn möglich, auch noch. Schöne Scheiße.

Wenn Lana nur wieder durch das Loch zurückschlüpfen würde, wäre sie schon mal außer Gefahr, denn der Höllenhund der Gonzales passte auf keinen Fall durch den schmalen Spalt. Aber was war dann mit Maike und mir? Der Hund konnte uns mit einem Happs die Beine zerfetzen. Andererseits würde er bestimmt aufgrund seines Jagdinstinktes eher Lana hinterherjagen, was uns Zeit verschaffen könnte, um auf diesen Baum da zu klettern. Hoffentlich schaffte Maike das. Und zwar schnell genug, bevor der Hund seine Aufmerksamkeit uns zuwenden würde.

Ich atme tief ein, dann sagte ich in dem strengsten Tonfall, den ich aufbringen konnte: »Lani, ab in deine Hundehütte.«

Sie zwinkerte einmal, drehte sich dann aber um und flitzte los.

Die Töle zögerte nicht eine Sekunde und wetzte ihr mit Schaum vor dem Maul hinterher. Ich sprang auf die verdutzte Maike zu, lotste sie zum Baum und rief: »Schnell! Hoch da«, während ich ihr eine Räuberleiter machte. Der unterste Ast war allerdings relativ hoch und sie schaffte es nur, sich mit dem Oberkörper darauf zu lehnen. Verzweifelt versuchte sie, sich hochzuziehen, fand aber keinen richtigen Halt. Ich hörte, wie der massive Körper des Hundes mehrfach gegen den Zaun knallte, Lana hat es scheinbar unbeschadet hindurch geschafft, das Holz knirschte jedoch beachtlich.

Ich musste den Köter ablenken, sonst brach er noch durch den Zaun und Lana war geliefert. Dafür musste Maike aber in Sicherheit sein. Kurz entschlossen schob ich sie am Po weiter hoch, sodass sie endlich auf dem Ast saß. Nachdem sie mir ihre helfende Hand entgegengestreckt hatte und ich ebenfalls in Sicherheit war, pfiff ich nach dem Hund. Der brauchte nicht eine Sekunde, um seine Aufmerksamkeit auf uns zu richten und sich mit voller Wucht gegen den Baumstamm zu werfen.

»Oh, *mierda!*« Keuchend versuche ich das Gleichgewicht zu halten und erblickte gleichzeitig Lana, die es sich vor ihrer Hundehütte gemütlich gemacht hatte und ihre Pfoten leckte, als ob nie etwas passiert wäre. Als ob sie ihre Hände in Unschuld wusch. Ich schüttelte ungläubig den Kopf. Immerhin waren wir alle außer Gefahr. *Gracias a dios.*

Maike allerdings schien den Schreck noch nicht überwunden zu haben. Sie hielt sich krampfhaft am Baumstamm fest und starrte mich aus weit aufgerissenen Augen vorwurfsvoll an. »Hättest du mich nicht vorwarnen können, dass das Ding ein Monster ist?«

Das Vieh warf sich weiterhin unten gegen den Stamm und der Schaum von seinen Lefzen spritzte bis zu uns hoch. Vielleicht bildete ich mir das auch nur ein.

»Aber dann hätte ich dich ja gar nicht retten können, *mi dulce princesa*.« Wieder wollte ich ihr eine Strähne hinter das Ohr legen, aber sie schlug meine Hand weg.

»Ich brauche niemanden, der mich rettet.« Sie funkelte mich an.

»Ach ja?«, sagte ich neckisch. »Hättest du es also auch allein auf den Baum geschafft?«

»Jedenfalls auch ohne deine verdammte Hand an meinem Arsch.«

Oh, da war sie wieder, diese kesse Maike, die mir außerordentlich gefiel. Auf Basis meiner Erfahrungen wusste ich, dass Frauen darauf standen, wenn man ihren Körper lobte, deshalb sagte ich anerkennend: »Dabei hat sich der Griff eindeutig gelohnt. Nur selten hatte ich die Freude, so einen kna–«

Maike unterbrach mich mit einem Schnauben. »Du kannst dir das alles hier sparen. Hab dir doch vorhin schon gesagt, dass das nichts wird mit uns.«

»Ach, das hattest du vorhin gesagt. Ich war so abgelenkt von deinen schönen Augen, dass ich dich gar nicht verstanden habe.«

Maike prustete los vor Lachen und ich stimmte mit ein, obwohl ich das eigentlich gar nicht wollte. Ihre erfrischende Art war ansteckend. Sie schien wirklich keine der Frauen zu sein, mit denen ich es sonst zu tun hatte. Sie imponierte mir. Echt.

Immer noch grinsend sagte sie: »Und das mit dem romantischen Gesülze und den tiefen Blicken kannst du auch lassen. Da bin ich völlig immun gegen. Wetten?«

»Wette angenommen.« Und wie gern sogar. Denn diesmal würde ich mir das Sprichwort zu Herzen nehmen: »Ich mache langsam, weil ich keine Zeit habe.«

Kapitel 7

Maike

»Was machen wir denn jetzt?«, fragte ich irgendwann. »Ich hab doch keine Zeit! Ich bin schon viel zu spät zum Meeting mit Rieke!«

Da saßen wir hier auf einem wackelnden Ast, mehrere Meter über dem Garten der Nachbarn, wo ein kläffender Hund uns im Blutrausch nach dem Leben trachtete, während Lana nur ganz knapp entkommen war, und ich schlug dem Typen, der gerade noch Kommentare über mein Hinterteil gemacht hatte, eine Wette vor? Warum nur? Ich musste verrückt geworden sein. Andererseits, ich hatte doch nichts zu verlieren. Ich war doch wirklich immun. Das musste ich jetzt nur noch meinem Herzen klarmachen. Seine blöden Sprüche waren aber auch wirklich ganz schön platt. Der konnte doch nicht im Ernst jemals Erfolg damit gehabt haben, oder? Trotzdem wurde mir ganz heiß, wenn ich daran dachte, wie beherzt er zugegriffen hatte, um mir auf den Baum zu helfen. Also, es war nicht so, als hätte ich keine Dates gehabt. Aber irgendwie war nie der Richtige dabei gewesen. Ich wartete auf meine kölsche Jung. Der würde dann auch ein echter Prinz sein. Karnevalsprinz natürlich. Aber immer noch besser als dieser Frosch Mateo hier, der sich einbildete, auf einem ganz hohen Ross zu sitzen. Diese Wette würde er niemals gewinnen. Das war so sicher wie das Amen im Dom.

»Na, warten bis die Gonzales von ihrem Job in der Fabrik nach Hause kommt und ihre Kubanische Dogge einsammelt.«

»Wie lange arbeitet sie denn normal so?« Ich begann mit den Beinen zu baumeln, was den Hund noch mehr anstachelte.

»Eine Weile. Dann geht sie noch durch die Stadt und schaut, was es an den Obst- und Gemüseständen und in den staatlichen Läden gibt, wie jeder Kubaner. Kann bis heute Nachmittag dauern, guapa. Also mach's dir ruhig bequem.«

»O Mann, jetzt bin ich gleich am ersten Tag zu spät.«

»Mach dich locker.« Mat lächelte. »Wir schwänzen nicht und Rieke ist nicht unsere Rektorin. Sie ist entspannt und du hast immerhin gute Gründe für deine Verspätung. Sie hat da Verständnis. Ganz sicher.«

Er wollte mich beschwichtigend tätscheln, aber ich zog den Arm weg und schmunzelte.

Mat starrte mich ziemlich überrumpelt an. Wahrscheinlich hatte ihm noch nie eine Frau so offen gesagt und deutlich gezeigt, dass er nicht ihren Vorstellungen entsprach. Vermutlich standen auch fast alle auf seine markanten Gesichtszüge, die bestimmt superweichen, fluffigen Haare, seine ungeteilte Aufmerksamkeit und den Waschbrettbauch, den er hundertprozentig unter dem Muskelshirt versteckte. Ich seufzte unwillkürlich und hoffte, dass es empört klang.

Einige Minuten lang schwiegen wir und ich registrierte befriedigt, dass er immer noch bedröppelt aus der Wäsche schaute. Nach gefühlten zehn Minuten wollte ich gerade unser Schweigen brechen und etwas Beschwichtigendes sagen, da hörten wir plötzlich Rufe, die sich näherten. »Hey, Leute. Was macht ihr denn da drüben auf dem Baum?« Livio und Jola reckten sich über den Zaun und versuchten herauszufinden, was hier vor sich ging. »Lana kam eben zu uns und hat uns zu dieser Stelle hier geführt. Was ist denn mit euch passiert?«

»Lana hat mal wieder ihrem Freiheitsdrang gefrönt«, sagte Mat. »Leider wie immer in Richtung der Gonzales. Manchmal glaube ich, sie legt es darauf an, dieses Biest hier herauszufordern.«

»Ist aber Gott sei Dank wieder mal gut gegangen«, sagte Livio. »Aber bald müssen wir am Baum eine Strickleiter anbringen, so oft wie Lana da hinüberspaziert und du sie retten gehst, Mat. Wartet, ich hole ein Stück Suppenfleisch aus der Küche.«

»Prima. Schmeiß es am besten wieder an derselben Stelle über den Zaun wie letztes Mal, das hat ihn eine gute Weile beschäftigt. Am besten geh ich vor und reiche dir dann meine helfende Hand, Maike.«

»Nur über meine Leiche«, sagte ich und deutete Jola, dass das ihre Aufgabe war. Sie nickte und grinste.

Als wir wieder auf der richtigen Seite des Zauns standen und Lana uns fröhlich anbellte, als ob sie sich brav bedanken wollte, seufzte ich tief. Was für eine Aufregung.

Erleichtert plaudernd gingen wir zusammen zurück zum Haus. Gerade als wir um die Ecke biegen wollten, blieb Mat abrupt vor mir stehen und drehte sich zu mir um. Prompt lief ich in ihn hinein und er legte mir eine Hand an die Hüfte. Von der Stelle breitete sich eine Hitze über meinen ganzen Körper aus. »Warte«, flüsterte er, während Jola und Livio weitergingen und schließlich im Haus verschwanden. Mein Herz hämmerte mir in der Brust, als Mats Gesicht sich meinem immer weiter näherte. Ganz automatisch befeuchte ich meine Lippen, obwohl ich eins definitiv nicht wollte: dass er mich küsste.

Die Finger seiner anderen Hand wanderten durch meine Haare und er zupfte mir einige Blätter und Ästchen vom Kopf. Ich brachte keinen Ton heraus.

Mit seinen vollen Lippen berührte er zärtlich mein Ohr, was mich schaudern ließ. Dann raunte er: »Scheint ganz so, als wärst du doch nicht so immun, wie du so großspurig verkündet hast.« Er entfernte sich grinsend einige Schritte. »Rieke kommt übrigens gerade über den Hof. Bestimmt sucht sie dich. Und wie du weißt: Der erste Eindruck zählt. Auch wenn sie nicht deine Rektorin ist.«

Er hatte mit mir gespielt! Er wusste genau, was er in Frauen auslösen konnte und nutzte es schamlos aus. Und zwar genau jetzt, wo ich kurz davorstand, meine neue Chefin kennenzulernen. So ein Schuft. Das ging alles auf sein Karmakonto.

Ich hörte, wie Mat in einiger Entfernung zwitscherte: »Oh, hallo, Rieke. Du suchst bestimmt Maike. Es gab einen kleinen Zwischenfall, aber sie ist da vorn um die Ecke.«

Bestimmt deutete er in meine Richtung und ich stöhnte gequält auf.

Aber es half ja nichts. Ich gönnte Mateo keinen Sieg. Deshalb: Brust raus, Bauch rein und ab durch die Mitte. Ich sammelte mich kurz, fuhr mir mit den Fingern schnell durch die Haare und bog dann auch um die Ecke. Mat verschwand gerade neckisch grinsend im Haus und vor mir stand eine hochgewachsene blonde Frau, die mich an Frau Antje von der Käsepackung erinnerte. Sie war etwa Mitte sechzig, aber die lose geflochtenen Zöpfe ließen sie um Jahrzehnte jünger aussehen. Sie trug mit Ornamenten bemalte Mini-Holzschühchen als Ohrringe und ihre blauen Augen musterten mich freundlich. Zur Begrüßung streckte sie mir die Hand hin.

»Hi, Maike, freut mich, dich kennenzulernen. Ich bin Rieke aus den Niederlanden, deshalb mein kleiner Dialekt.«

»Freut mich auch«, sagte ich und erwiderte ihren offenen Blick standhaft.

»Danke, dass du so spontan einspringen konntest. Wir brauchen hier wirklich jede Unterstützung. Gerade die reinen Frauengruppen sind sehr gefragt und die Hurrikan-Saison steht auch bevor. Na, dann komm mal mit rein, du siehst aus, als könntest du ein Glas Wasser vertragen. Mat meinte, es sei etwas passiert?«

Während wir in ihr Büro gingen, erzählte ich ihr von dem Vorfall mit Lana und der Rettung durch Livio und das Suppenfleisch.

»Danke, dass du so aufmerksam warst und dann auch sofort aktiv geworden bist. Lana ist wirklich ein wildes Ding.« Rieke reichte mir ein Glas Sprudel. Ihr Büro befand sich im ersten Stock oberhalb des Speisesaals und war behaglich eingerichtet. Mir gefielen die vielen Bücherregale an den hohen Wänden.

Sie lehnte sich in ihrem braunen Ledersessel zurück und schlug die Beine übereinander. »Also, Maike. Du scheinst mir eine Frau zu sein, die sich nicht den Käse vom Brot nehmen lässt, wie man bei uns so schön sagt. Stimmt mein Eindruck?«

Ich lächelte. »Ich denke schon.«

»Super, dann werden wir beide uns gut verstehen. Ich brauche hier anpackende Hände und keine Mäuschen in der Speisekammer. Du arbeitest zum großen Teil mit Mat zusammen. Es ist besonders wichtig ...« Sie stockte. »... besonders wichtig, dass du dich nicht unterkriegen lässt und individuell auf die Menschen eingehen kannst.«

Meinte sie jetzt Mat? Oder die kubanischen Leute? Aber bevor ich weitere Rückschlüsse ziehen konnte, schob sie mir verschiedene Blätter über den Tisch. »Hier einige Infobroschüren und dein Gruppenplan. Für uns hier ist wichtig, dass wir unser Motto *Strong Together Everywhere* leben. Wir betonen, dass wir gemeinsam stark sind, also wir bieten Hilfe zur Selbsthilfe. Was wir nicht fördern, ist der White Savior Complex, denn wir möchten keinen strukturellen Rassismus unterstützen.«

Ich schaute Rieke verwirrt an.

»Ach, okay, ich merke schon, du kannst mit dem Begriff von Teju Cole nichts anfangen. Kennst du die Instagram-Bilder von den afrikanischen Kindern, die sich um eine Weiße scharren und dankbar grinsen? Das ist ein Beispiel für das Narrativ von Weißen Rettern, die in Entwicklungsländer kommen, um den armen Menschen aus ihrer Not zu helfen. Das ist eine komplexe Problematik, denn hier verstärken historisch verankerte Denkstrukturen globale Ungleichheit.«

Ich nickte. Das leuchtete mir ein. Auch die Schnappschüsse von den barfüßigen Kindern auf unserer Kneipentour hatten mich hierhergebracht. Aber ich wollte doch nur helfen …

»Du fragst dich jetzt bestimmt, was wir hier anders machen, um dieses Bild nicht zu reproduzieren, oder?«

Wieder nickte ich, diesmal etwas schuldbewusst.

»Wir achten darauf, nicht uns in den Vordergrund zu stellen. Bei uns gibt es viele einheimische Helfende, und wir nehmen nur Unterstützende, die langfristig hier sind, damit der Support auch etwas bringt. Achte bitte besonders bei Fotos darauf, Persönlichkeitsrechte zu wahren, aber das muss ich dir bestimmt nicht extra sagen. Du kannst natürlich gern zusätzliche Kurse anbieten, entsprechend der Nachfrage. Hier in Kuba gibt es ein gutes Bildungssystem und eine sehr gute medizinische Versorgung. Was fehlt sind Aufklärung zur Selbstversorgung, da kümmert sich Mat drum, dann Kinderbetreuung und Fremdsprachenkenntnisse.«

Ich nickte und überflog die Tabellen.

»Du solltest als Freiwillige pro Woche etwa dreißig Stunden arbeiten, aber natürlich freuen wir uns über jede Hilfe. Montags ist für uns alle der freie Tag und das Haus ist für Externe geschlossen. Es ist wichtig, dass man auch mal eine Auszeit hat, und wir wollen ja auch, dass unsere Helfenden die Möglichkeit haben, etwas vom Land zu sehen. Wenn du an einen freien Montag mal ein, zwei Tage dranhängen willst, weil du weiter wegwillst, zum Beispiel nach Trinidad oder Santiago, dann können wir das gern kurzfristig besprechen.«

Ich lächelte Rieke an.

»Gut, hast du noch Fragen?«

»Nein, ist alles klar.«

»Dann ist die Kugel ja durch die Kirche, also dann ist es ja entschieden. Und denk daran, falls irgendetwas ist, dann komm einfach bei mir vorbei und sprich ganz offen mit mir. Okay?«

Ich nickte erneut, aber als ich einige Zeit später mit den Zetteln in der Hand Riekes Bürotür hinter mir zuzog, hatte ich ein minimal mulmiges Gefühl.

***

Kurz darauf hatte ich das mulmige Gefühl als Knick in meiner Energiekurve enttarnt. Immerhin hatte jetzt das Adrenalin wegen des Hundes und Rieke nachgelassen, was dazu führte, dass ich mich ziemlich platt fühlte. Aber vorhin hatte ja dieser leckere Kaffee geholfen, mich aufzuputschen. In der Küche ließ ich mir von Livio zeigen, wie man diesen wunderbaren Café Cubano mit dem Rohrzuckerschaum zubereitete, und fläzte mich dann mit der fast vollen Espressotasse in den Schaukelstuhl, den ich gestern bei meiner Ankunft gesehen hatte. Die Decke und das Buch waren verschwunden, und beim Schaukeln ächzte der Stuhl, als ob er mir seine Geschichte erzählen wollte.

Es herrschte eine friedliche Stille, denn die frühen Gruppen waren schon aus dem Haus und das Mittagessen wurde noch nicht vorbereitet. Es tat gut, im Schatten zu sitzen, denn die karibische Hitze nahm mit jeder Minute zu und die Sonne stach unbarmherzig vom Himmel. Ich schaukelte ein paar Minuten, nippte an meinem Kaffee und genoss das bedächtige und vereinzelte Zwitschern der Vögel, das so anders klang als bei mir zu Hause in Deutz, wo hauptsächlich die Tauben gurrten.

Ich wollte so gern Sarah von dem Zwitschern berichten, das uns beide immer an die frühen Morgenstunden der Sommerferien erinnerte. An Tage, die ohne Schule, Hausaufgaben und Hobbys vor uns gelegen hatten und nur mit süßer Langeweile gefüllt worden waren. Aber ich wusste, dass sie mit so vielen anderen Sachen beschäftigt war und keine Zeit für mich und meine Erinnerungen hatte. Ohnehin war es so weit, neue zu schaffen. Allein für mich.

Schnell vertiefte ich mich in Riekes Papiere. Die Hauptaktivitäten lagen seltsamerweise vormittags. Arbeiteten die meisten Leute zu der Zeit nicht? Dienstagvormittags fand zum

Beispiel das gemeinsame Kochen für das Mittagessen statt, das Mat leitete und zu dem ich als zweiter Betreuer eingeteilt war. Mittwochs gab es von neun bis elf Uhr eine Aktivität, die ich allein leiten würde und die sich ausschließlich an die Kubanerinnen richtete. Die Bezeichnung lautete *café y presupuesto.* Ich verstand nur *Kaffee,* aber das gefiel mir schon mal. Das andere Wort würde ich nachher mal im Wörterbuch nachschauen. Oder ich fragte Jola, wenn ich sie sah. Wurde Zeit, dass ich ein paar Wörter Spanisch lernte. Wenigstens war Jola mit mir zusammen für den Kurs eingeteilt. Donnerstags begleitete ich Mats Kurs »*Urban gardening* – nachhaltiger Gemüseanbau«. Und immer mal wieder dazwischen lagen Termine für die offene Kinderbetreuung, auf die ich mich besonders freute.

Als ich mir gerade die Kurse für die anderen Tage anschauen wollte, schlenderte Mat mit einer Dose kubanischer Cola in der Hand in meine Richtung. Originale waren hier immer noch selten und sehr teuer, hatte Stina mir gestern beim Abendessen erzählt.

»Na, wie war dein Termin? Gesichtsfarbe rechtzeitig in den Griff bekommen?«, fragte er und lehnte sich entspannt an eine der Säulen.

»Mit meiner Gesichtsfarbe war alles in Ordnung, danke der Nachfrage.«

»Komisch, mir schien sie etwas grell. Aber na gut, wenn du es sagst.« Er grinste und setzte die fast leere Dose an seine Lippen, woraufhin sein Shirt nach oben rutschte und den Blick auf seinen tatsächlich wohldefinierten Bauch freigab. Herrgott. Wie konnte er so aussehen, obwohl er dieses Zuckerzeug trank? Bloß wegschauen, bevor er mich mit seinem Body in den Bann zog, was definitiv sein Plan war. Das Funkeln in seinen Augen

verriet ihn. Ich tat so, als ob ich mich in die Kurse vertiefte.
»Denkst du, ein paar Muskeln lassen mich schwach werden? Beeindruckt mich überhaupt nicht.«

»Na, wenn du das sagst.« Er beobachtete mich eine Weile schweigend. »Und? Bereit für den Kurs?«

Bevor ich meine Aufgaben für heute ins Auge fassen konnte, hatte er mich mit seinem Sixpack abgelenkt. Schnell scannte ich die Tabelle und sah einen Eintrag, der *deporte y juego* hieß und bei dem ich dabei sein sollte. Verstand ich nicht. War aber definitiv zu stolz, um das zuzugeben.

»Ja klar, megabereit. Mehr als bereit. In einer halben Stunde geht's los?«

»Genau, wir sind dann pünktlich zum Mittagessen wieder da.«

Wieder da? Was auch immer wir da machen würden, fand nicht hier im Haus statt? Wow, es ging nach draußen. Plötzlich schlug mein Herz schneller, was dieses Mal aber nicht an Mat lag. Das echte Kuba, und das schon am zweiten Tag. Ich freute mich sehr.

»Hast du denn passende Kleidung dabei?«

»Natürlich«, erwiderte ich, bevor ich noch darüber nachdenken konnte.

Skeptisch schaute er mich an. Mist, jetzt steckte ich in einer Zwickmühle, ich wusste ja noch nicht einmal, um was es hier gerade ging. Mann, warum konnte man denn nur nicht normal mit Mat sprechen?

»Du sitzt übrigens auf Schwester Antonias Platz.«

»Oh.« Ich stand auf. Ich musste ja ohnehin los, mich fertig machen, für was auch immer.

»Wir lassen den Platz frei, als Würdigung sozusagen.«

»Warum das?«

»Schwester Antonia, möge Gott ihrer Seele gnädig sein, ist vor fünf Jahren zum Herrn gegangen.«

»Ähm. Okay.« Erstaunt blickte ich auf den noch schaukelnden Stuhl.

»Und das hier war ihr Lieblingsplatz auf der Welt. In dem wurde sie auch gefunden, als …« Er hielt theatralisch inne. »Und manchmal, wenn nachts der Mond hell in den leise raschelnden Innenhof scheint, dann sieht man den Stuhl vor sich hin wippen …«

»O Mann, Mat. Wir sind doch hier nicht auf einer Nachtwanderung. Und ich bin keine zwölf mehr.« Ich stöhnte.

»Sag nicht, ich hätte dich nicht gewarnt.« Er schmunzelte, als er davonschlenderte, die Dose mit einer Hand zusammendrückte, als ob sie ein Stück Papier wäre, und noch über die Schulter zurückrief: »Du hast noch fünfundzwanzig Minuten, um dich fertig zu machen. Dann geht's los mit dem *deporte y juego*.«

Ich kratzte mich am Kopf. Hatte er das mit dem Stuhl jetzt ernst gemeint? Oder war das lediglich eine Lagerfeuer-Gruselgeschichte? Ich würde später die anderen dazu befragen.

In meinem Zimmer setzte ich mich auf das Bett und schlug die beiden Worte nach. Entsetzt starrte ich auf das Lexikon. Sport und Spiel. O nein, alles, nur nicht das! Wenn ich etwas hasste, dann war es Mannschaftssport. Ich hatte nichts gegen Teamarbeit als solches, aber Sport war die schlimmste Plage, die ich mir vorstellen konnte. Beim Joggen enttäuschte man maximal sich selbst, aber im Gruppensport, da enttäuschte man direkt einen Haufen anderer Leute noch dazu. Da würde der Übersportler Mat ja gleich einiges zu lachen haben. Was hatte ich mir da nur angetan? Konnte ich noch sagen, dass ich meine Tage hatte?

Außerdem hatte ich nichts anzuziehen.

Kapitel 8

Mat

Sie hatte ja doch etwas zum Anziehen dabeigehabt. Nachdenklich beobachtete ich, wie Maike sich im Hauseingang herumdrückte. Vielleicht sollte ich ihr etwas unter die Arme greifen, immerhin war es ihr erster Kontakt mit den Leuten. Und die Jungs waren tatsächlich etwas unbändig, sie fieberten ihrem wöchentlichen gemeinsamen Auspowern entgegen. Ich ging zu Fabricio, Yago, Pablito und Jacobo, die im Kreis zusammenstanden und überschwänglich lachten und sich abklatschten, weil sie sich von den Flirts der letzten Woche berichteten. Vielleicht doch kein guter Moment, um Maike vorzustellen. Irgendwie mochte ich sie ja.

Obwohl man ihre hellbraunen Haare nicht einmal als richtige Frisur bezeichnen konnte und ihre Statur nicht besonders weiblich oder trainiert war, fand ich sie doch hübsch. Ich mochte ihre zarten Züge und ich lächelte bei dem Gedanken, wie sie mich vorhin auf dem Baum angefaucht hatte. Dass sie mich dann mit der Tatsache konfrontiert hatte, dass ich nicht ihr Typ war, hatte mich baff gemacht und ich war tief beeindruckt. Ihr einfach nur so daher gesagtes Angebot für die Wette hatte ich mehr als nur gern angenommen. Sie würde noch Augen machen, so wie in dem Moment, als ich sie hinter der

Hausecke durcheinandergebracht hatte. *Dios mío,* sie war so wunderschön gewesen mit den Blättern in den Haaren, mit dem starren Blick und den befeuchteten Lippen, die mich zum Küssen eingeladen hatten. Mir wäre fast der Atem weggeblieben. Und auch das war mir noch nie bei einer Frau passiert. Das zeigte mir, wie besonders sie war. Natürlich hatte ich sie nicht geküsst. Dann wäre ja die ganze Spannung weg gewesen. Ich würde sie noch ein wenig umgarnen. Es ging ja um das Flirten, nicht darum, sie herumzukriegen.

»Hey, Mateo«, begrüßten mich die Jungs in der Runde. »Denkst du auch gerade an eine heiße Braut? So grinst du jedenfalls.«

Sie lachten und hauten mir auf die Schulter. Gut, dass Maike nichts vom Gesagten verstand, weil die Jungs Spanisch sprachen. Meine Gedanken schweiften schon wieder zu ihr.

»Ein Gentleman genießt und schweigt.« Ich grinste die Jungs an.

»Ach, du hast also ein neues Projekt am Laufen, über das du noch nicht sprechen möchtest, oder?«

»Vielleicht.« Verschwörerisch zwinkerte ich, woraufhin sie sich wieder ihren Themen zuwandten.

Ich schielte zu Maike hinüber, die schon wieder vorgab, in ihren Reiseführer vertieft zu sein. Also bitte. Wie viel Spannendes konnte da schon drinstehen, wenn hier das wahre Leben auf sie wartete. Ich sollte sie wirklich erlösen. Ich schlenderte zu ihr hinüber.

»Und? Sightseeing schon geplant?«

Sie schreckte auf und zupfte sich verlegen an der blauen Sporthose, die ihr mindestens eine Nummer zu groß war. Entweder sie hatte in der letzten Zeit massiv abgenommen oder sie hatte doch keine Sportklamotten dabei. Aber wo hatte sie diese Hose nur auf die Schnelle hergezaubert? Von Livio? Der war doch aber mit den Skatern weg. Dazu trug sie ein enges Top, das prompt meine Fantasie anregte. Obwohl es überaus interessant wäre, wenn beim Fußball nicht nur der Lederball hüpfen würde, wäre das wirklich nicht gut für uns alle. Die anderen Jungs sollten sie nicht so sehen. Ich würde Dominga, die auch mitkommen würde, unterwegs sagen, dass sie ihr ein Trikot von sich leihen sollte.

»Ja, ich freue mich schon darauf, Kuba auf eigene Faust zu erkunden.«

»Ich könnte dir doch das ein oder andere Highlight zeigen, das garantiert in keinem Buch steht.«

»Ich denke nicht, dass gerade du mich überraschen kannst«, erwiderte sie.

»Ob du dich da mal nicht täuschst.« Ich grinste. »Immerhin habe ich dir schon den Nachbargarten von oben gezeigt. Du musst zugeben, dass das ziemlich überraschende Perspektiven waren.«

»Das Einzige, was mich überraschen könnte, wäre, dass du ein lieber Kerl bist, der es mit einer Frau ehrlich meint und keine miesen Haare-hinters-Ohr-streichen- und Zufälliges-Hemd-verrutschen-Strategien braucht, um ihr nahe zu kommen.«

Bevor wir aber unseren Schlagabtausch weiterführen konnten, kamen die letzten Teilnehmer des Kurses an, die Zwillinge Hernando und Hernanda.

Jetzt, da die Gruppe komplett war, begrüßte ich alle und wir machten uns gemeinsam auf den Weg zum nahe gelegenen unbebauten Grundstück, das vom ganzen Viertel als Fußballfeld genutzt wurde. Immerhin hatte das staatliche Sportministerium die Tore organisiert. Obwohl die Sportart inzwischen mehr gefördert werden sollte, um international mitmischen zu können, waren die Nationalsportarten immer noch Baseball und Boxen. Dennoch war und blieb das Hobby, bei dem ich richtig abschalten konnte, Fußball.

Kapitel 9

Maike

»Fußball?« Entgeistert blieb ich am Spielfeldrand stehen.

»Ja klar. Was hast du gehofft? Ballett?« Dominga grinste. »Da können wir den Jungs mal richtig Feuer unter dem Hintern machen, oder? Hier, für dich.« Dominga kramte in ihrem Beutel und warf mir ein Trikot zu. »Sonst bist du der wilden Meute ja hilflos ausgeliefert. Obwohl...« Sie lachte. »Vielleicht haben wir dann Vorteile, weil sie nur Augen für dich haben. Andererseits: Solche billigen Tricks brauchen wir nicht. Wir hauen die Männer auch ohne nackte Tatsachen in die Pfanne. Oder?«

Die zwei Jungs unserer Mannschaft schauten sie etwas enttäuscht an.

Während Dominga uns briefte, zog ich mir das Shirt über.

»Wir spielen vier gegen vier. Du spielst hinten links und deckst Mat. *Está claro*, Maike?« Ich kramte in den Ecken meines Unterbewusstseins nach dem Weltmeisterschaftsfußballwissen. Abgesehen von Kölsch und Bratwurst beim Public Viewing auf den Kölner Ringen, meinte ich, mich daran zu erinnern, dass es eine sogenannte Manndeckung gab. Das hieße, dass ich immer aufpassen musste, dass Mat den Ball nicht bekam.

»Also, noch Fragen, Leute?«

Alle schüttelten den Kopf. Ich auch. Aus Gruppenzwang, denn ich hatte nichts im Kopf außer Fragen. Ich nahm mir vor, alles zu geben, während wir uns schon auf dem Platz verteilten.

Der Ball ging erst eine Weile zwischen den Jungs hin und her, Yago schoss ein Tor für uns und Jacobo eines für die Gegner, woraufhin Dominga einen Schwall spanischer Flüche ausstieß und uns zu mehr Einsatz antrieb. Ich wischte mir den Schweiß von der Stirn und spürte, wie mir durch die Mittagssonne richtige Bäche den Rücken hinunterliefen. In meinen Armbeugen hatten sich dunkle Flecken gebildet und ich schnaufte sehr undamenhaft. Stets schwirrte ich um Mat herum und schaffte es manchmal sogar, ihm den Ball abzuluchsen, mühsam darauf bedacht, ihm nicht zu nahe zu kommen. Mat wiederum schien den einzigen Sinn des Spiels darin zu sehen, mir körperlich auf die Pelle zu rücken, aber bisher hatte ich es immer geschafft, ihm zu entwischen.

»Maaaaike, hier, Pass!«, schrie Dominga plötzlich und schon sah ich den Ball auf mich zufliegen, der mir mit voller Wucht auf die Brust knallte. Ich keuchte auf, aber der Schmerz war mir egal. Ich flitzte um Mat herum, dessen Gesicht Fassungslosigkeit zeigte, rannte wie eine Bekloppte mit dem Ball am Fuß aufs Tor zu und schoss.

»*Goooool!*«, hörte ich Dominga, Hernando und Yago jubeln. Ich war allerdings so platt von dem Aufprall und meinem Blitzangriff, dass ich schnaufend zu Boden sank. Mat war augenblicklich bei mir.

»Alles okay, Maike?« Seine Stimme war von Sorge belegt und er kniete sich neben mich, ohne mich jedoch zu berühren. Auch seine Augen waren überschattet.

»Geht langsam wieder«, presste ich hervor und hielt mir die Seite, in der es fies stach.

»Na komm, trink einen Schluck.« Er hielt mir seine Flasche hin und beobachtete mich mit gerunzelter Stirn. Ich atmete noch ein paarmal tief ein und aus und ließ mich dann von Mat auf die Beine ziehen.

»Bist du sicher, dass du weiterspielen kannst?«

»Hättest du wohl gern, dass ich aufgebe«, sagte ich keck und sein Gesichtsausdruck änderte sich sofort.

»Was ich gern hätte, weißt du ganz genau.« Seine Augenbrauen hüpften auf und ab und ich verdrehte die Augen. Wie hatte ich nur kurz denken können, dass er sich wirklich Sorgen um mich machte?

Im weiteren Verlauf des Spiels war ich von meinem Torangriff so geschlaucht, dass Mat es viel zu oft schaffte, seinen Körper an meinen zu drücken, unter dem Vorwand, mir den Ball abzunehmen. Dabei grinste er wissend und ich verfluchte mein rasendes Herz. Viel zu gut fühlte er sich verschwitzt an, mit den angespannten Muskeln unter seinem Shirt, und mein Kopfkino verhinderte, dass ich mich auf das Spiel konzentrieren konnte.

Am Ende hatte es das andere Team geschafft, uns mit sieben zu drei haushoch zu besiegen, aber wir gratulierten als gute Verlierer dennoch anständig. Immer noch schwer atmend ließen wir uns im Schatten nieder und Mat und Fabricio gingen in den nächsten kleinen Laden, um uns allen eine kubanische Cola zu spendieren.

»Gut, dass du kein Püppchen bist.« Anerkennend klopfte Dominga mir auf den Rücken. »Ich hatte schon Angst, dass sie uns so eine vorsetzen, mit der man nichts anfangen kann.«

Die Jungs nickten und es fühlte sich an, als wäre ich damit feierlich und einstimmig in ihre Gemeinschaft aufgenommen worden. Wie am Flughafen fühlte ich mich plötzlich ein paar Zentimeter größer.

»Weißt du, Maike, wir brauchen jemanden, der auf unserer Seite ist. Wir brauchen Stärke. Jemanden, der so hart ist wie unser Leben. Ich will meine Zeit nicht mit jemandem verschwenden, der herumdruckst oder uns lediglich bemitleidet. Das hilft uns kein Stück. Aber ich sehe, dass du jemand bist, der anpackt, der auch wegstecken kann, ohne direkt zu heulen wie ein Baby, wenn mal der Fingernagel abbricht.«

Ich stimmte in das allgemeine Nicken ein.

»Also dann, *bienvenida a la familia,* Maike.«

Mein Strahlen wurde sogar noch breiter, als Mat endlich die Cola brachte, an deren Dose eiskalte Wassertropfen hinunterperlten. Schmeckte zwar nicht wie die originale Cola, aber nach der körperlichen Anstrengung genauso himmlisch, wenn nicht sogar noch besser.

»Also Leute, wie läuft es denn bei euch?« Mat schaute interessiert in die Runde und ich hatte das dumpfe Gefühl, dass dies kein oberflächliches Geplänkel werden würde. Die aufgekratzte Stimmung war einer einträchtigen Stille gewichen. Schließlich ergriff Fabricio das Wort. »Mein Verkaufsstand ist der Renner. Die Nachbarn reißen mir das Gemüse aus den Händen, besonders der Salat kommt gut an, den du uns letztens im Kurs gezeigt hast.«

Mat strahlte bei dem Lob.

»Und die Leute holen sich immer öfter Tipps, wie sie selbst auf ihrem Dach oder Garten Gemüse anbauen können.«

»Das ist so toll und freut mich ehrlich. Weißt du, Maike«, wandte er sich an mich und ich bemerkte die sanfte Klangfarbe, die seine Stimme hatte, als er meinen Namen sagte, »es gibt auf Kuba leider noch zu wenig Ackerbau. Die meisten Flächen werden für eine Zuckerrohr-Monokultur genutzt, was den Boden auslaugt. Lebensmittel müssen deshalb teuer aus dem Ausland importiert werden, deshalb gibt es weder in den staatlichen Supermärkten noch in der kubanischen Küche eine große Vielfalt, was sehr schade ist.«

Fabricio nickte. »Und Mat zeigt uns freitags im Kurs verschiedene Möglichkeiten, bei uns zu Hause etwas zur Selbstversorgung anzubauen, und wir haben manchmal sogar so viel Ernte, dass wir es in der Nachbarschaft verkaufen können.«

»Was extrem gut angenommen wird«, ergänzte Yago.

Das klang ja richtig gut. Auf beruflicher Ebene schien Mat ein toller Typ zu sein, der in der Organisation eine hervorragende Arbeit leistete und die Leute toll förderte und forderte. Das würde ihn mir fast schon sympathisch machen, aber ich konnte nicht ausblenden, dass er ein Casanova war, der mich offenbar zu seiner neuesten Kerbe im Bettpfosten auserkoren hatte. Nur gut, dass ich das zu verhindern wusste.

»Natürlich wird das gut angenommen.« Dominga band sich ihren Zopf neu, der sich beim Fußball gelockert hatte. »Sonst gibt es ja für uns Einheimische auch nur zwei Sachen, die erschwinglich sind: Reis und Bohnen.«

»Immer nur Reis und Bohnen«, klagte Yago.

»Also ich fand es sehr lecker gestern«, warf ich ein.

»Ja, es ist lecker, aber jeden Tag? Willst du jeden Tag Wurst und Sauerkraut essen?«, mischte Mat sich ein und sein Akzent war so niedlich bei den deutschen Wörtern.

»Nee, nicht wirklich«, musste ich zugeben. »Gott sei Dank hält die deutsche Küche auch noch andere Leckereien bereit, Reibekuchen zum Beispiel. Das ist einfach und doch einfach köstlich. Eine Spezialität bei uns in Köln.«

»Die Spezialität hier in Kuba ist Hummer.«

»Ja, für die Touris nur das Beste.« Dominga warf sich den Zopf über die Schulter. »Hast du schon mal Hummer probiert, Maike?«

Hatte ich nicht. Bei uns zu Hause gab es immer nur Hausmannskost, worüber ich mich nun wirklich nicht beklagen konnte. Geld für Delikatessen hatte Marianne nie übriggehabt.

»Ist das nicht Tierquälerei?«

»Der Hummer muss schon richtig zubereitet und mit dem Kopf voran ins kochende Wasser getaucht werden, das ist angeblich ein schneller Tod. Und schmeckt wirklich gut«, sagte Dominga. »Solltest du unbedingt ausprobieren, während du hier auf Kuba bist.«

»Wollen wir den am Dienstag zum gemeinsamen Mittagessen machen?«, fragte Mat. »Wäre doch eine super Idee, oder? Und du musst uns unbedingt mal deine Spezialität zubereiten.«

»Klar, mache ich sehr gern.«

»Dann hoffe ich aber, dass du besser kochst, als du kletterst.« Mat zwinkerte und stupste mir spielerisch auf den Oberarm, was eine Gänsehaut auslöste, die sich auf meinen ganzen Körper ausbreitete.

***

Lachend und fröhlich plaudernd machten wir uns auf den Rückweg. Die Sonne stand inzwischen im Zenit und die Hitze flirrte über dem Kopfsteinpflaster. Den Kubanern schien das nichts auszumachen, sie ließen sich nicht einen einzigen Flirt entgehen. Offensiv baggerten sie jedes weibliche Wesen egal welchen Alters schamlos an, pfiffen und johlten sogar, wenn die Frau etwas Kokettes erwiderte.

»Das nennt man *piropo*«, sagte Dominga stolz. »Das gehört zum guten Ton bei den Kubanern. Für Außenstehende ist es gerade heutzutage befremdlich und je nachdem auch fragwürdig, aber es ist ein Teil unserer Kultur.«

Seltsame Art und Weise des Miteinanders. War das, was Mat mir gegenüber an Sprüchen losgelassen hatte, etwa auch reines *piropo?*

Als wir wieder im schattigen Haus angekommen waren, seufzte ich erleichtert auf. Endlich raus aus dieser Glut. Außerdem fing mein Magen an, verdächtig zu knurren. Ich hatte mich beim Fußball doch ordentlich verausgabt. Gut, dass es jetzt Mittagessen gab. Aus dem hinteren Bereich des Hauses drang schon das Klappern von Geschirr und ein Duft, der mich magisch anzog. Der Speisesaal und die Küche waren voller Leute: die Ausflügler vom Skaterplatz waren ebenfalls zurück und Livio winkte mir zu. Einige Leute aus der Spiel-und-Sport-Gruppe blieben noch zum Essen und auch Jola trudelte gerade ein, als ich mir in der Küche einen Teller mit dem Essen fülle, das in einem Topf vor sich hin köchelte. Wir setzten uns nebeneinander und ich erzählte Jola von meinem ersten Kurs.

»Haben dich die Jungs wenigstens ein bisschen verschont an deinem ersten Tag?«

»Doch, schon. Ironischerweise war es Dominga, die mich mit einem harten Schuss einmal blöd erwischt hat.«

»*Ah no,* zeig mal, wo genau?«

»Hier, am Dekolletée.«

Ich lüftete das Trikot unauffällig ein klein wenig und Jola schaut sich die Stelle an. »Ist nur ein bisschen gerötet. Hast du denn Probleme beim Atmen?«

»Nein.«

»Gut, dann dürfte die Rötung in ein paar Stunden abklingen. Wenn es noch sehr weh tut, kannst du es ein wenig kühlen, Icepacks findest du in der Küche. Aber das habe ich ehrlich gesagt gar nicht gemeint. Die Jungs lassen sonst nichts anbrennen.«

»Ah, du meinst die *piropos*. Dominga hat mir das erklärt und ich habe es auf dem Heimweg live erfahren, aber mich haben sie verschont.«

»Sehr umsichtig von ihnen. Aber Flirten gehört zu Kuba wie die Zigarren. Es ist sozusagen ein Kulturgut, ein poetisches Genre, nicht einfach nur ein Pfeifen oder Anlachen. Oft sind es Sätze im Vorbeigehen wie: ›Wenn ich blinzle, entgeht mir ein Augenblick deiner Schönheit‹ oder falls man sich im Park begegnet: ›Keine Blume könnte deine Schönheit übertreffen‹.«

Ich feixe. »Wenn das in Deutschland jemand Fremdes zu mir sagen würde, wäre das völlig fehl am Platze.«

»Aber auf Spanisch klingt es geschmeidig und voller Hingabe. Es ist ein Gedicht, durch das der Mann der Frau Respekt entgegenbringt, seine Ehrerbietung. Und wir kubanischen Frauen stehen darauf, wir erwarten das geradezu vom Mann. Es ist höflich.«

»Dann muss ich mich wohl daran gewöhnen.«

Jola lachte. »Besser ist das. Noch hast du Welpenschutz. Aber wenn du dich auf unsere Kultur einlässt, bekommst du die geballte Ladung Poesie.«

»Eure Männer sind also gar keine fiesen Machos, sondern freundliche Poeten?« Ich kicherte.

Vielleicht war Mateo doch gar kein Don Juan, sondern einfach nur ein ganz durchschnittlicher Latino, der es gar nicht auf mich abgesehen hatte? Ich schielte zu ihm hinüber. Er war gerade in ein Gespräch mit Dominga vertieft. Offensichtlich konnte er sich ja auch einfach mit Frauen unterhalten, ohne sie gleich zu beflirten.

Ihr zugewandt lauschte Mat Domingas Erzählungen und unter seinem knappen, grauen Shirt zeichnen sich seine Muskeln ab. Wie von selbst begann ich auf meiner Lippe zu knabbern und just in dem Moment schaute er mich an, als ob er meinen Blick gespürt hätte.

»Also alle, außer Mat«, sagte Jola, die meinem Blick gefolgt war. »Denk dran, was wir dir gestern Abend gesagt haben. Der Typ ist nur auf der Suche nach einem Abenteuer.«

Warum stach es so komisch in meinem Herzen, wenn sie das sagte? Das wusste ich doch selbst. Und ich wollte kein Abenteuer. Selbst wenn, er wäre der Letzte, den ich mir aussuchen würde. Schnell schnappte ich mir meinen Teller und brachte ihn in die Küche, deren Fensterläden wegen der Hitze geschlossen waren. Ich füllte mir ein Glas Wasser aus dem Fünf-Liter-Kanister ein und trank es in kleinen Schlucken. Als ich gerade wieder loswollte, um zu Jola zurückzugehen, kam mir Mat entgegen. Er wich mir allerdings nicht aus, sondern blieb einfach ganz nah vor mir stehen. Viel zu nah. Er war doch gerade noch mitten im Gespräch gewesen. Hatte er Dominga meinetwegen sitzen gelassen?

»Na, du«, sagte er leise und ich schluckte. »Du hast dich beim Spielen gut geschlagen. Dein Gesicht hatte das wunderschöne Rot der reifen Tomaten in unserem Hochbeet bei Lanas Hütte.« Ein Lächeln zupfte an seinen Mundwinkeln und seine Augen waren so unglaublich grün, sogar im Dämmerlicht.

Atmen, sage ich mir, *atmen.* Er wusste genau, dass ich nicht auf ihn stand, wollte aber seine Wette gewinnen. Alles nur Geplänkel. Ständig brachte er mich aus dem Konzept. Endlich wollte ich ihn auch mal wieder aus dem Takt bringen.

»Ich hoffe, nicht nur meine Gesichtsfarbe hat dich beeindruckt.« Ich straffe meinen Oberkörper ein wenig, und meine Brüste streckten sich ihm leicht in dem Trikot entgegen. »Sondern auch meine Technik, als ich das Tor gemacht habe.« Mats Reaktion folgte unweigerlich, seine Augen weiteten sich, sein Mund öffnete sich, als ob er etwas sagen wollte und ein bisschen sah er aus wie ein Fisch auf dem Trockenen. Ich musste kichern. Das hatte er wohl nicht kommen sehen. Punkt für mich. Ich ließ ihn stehen, und spürte, dass er mir hinterherschaute.

Kapitel 10

Mat

Auch eine Minute nachdem Maike wieder im Speisesaal verschwunden war, stand ich noch mit offenem Mund da und versuchte zu begreifen, was da gerade passiert war.

Als sie mir ihre festen Brüste entgegengestreckt hatte, als ob sie wollte, dass ich sie … Das Blut rauschte immer noch durch meine Adern und sammelte sich in meinem Lendenbereich. Ich musste mich dringend ablenken, so konnte ich unmöglich zu der Gruppe zurück.

Dabei war es mir mit dem *piropo* doch ernst gewesen. Zum ersten Mal war das keine meiner Maschen gewesen, sondern ich hatte ihr wirklich nur meinen Respekt zollen und ihre Schönheit loben wollen.

Aber sie hatte sich einen Spaß mit mir erlaubt. Genau aus dem Grund, weil ich überhaupt nicht verstand, was da in den Köpfen von Frauen vorging, vermied ich Beziehungen. Das gab nur Stress. Stress, den ich nicht brauchte, weil ich mich gerade voll und ganz auf meine Weiterbildung konzentrierte. Ich musste ohnehin noch einiges für die Uni tun, weil Lana mich ja gestern Abend am Lernen gehindert hatte. Deshalb rückte ich mich ein wenig zurecht und ging am Speisesaal vorbei zu meinem Zimmer. Auf dem Weg kam ich an Riekes Büro vorbei und hörte ihre gedämpfte Stimme. Sie telefonierte wohl gerade, aber wenn sie aufgelegt hatte, könnte ich mir jetzt schon mal das Essen für unseren Dienstagskochkurs freigeben lassen. Ursprünglich hatte ich Maike beeindrucken wollen, aber jetzt wollte ich ihr gern einfach eine Freude machen. Dafür brauchte ich noch eine Budgetfreigabe, dann konnte ich die Mahlzeit in den Essensplan für nächste Woche eintragen. Als es wieder ruhig geworden war, klopfte ich an und trat ein. Rieke hatte den Kopf in den Händen vergraben, fing sich aber schnell und lächelte mich an.

»Ah, Mat. Schön, dich zu sehen. Na, wie läuft dein Tag? Den Hundezwischenfall überwunden? Ja, mach nicht so ein Gesicht, ich hab davon gehört. Hattest du nicht versprochen, den Zaun so zu verstärken, dass Lana nicht mehr abhauen kann?«

Mit meiner linken Fußspitze zog ich kleine Kreise über die Fliesen, die mich fast schon an ein Mosaik erinnerten. »Ich weiß, Rieke. Es tut mir leid.«

»Das hilft Lana leider nichts, wenn sie als Snack endet.«

»Sie ist viel zu klug, um sich von dem Viech der Gonzales zum Mittagessen verspeisen zu lassen. Apropos Mittagessen.« Das war ein gelungener Themenschlenker, freute ich mich. »Ich würde gern den Speiseplan der nächsten Woche mit dir klären. Ich hatte Hummer ins Auge gefasst.«

Ungläubig schaute Rieke mich an. »Hummer?«

»Ja.«

»Für zwanzig Leute?«

»Ja.«

»Sonst noch was? Darf's noch ein bisschen Kaviar sein?«

»Also bitte, Rieke. Das ist doch nicht vergleichbar. Hummer mag woanders in der Welt ein kleines Vermögen kosten, aber hier ist er doch vergleichsweise bezahlbar.«

»Das mag für Touristen oder Leute gelten, die von Angehörigen außerhalb von Kuba unterstützt werden, aber wie dir vielleicht bewusst ist, arbeiten wir hier in einer Wohltätigkeitsorganisation.«

»Das weiß ich. Und Hummer ist eine Wohltat für den Gaumen«, versuchte ich sie zum Lachen zu bringen, was mir allerdings überhaupt nicht gelang. Da musste mehr im Busch sein. Plötzlich erinnerte ich mich an ihre ernste Stimmung in den letzten Wochen und ihre seltsamen Blicke und mir wurde prompt flau.

»Mat. Wir finanzieren uns zu hundert Prozent aus Spendengeldern. Das ganze Gebäude ist marode, nicht nur der Zaun zu den Nachbarn. Die steigenden Gelder für die Grundversorgung und sogar das bisschen Aufwandsentschädigung, das wir euch freiwilligen Helfern zahlen, wird dem Träger schon zu viel. Dazu kommt jetzt wieder die Hurrikan-Saison, die uns jedes Jahr das Genick brechen könnte. Ich ...«

Wie blass Rieke plötzlich geworden war.

»Möchtest du ein Glas Wasser?«, bot ich ihr an, obwohl ich in ihrem Büro war.

»Nein, danke, ein Rum wäre mir lieber.«

Ich hatte Rieke noch nie bei Tageslicht Alkohol trinken sehen, deshalb wurde aus dem bedrückenden Gefühl nun fast schon Angst.

»Was ist denn los? Was ist passiert?«

Ich trat auf den Schreibtisch zu und war einen Moment lang versucht, ihre Hand zu halten, so elend sah sie aus.

»Tja, Mateo. Das Leben ist kein Rosinenbrötchen, das wissen wir nur zu gut, aber genau deshalb wollen wir ja helfen. Nur ist das wohl für euch leider bald nicht mehr möglich. Zumindest nicht mehr hier auf Kuba.«

»Was? Was meinst du damit? Wieso für uns? Was ist mir dir?«

»Ich ... Teo.« So hatte sie mich vor zehn Jahren das letzte Mal genannt, an dem Tag, an dem wir uns kennengelernt hatten und sie mir eine Heimat gegeben hatte. Stocksteif stand ich da. Ihr Blick wurde weicher. »Wir wussten beide, dass irgendwann die Zeit kommt, da ich loslassen muss. Ich liebe den Job hier, liebe das Land und die Leute. Aber meine Kinder brauchen mich jetzt wieder. Ich habe fünf Enkel in Rotterdam, das sechste erblickt in Kürze das Licht der Welt, und ich will sie aufwachsen sehen. Verstehst du das, Mats?« Auch so hatte sie mich schon sehr lange nicht mehr genannt und wenn, dann nur, wenn sie richtig betrunken und rührselig gewesen war.

»Du willst gehen?« Das konnte doch nicht wahr sein. Wir brauchten sie noch eine Weile. Zumindest bis ich bereit war zu übernehmen. Hatte sie mich deshalb so im Visier gehabt? Um zu prüfen, ob ich so weit war?

»Der Verein möchte, dass ich einen Nachfolger vorschlage, für den ich die Hand ins Feuer halten kann. Von dem ich weiß, dass er sich angemessen verhalten kann. Der ein einwandfreier Vorgesetzter sein kann. Jemand, der die Kosten im Blick hat und einschätzen kann. Hummer ...« Sie schüttelte den Kopf. »Und Maike ...« Seufzend stand sie auf und trat neben mich. Die Frau, die mir zehn Jahre lang eine Mutter war.

Dass Rieke wieder gehen würde, war mir immer klar gewesen, aber ich würde sie wahnsinnig vermissen. Sie würde Fußstapfen hinterlassen, die ich unmöglich ausfüllen konnte. Und zu dem jetzigen Zeitpunkt noch viel weniger. Meine Weiterbildung war noch im Gange. Und ich wusste nicht, wie ich hier alle Kosten im Blick behalten sollte. Vor allem jetzt, wo wir uns wetterfest machen mussten. Zwischen Juni und November konnten sich jederzeit Tropenstürme bilden und den Stadtteil zum Einsturz bringen.

»Mat. Du bist dreißig. Du kannst doch nicht immer nur hinter den Rockzipfeln her sein. Meinst du nicht, es wird Zeit, endlich dein Leben zu ändern? Verantwortung zu übernehmen?«

Ich zögerte und mir wurde eiskalt. »Was, wenn nicht, Rieke? Was ist, wenn ich noch nicht bereit bin?«

»Einen anderen Kandidaten habe ich nicht zur Hand. Entweder du machst es oder der Verein besteht darauf, den Standort hier in Kuba zu schließen.«

Schließen? Was war mit unserer Gemeinschaft? Mit den Freundschaften, die wir uns aufgebaut hatten? Mit der konstanten Hilfe, die wir hier im Viertel boten? Das durfte einfach nicht wahr sein. Wie viele der Kinder, Jugendlichen und jungen Erwachsenen wären durchs Netz gefallen, wenn es die *STE* nicht gäbe. Ich zum Beispiel. Es musste doch irgendwie möglich sein, auch ohne mich den Standort zu retten. Meine Gedanken ratterten.

»Ich brauche jemanden, der das Haus hier sanieren kann. Etwas, das ich nicht hinbekommen habe seit dem letzten Sturm. Ich brauche also eine Entscheidung von dir, Mat.« Rieke nahm mich an den Händen und ich spürte ihre runzelige Haut. »So schnell wie möglich. Wir haben fast keine Zeit mehr. Und bitte behalte es für dich. Ich möchte nicht, dass sich

Gerüchte verbreiten. Ich werde offen und transparent informieren, aber erst, wenn es etwas Spruchreifes gibt.«

Mit hängendem Kopf schlurfte ich hinaus. Das war eine richtige Herausforderung.

Kapitel 11

Maike

»Ja, der Typ ist echt eine Herausforderung.« Jola lachte.

In der letzten halben Stunde hatten Dominga, Jola und ich im Speisesaal die Köpfe zusammengesteckt wie Freundinnen und gerade hatte ich ihnen von Mat und seinem Tomatenspruch erzählt. Verschwiegen hatte ich dabei allerdings mein seltsam klopfendes Herz, wenn Mat tief in meinen Blick eintauchte und gefühlt mein Innerstes sah.

Dominga pflichtete Jola bei. »Der hat es faustdick hinter den Ohren. Mal sehen, wie er sich heute Abend dir gegenüber auf der Party verhält. Aber keine Sorge, wir sind bei dir und passen auf. So ist das in Kuba. Wir sind eine Gemeinschaft. Jeder für jeden!«

Ich stutzte. »Was für eine Party?«

»Na, wir wollen dich natürlich ordentlich begrüßen und dir unser Nachtleben zeigen. Wir freuen uns doch so, dass du da bist.«

»Oh, ich freu mich auch! Bisher fühle ich mich nämlich sehr wohl. Und ich hab in nicht einmal vierundzwanzig Stunden schon so unglaublich viel erlebt. Ich bin auf einen Baum geflohen, musste eine eklatante Niederlage im Sport erleiden und habe es mir mit einer Geisternonne verscherzt.«

Jola schnaufte. »Hat Mat dir etwa die Gruselgeschichte erzählt?«

»Hat er.«

»Die erzählen wir immer nachts der Kindergruppe, wenn wir im Innenhof zelten.«

»Ihr zeltet im Innenhof?«

»Ja, einmal im Quartal, das ist immer wahnsinnig aufregend für die *niños*.«

»Kann ich mir gut vorstellen. Ich hatte sogar bei Tageslicht etwas Muffe vor der toten Ordensdame.«

Jola lachte herzlich. »Das ist nur eine alte Sage. Aber die Kinder sind nicht nur deshalb aufgeregt, sondern weil sie mal nicht zu Hause schlafen. Oft teilen sich Geschwister ein kleines Zimmer und manchmal sogar den Eltern und Großeltern, da ist es eine willkommene Abwechselung, mit ihren Freunden hier zu schlafen.«

»Mit der ganzen Familie in einem Raum? Es gibt gar keine Privatsphäre?«

»Nein, der Wohnraum ist knapp in Havanna, die Häuser zerbröckeln sozusagen um die Bewohner herum. Ein Großteil von Havanna ist akut einsturzgefährdet, aber was sollen die Leute machen? Sie haben keine Alternative. Aber was sage ich, komm mit, ich zeige dir, was ich meine.«

»Was, jetzt?« Ich fuhr mir durch die Haare, die noch vom Sport vorhin etwas klamm waren, und versuchte mit dem jeweils anderen Fuß meine Chucks sauber zu streichen.

»Mach dir keinen Kopf, es ist völlig egal, wie du aussiehst. Komm.« Jola befüllte eine Schüssel mit dem Rest der Suppe – das Mittagessen war bereits vorbei, die Letzten räumten gerade ihre Teller weg – und balancierte die Schale vor sich her durch den Innenhof und zum Eingangstor hinaus. Ich winkte Dominga und folgte ihr aufgeregt. Ja, ich war vorhin schon draußen in der echten Welt gewesen, aber da waren wir bei niemandem zu Hause. Ich war so gespannt, wie die Menschen hier wohnten, und freute mich darauf, mehr von der Kultur zu erfahren. Dass es allerdings so spontan passieren würde, damit hatte ich jetzt nicht gerechnet. Wir gingen durch immer engere Gässchen, am Ende stiegen wir sogar über mehrere Außentreppen, duckten uns unter wirren Kabeln hindurch und überquerten einige Dachterrassen. Dann waren wir da.

»Klopf mal bitte da.« Jola deutete mit einem Kopfnicken auf die Tür. Schon nach wenigen Sekunden wurde geöffnet und eine Frau, die mich an meine Kölner Nachbarin mit kreolischem Teint erinnerte, geleitete uns freudig herein. Sie plauderte euphorisch mit Jola auf Spanisch und schloss uns beide herzlich in die Arme, nachdem sie einen Topf auf dem Esstisch in der winzigen Küche platziert hatte, an dem etwa drei Leute Platz fanden, wenn sie sich sehr eng zusammenquetschten. Die drei Kinder im Alter zwischen Kleinkind und Teenager aßen zuerst voller Genuss, während die Eltern an der kurzen Arbeitsplatte im Stehen aßen und unentwegt mit uns scherzten. Nach dem Essen nahm mich eines der Kinder an die Hand.

»Sie möchte dir ihr Zimmer zeigen!«, rief Jola uns nach und ich begleitete das süße Mädchen mit den krausen schwarzen Haaren. Vom Flur mit den staubigen Wänden, von denen der Putz deutlich stärker abbröckelte als in unserem Kolonialhaus, gingen zusätzlich zur Küche noch drei weitere Zimmer ab. Durch einen Türspalt identifizierte ich eines der Zimmer mit seinen mintgrünen Fliesen an den Wänden als das Badezimmer. Im zweiten Zimmer schlief die Familie. Ein Doppelbett, ein Stockbett und eine Matratze auf dem Boden füllten den Raum so aus, dass man kaum Platz zum Stehen hatte. Zusätzlich wurde die freie Bewegung durch zwei Holzbalken erschwert, die quer durch das Zimmer reichten und die gegenüberliegenden Wände stützten, denn die bogen sich tatsächlich bedrohlich nach innen. Das Mädchen machte es sich auf ihrer Matratze bequem und deutete mir an, mich zu ihr zu setzen. Unter ihrem Kopfkissen zog sie ein zerschlissenes Bilderbuch hervor, das sie mir in die Hände drückte und aufschlug. Tja, was nun? Ich sprach kein Wort Spanisch. Wie sollte ich mich mit der Maus nur verständigen?

Andererseits, was bedeuteten schon Wörter in dem Alter? Es waren doch eher die Taten, die zählten. Ich fing einfach an, das Bild auf der ersten Seite zu beschreiben, erzählte ihr von dem Prinzen, der da auf seinem Pferd herangeritten kam, um das Mädchen zu treffen, das da vor einem Haus hockte und nähte. Als die Familie ein wenig später zu uns stieß, hatte sich die Kleine schon in meinen Arm geschmiegt und lauschte gebannt dem Klang meiner deutschen Worte.

»Ich möchte dir noch was zeigen«, sagte Jola, als wieder Aufbruchstimmung herrschte. Der Vater ging vor und öffnete die Tür zu dem dritten Raum, in dem ein Klapptisch und drei verbogene Campingstühle standen. Die Außenwand und das Dach fehlten komplett. Der Raum war also eher eine Dachterrasse und nicht bewohnbar.

»Das ist ja fürchterlich«, sagte ich und wollte gerade einen Schritt in das Zimmer machen, als Jola mich an der Schulter fasste.

»Das ist nicht sicher. Das Gebälk ist morsch von der salzigen Meeresluft. Nicht, dass du noch einkrachst. Das ist nicht nur hier so, sondern in fast jedem Haus in Havanna und jedes Jahr nimmt der unbewohnbare Raum in der Stadt zu. In Kuba gibt es einen Spruch: Jeden Tag fällt in Havanna ein Balkon runter.«

»Aber da muss man doch was machen können?!«

»Nicht wirklich. Auch unser Gebäude der *STE* ist davon betroffen. Das Dachgeschoss ist schon gesperrt. Hat Rieke abgeschlossen. Und Renovieren kommt oft nicht infrage, weil es nur selten Baumaterial gibt, das dann für viele unerschwinglich ist. Man braucht viel Geduld und Glück, um an Steine, Mörtel und Werkzeug zu kommen. Das ist hier alles sehr zäh in Kuba.«

Meine Erlebnisse ließen mich den restlichen Tag nicht los. Und auch Mat schien mit den Gedanken woanders zu sein. Er schaute mich so selten an, dass er fast schon abweisend wirkte. Der hatte meine Aktion in der Küche scheinbar noch nicht verarbeitet, was hoffentlich bei der Party nachher so bliebe. Aber irgendwie nagte es auch ein minibisschen an mir. Hatte ich ihn jetzt verschreckt? War es das mit unseren Spielchen gewesen?

Als ich in meinem Zimmer noch ein wenig ausruhte, bevor wir später zur Party gehen würden, schrieb ich Oma Marianne eine lange WhatsApp mit meinen vielen Erlebnissen des Tages. Später musste ich noch ins Internet, damit meine Nachricht abgeschickt wurde.

***

»Das ist nicht dein Ernst!«, rief ich, als ich in die Shorts geschlüpft war, die Jola mir mitgebracht hatte. Entsetzt betrachtete ich mich in dem kleinen Handspiegel, während Jola auf dem Bett saß und grinste.

»Klar ist das mein Ernst, warum? Die habe ich von einer Amerikanerin geschenkt bekommen. Und die wissen ja wohl über Mode Bescheid, oder?«

»Je nachdem, wie ich mich bewege und aus welchem Winkel man mich betrachtet, bekommt man sicherlich einen ordentlichen Teil meiner Pobacken präsentiert.« Zum Beweis beugte ich mich leicht vor.

»Dann bückst du dich eben besser nicht.« Jola warf mir ein zweites Stück Stoff zu, nicht größer als ein Häkeldeckchen.

»Das ist dir wohl in der Waschmaschine eingelaufen?«

»Oder du bist ein bisschen prüde, was diese Wunderwaffe in meiner Hand aber gleich ändern wird.« Sie drückte mir ein Glas in die Hand und ich ließ mich neben ihr aufs Bett sinken. Ich nahm einen tiefen Schluck und spuckte prustend die Hälfte wieder aus. »Mein Gott, das ist ja purer Rum?!«

»Ja klar, was dachtest du?«

»Wasser! Was ist mit Minze und Zucker und so weiter? Was man eben so in einen Mojito packt?«

Jola lachte laut. »Mojito trinken nur Touris, *niña*. Und mit deinen Haaren müssen wir auch etwas machen.« Jola holte einen Lockenstab hervor, der schon fast antik schien. »Von Albertino ausgeliehen. Aber die Geschichte erfährst du am Sonntag.« Nachdem er auf Betriebstemperatur aufgeheizt war, begann sie, mir Locken zu drehen, während ich überlegte, ob ich wirklich puren Rum trinken konnte. Ich war doch sonst nur Kölsch gewöhnt, was nicht gerade den Ruf hatte, stark zu sein. Noch einmal nippte ich kurz.

»Schmeckt gut, oder?«

Diesmal war ich auf den Alkohol vorbereitet. »Ich habe keinen Vergleich, aber … ist okay.«

»Der hier ist noch sehr mild. Die meisten Kubaner bekommen über die Lebensmittelkarte nur den billigen Rum, der brennt manchmal richtig. Stell dir mal vor: Viele Einheimische genießen nicht einmal im Leben ein Glas wirklich guten Rum oder eine Qualitätszigarre. Die Ware wird international verkauft und nur der Rest ist gerade gut genug fürs eigene Volk.«

Als Jola die letzte Locke gedreht hatte, platzte Livio mit einer Gruppe Kollegen in mein Zimmer, in der Hand eine unbeschriftete Flasche mit glasklarem Inhalt. Überall saßen nun junge Leute aus aller Welt und schnatterten angeregt. »Hey, Maike!«, rief Stina, warf ihr glattes blondes Haar über die Schulter und umarmte mich herzlich. »Wie war dein erster Arbeitstag? Das muss so aufregend gewesen sein, oder? In den ersten Nächten hier konnte ich fast nicht schlafen. Nur gut, dass wir das heute ohnehin nicht vorhaben.«

Der Raum füllte sich immer mehr und schließlich stellten sich mir auch einige freiwillige Mitarbeitende aus Kuba vor, die nicht so regelmäßig mithalfen, sondern nur ab und zu je nach ihren zeitlichen Möglichkeiten einsprangen. Der Einzige, der sich bisher noch nicht zu uns gesellt hatte, war Mat. Ein wenig fehlten mir seine ständigen Blicke aber schon. Wieso fiel mir das eigentlich auf? Verdammt, ich sollte froh sein, dass ich ihn letztendlich doch abgewimmelt und gleichzeitig meine Wette gewonnen hatte.

Zur Ablenkung sprach ich mit fast jedem Anwesenden und fand heraus, dass wir eine Gruppe waren, die aus den verschiedensten Winkeln der Welt zusammengewürfelt war. Die Freundlichkeit, die ich seit meiner Ankunft hier erfahren hatte, verstärkte sich heute noch mal und ich fühlte mich sehr wohl und gut aufgenommen.

Irgendwann schob sich die gesamte heitere Gruppe durch das Tor und die Leute machten sich zu Fuß auf den Weg.

»Wohin gehen wir denn?«, fragte ich Jola.

»Ins Gemeindehaus natürlich, wo die Kubaner feiern.«

Über ein halbes Jahr war es her, dass ich wirklich Spaß gehabt hatte. An Sarahs Abschiedswochenende hatten wir die Sau rausgelassen, waren im belgischen Viertel von Club zu Club getingelt und hatten den Sonnenaufgang mit viel Erdbeer-Limes im Blut am Deutzer Rheinufer bewundert, eingekuschelt in unsere Daunenmäntel. Ein Moment in der Vergangenheit. Aber ich war hier, um mir neue Erinnerungen zu schaffen.

Nachdem wir eingehakt durch die Gässchen geschlendert waren, erkannte ich sofort das Gemeindehaus. Laut ertönte rhythmische kubanische Livemusik, und viele Einheimische tanzten verschlungen auf der Straße. Jola zog sich noch mal den roten Lippenstift nach, reichte ihn mir und frisch aufgetakelt begaben wir uns in den Feierraum. Plötzlich konnte ich es gar nicht mehr erwarten, mit den anderen Leuten der Crew und den Einheimischen das Tanzbein zu schwingen.

Schneller als ich schauen konnte, besorgte Jola eine Runde Getränke an der Bar und leitete mich lachend auf die prall gefüllte Tanzfläche. Hüften kreisten hier erotisch, Haut rieb sich an Haut und beinah konnte man die Endorphine sprühen sehen. Mit den knappen Klamotten kam ich mir jetzt auch nicht so verloren vor wie in der *STE*. So konnte man mich jedenfalls nicht auf den ersten Blick als Ausländerin erkennen. Mit jedem Song und jedem Schluck wurde ich lockerer und ich hätte nach zwei Stunden schwören können, dass ich genauso heiß tanzte wie die Latinas um mich herum. Plötzlich spielte die Band die ersten Gitarrenklänge vom Sommerhit »Despacito«

und die Menge jubelte begeistert auf. Die Bewegungen um mich herum wurden noch intensiver, Körper pressten sich aneinander, Haare peitschten und Hände wanderten zu Hintern. Verdammt, ich wollte das auch, wollte mich einfach mitreißen lassen, mit der Menge mitgehen, aber mit wem? Vielleicht war Livio hier irgendwo? Ich ließ meinen Blick schweifen, konnte ihn aber nirgends entdecken.

Da sah ich Mat.

Er saß bewegungslos an der Bar, seine braunen Haare waren etwas zerzaust und er starrte mit seinen grünen Augen herüber. Ohne eine Regung im Gesicht, die Kiefer aufeinandergepresst. Hatte er mich etwa beobachtet? Oder nur nachgedacht?

Der Beat kroch in meine Beine und ich konnte mich nicht dagegen wehren, dass sie Salsa-Schritte ausführten. Und es war niemand da zum Tanzen, außer ihm. Niemals.

Na ja. Warum eigentlich nicht? Zwischen uns hatte es ja zum Teil eh geknistert. Auch wenn ich keine Affäre suchte und noch weniger eine Beziehung, den heutigen Abend wollte ich in vollen Zügen genießen.

Nur … wie stellte ich es an, dass Mat zu mir kam, ohne dass ich mir die Blöße gab, ihm zu zeigen, dass ich das wollte. Seine Wette durfte er auf keinen Fall gewinnen. Aber er war ein Latino, oder? Ich musste ihn an seiner Ehre packen. Ich schnappte mir einen Kubaner, der allein neben mir getanzt hatte, an der Hand. Hui, der ging aber ran. Ehe ich mich versah, hatte er mich vor sich gezogen und rieb sich von hinten an mir. Seine Hände legte er auf meine Hüften und führte mich im Takt der Musik. Es fühlte sich nicht schlecht an. Er wusste scheinbar, was er tat, die Bewegungen fielen mir leicht, obwohl ich ja null Salsa-Erfahrung hatte. Aber das Feuer, das ich eben noch gespürt hatte, flackerte nur noch als Flämmchen vor sich hin. Seine Moves wurden mit jeder Sekunde eifriger, während ich mich vorsichtig von ihm löste. Als seine Hand immer weiter in Richtung meines Hinterns wanderte, war ich kurz davor abzubrechen. Bei Mat hatte es mir am Baum tatsächlich nichts ausgemacht, obwohl ich ihn auch kaum kannte und aus Prinzip angemeckert hatte, aber gerade war mir das zu viel. Das Ganze hatte doch nur Mat anlocken sollen. Da stieg mir der Duft von Old Spice in die Nase und ich wusste, meine Strategie hatte gewirkt.

Der Kubaner gab mich frei und ein anderer Körper näherte sich meinem. Ich musste mich nicht umschauen, um zu wissen, dass es Mat war. Er packte meine Hand und wirbelte mich leise knurrend herum. Er zog mich unerbittlich so nah an sich heran, dass kein Blatt zwischen uns passte. Mit unverändert kaltem Blick schüttelte er unmerklich den Kopf, als ob er mir zu verstehen geben wollte: ›Vergiss es, du tanzt nicht mit anderen, du gehörst mir.‹

Mit Nachdruck hielt er mich fest und fing an, mindestens genauso erotisch zu tanzen wie der Latino zuvor, wobei er mich mit den Händen auf den Hüften zum Mitmachen zwang. O Gott, er war unglaublich heiß, er entflammte mich wieder und ich gab nach, ließ mich in seinen Armen fallen. Wir bewegten uns perfekt im Takt und seine Hand wanderte zu meiner, die er sich selbst in den Nacken legte und dann mit seiner Fingerspitze über meinen Arm strich, sodass ich am ganzen Körper Gänsehaut bekam. Ja, genau das. Dieses Knistern zwischen uns und dieses Herzklopfen, das er hervorrief und das ich bei dem anderen Kerl nicht hatte. Genau das hatte ich gewollt. Ich spürte seine warme, feuchte Haut an meiner, seinen nach süßer Cola duftenden Atem auf meinen Lippen, seine Lenden, die sich an meine drückten, den Blick seiner grünen Augen, den er hemmungslos über meinen Ausschnitt wandern ließ. Mein Körper wurde wachsweich und ein Pulsieren breitete sich von meiner Mitte aus, die sich an seinen Oberschenkel presste. Ich hatte ganz vergessen, wie gut es sich anfühlte, begehrt zu werden. Während der Song dem Höhepunkt entgegenfieberte, rutschten seine Hände meinen Rücken hinab, über den Hosenbund meiner knappen Hotpants und noch tiefer, bis sie meinen Po eroberten. Ich schnappte nach Luft, wollte ihm gerade halbherzig sagen, dass das zu weit ging, da presste er mich mit einem festen Griff noch näher an sich und seinen harten Schritt. Ich stöhnte auf, mein Kopf fiel in den Nacken und ich schaute ihm direkt in die meergrünen Augen, in denen nichts Neckisches lag, keine Freude über eine gewonnene Wette, kein Flirten. Nur dunkle Begierde und flammende Leidenschaft. Unsere Lippen waren nur Millimeter voneinander entfernt, mein Herz raste und der Puls rauschte in meinen Ohren. Sein Blick bohrte sich in meinen, als wollte er sagen: ›Du weißt, was jetzt passiert. Halt mich auf, oder ich tue es.‹ Aber ich hielt ihn nicht auf. Ich schmiss alle Vorsätze über Bord, brachte meinen Kopf zum Schweigen und schloss die Augen. Wartete darauf, dass er sich nahm, was er wollte.

Das Lied verebbte, die Menge jubelte euphorisch, aber er löste sich abrupt von mir und in der nächsten Sekunde war er in der feiernden Meute untergetaucht. Wie ein begossener Pudel stand ich da und legte schützend die Arme um mich. Plötzlich war mir kalt.

Kapitel 12

Mat

Kalte Luft wirbelte meine verschwitzten Haare durcheinander und ließ mich wieder einigermaßen zur Vernunft kommen. Den ganzen Tag und Abend hatte ich über Riekes Worte gegrübelt und deshalb den Anfang der Party verpasst. Auch an der Bar hatte ich noch über die Konsequenzen nachgedacht und darüber, was passieren würde, wenn ich jetzt nicht bereit war, Standortleiter zu werden. Dann hatte ich plötzlich gesehen, dass Maike mit irgendeinem Typen heiß tanzte. Halb nackt! Erst hatte ich nur gewollt, dass er seine Finger von ihr nahm, und dann hatte ich mich kaum noch beherrschen können. *Mierda.* Sie hatte mich im Griff. Sie wusste, wie sie mich anturnte. Und es hatte mich alle Willenskraft gekostet, sie nicht zu küssen. Aber Rieke hatte recht. Ich war dreißig. Vielleicht war es endlich Zeit, mit der Vergangenheit abzuschließen und wirklich erwachsen zu werden. Verantwortung zu übernehmen. Und das bedeutete, dass ich eben nicht mehr hemmungslos in der Gegend herumflirtete. Zumindest nicht mit meinen Schützlingen. Als zukünftiger Standortleiter war das ein No-Go. Außerdem war Maike viel mehr wert als ein Ausrutscher in einem schmierigen, dunklen Club. Huch. Wo war der Gedanke denn jetzt plötzlich hergekommen? So etwas hatte ich doch noch nie über eine Frau gedacht. Seltsam.

In der Küche der *STE* holte ich mir noch ein Glas Wasser. Seufzend sank ich in den Schaukelstuhl im Hof und wippte eine Weile sanft hin und her. Ich lächelte, als ich daran dachte, wie ich Maike mit meiner Gruselgeschichte verunsichert hatte.

Plötzlich stand wie aus dem Nichts eine Gestalt neben mir und ich verschüttete vor Schreck fast das Getränk.

»*Dios,* was soll denn das?«, kiekste ich leider wenig männlich.

»Na, hast du gedacht, dass ich die Geisternonne bin?« Maike verschränkte die Arme vor der Brust.

War sie mir etwa hinterhergekommen? Ganz allein? Und nur in dem Läppchen? Sie musste doch total frieren. »Natürlich nicht.«

»Aber was das soll, frage ich dich, Mat! Was sollte das denn eben?«

Ach Mist, die Hände auf ihrem Po, der Ganzkörperkontakt, und dass sie mitbekommen hatte, wie sehr ich sie begehrte, das war alles so was von daneben gewesen. Das hatte ich jetzt davon. Wie konnte ich das Ruder denn jetzt noch herumreißen? Erfahrungsgemäß half es bei wütenden Frauen immer, über Gefühle zu reden. Ein Wunderwerkzeug der Krisenentschärfung.

»Ich … Tut mir leid. *Lo siento,* Maike. Mir ist eine Sicherung durchgebrannt.« Beschämt rührte ich im Glas und die Eiswürfel klimperten leise. Ansonsten war es totenstill im Innenhof. Sofort wurden ihre Züge weicher. »Dich zu berühren war natürlich vollkommen unangemessen«, legte ich noch einen drauf. In dem Moment sagte mein Mund: »Aber es hat sich gelohnt.« Das hatte ich doch jetzt nicht im Ernst laut ausgesprochen?! *Puta mierda!* Wie dumm konnte man sein. Es war doch so gut gelaufen. Aber da zeigte sich, dass man sich nicht im Inneren änderte, nur weil man das sollte oder sich fest vorgenommen hatte. Man war nicht von einer Sekunde auf die andere jemand anders.

Maike nahm mir das Glas aus der Hand und noch bevor ich erahnen konnte, was sie vorhatte, schüttete sie mir das Wasser locker aus dem Handgelenk in den Schoß.

»Bitte schön«, sagte sie mit einem leichten Lächeln um die Mundwinkel. »Die Abkühlung, um die du gebeten hast.«

Innerlich jubelte ich: Da war sie wieder, die freche Maike, die ich so mochte, mit der ich es liebte, mich zu kabbeln. Ich versuchte nicht zu grinsen, sondern schuldbewusst und einsichtig auszusehen, und klaubte mir einige Eiswürfel aus dem Schoß. »Vielen Dank. Das habe ich wirklich verdient.«

Sie drehte sich um, musterte mich aber noch über die Schulter hinweg mit gerunzelter Stirn, dann sagte sie leise: »Das meinte ich doch überhaupt nicht. Wenn ich das nicht gewollt hätte, hätte ich es auch nicht zugelassen. Das solltest du inzwischen über mich wissen.«

Oh. Das heiße Tanzen war also nicht das Problem? Aber was denn dann? Ich kam einfach nicht darauf. Sie musste mir die Fragezeichen vom Gesicht abgelesen haben.

»Was sollte das, dass du einfach abgehauen bist. Ich meine, ohne, dass du … Wir waren doch so kurz davor …«, stammelte sie. Sie atmete tief durch, dann fasste sie sich wieder. »Du warst seit der Sache in der Küche so komisch. Nicht dass ich dich lange kennen würde, aber du warst seitdem total anders. Was hat dich so durcheinandergebracht?«

Diese Frau hatte ein untrügliches Gespür für meine Stimmungen. Die erste Frau außer Rieke, die hinter meine Fassade schaute. Ich wollte ihr so gern erzählen, was da auf mich zurollte und was passieren würde, wenn ich das wirklich durchzog. Wollte so gern meine Sorgen mit ihr teilen und wissen, was sie mir raten würde. Aber ich durfte nicht. Rieke hatte mir verboten, darüber zu reden.

»Ach nichts«, murmelte ich und schob mir einen Eiswürfel über die Handfläche.

Sofort verschloss sich ihr Gesicht wieder. Das war wohl die falsche Antwort gewesen. Nein, das konnte ich nicht ertragen. Maikes enttäuschter Blick brannte sich mir in die Seele.

»Ich …« Mir fiel spontan keine Ausrede ein und bevor ich darüber nachdenken konnte, purzelten mir schon wieder die Sätze aus dem Mund. »Es ist noch nichts Offizielles und ich sage es dir im Vertrauen, aber ich war heute nach dem Mittagessen bei Rieke und habe mitbekommen, dass es Probleme gibt. Vielleicht, je nachdem, muss der Standort geschlossen werden.«

»O nein.« Betroffen starrte Maike mich an. »Aber die Leute …« Sie wurde kreidebleich und kam ein paar Schritte auf mich zu. »Das geht doch nicht. Das können die nicht machen. Eure Arbeit hier ist so wichtig und gibt den Leuten Freude und Hoffnung. Heute Nachmittag war ich mit Jola bei einer Familie, die zu viert in einem einsturzgefährdeten Mini-Appartement lebt und die Dankbarkeit in ihren Augen hat mir gezeigt, wie wertvoll euer Einsatz hier ist.«

Beeindruckt schluckte ich. Sie war wirklich etwas Besonderes. Die erste Reaktion von anderen Helfenden wäre sicherlich gewesen, sich Sorgen zu machen, ob sie auf Kuba bleiben könnten oder ihren Einsatz abbrechen müssten, obwohl sie gerade erst angekommen waren. Aber Maike stellte sich in den Hintergrund und dachte zuerst an die anderen. Ganz stark.

»Das darf einfach nicht vorbei sein. Ihr müsst damit weitermachen dürfen.«

»Wir«, sagte ich. »Du bist jetzt eine von uns.«

Zum ersten Mal sah ich sie richtig an. Mondlicht erhellte ihr Gesicht und mir fiel auf, wie dicht ihre Wimpern waren und dass sie ganz leichte Sommersprossen hatte. Vorsichtig lächelte sie mich an und legte ihre warme Hand auf meine.

»Mach dir keinen Kopf. Egal, was der Grund dafür ist. Wir finden einen Weg. Gemeinsam.«

Die Wärme unserer sich berührenden Haut umhüllte mein Herz wie ein magisches Band, dann drehte sie sich um und verschwand im Dunkeln in Richtung ihres Zimmers. O Gott. Wie war das denn jetzt passiert? Normal konnte ich Geheimnisse bewahren. Vor allem geschäftliche. Es musste an Maike liegen. Sie hatte es geschafft, dass ich ihr innerhalb von kürzester Zeit vertraute.

»Gute Nacht!«, rief mir Maike noch leise vom oberen Stockwerk aus zu. »Und lass dich nicht von der Geisternonne erwischen.«

Ich lächelte, lehnte mich im Stuhl zurück und schaukelte noch ein wenig. Maike war unglaublich aufgeweckt und neugierig. Wenn ich schwach war, musste sie wieder nach Hause fliegen. So wie alle anderen guten Menschen hier auch. Aber ihr Zuspruch gerade hatte etwas in mir bewegt, bestimmte Saiten in mir zum Klingen gebracht. Plötzlich schien alles möglich. Mit ihr an meiner Seite konnte ich es vielleicht schaffen. Oder? Wenn ich mich wirklich ins Zeug legte und in den nächsten

Wochen so viel wie möglich von Rieke übernahm, dann ... konnte es sein, dass alle Helfenden hierbleiben und weiter für uns Kubaner da sein konnten.

Quien no se arriesga no pasa el mar. Wer nicht wagt, der nicht gewinnt. Wenn ich es nicht probierte, hatte ich bereits verloren, zusammen mit allen anderen. Seltsamerweise fühlte ich mich jetzt bereit. Seit Maike ihre Hand auf meine gelegt und mir Mut zugesprochen hatte. Bereit für alles, was da kommen mochte. Budgetverantwortung, Standortleitung und vielleicht ja auch für *mi media naranja,* meine andere Hälfte der Orange, also meine bessere Hälfte. Manchmal passierte jahrelang nichts Bedeutsames. Und dann änderte sich innerhalb von ein paar Minuten alles.

Kapitel 13

Maike

Was ein paar Minuten alles ändern konnten! Aufgekratzt lag ich im Bett, kam aber nicht zur Ruhe. Konnte das sein? Könnte es tatsächlich im Bereich des Möglichen liegen, dass Mat ein Mensch mit Herz war? Nicht einfach nur ein Charmeur, der mich auf dem Kieker hatte? Warum er mich nicht geküsst hatte, hatte er mir letztendlich doch nicht verraten, aber er hatte mich dennoch in seine Seele blicken lassen. Und das war ungemein schön gewesen. Nur ein paar Minuten lang hatte ich diese seltsame Verbundenheit mit ihm gespürt. Als ob unsere Herzen im gleichen Takt geschlagen hätten wie vorher beim Salsa.

Irgendwann war ich doch eingeschlafen, aber auch jetzt, am nächsten Tag, flatterte der Gedanke mir unentwegt durch den Kopf. Etwas hatte sich verändert.

Ich beobachtete, wie Mat mit den Leuten des Altenheims in unserem Aufenthaltsraum Domino spielte und seiner gebückt dasitzenden Sitznachbarin mit den krausen, weißen Haaren unter dem Tisch einen Stein zusteckte, den sie prompt jubelnd ausspielte.

»*Hola*, Erde an Maike.« Jola, die sonntagnachmittags die Seniorenaktivität hier im Zentrum leitete, schnipste mir mit den Fingern vor der Nase herum und holte mich damit in die Realität zurück. »Also, wie war das gestern Nacht genau? Kaum lasse ich dich eine Sekunde aus den Augen, tanzt du sofort mit zwei heißen Typen, von denen einer verdächtig wie Mat aussah.«

»Ich hab dir gestern schon gesagt, dass es nichts bedeutet hat.«

»Genau, und dann bist du hopplahopp ins nächste Taxi gesprungen, um dem geheimnisvollen Typen zu folgen.«

»Ich bin erst ein paar Minuten später gegangen, als der Strom ausgefallen ist und deshalb alle Kubaner angefangen haben zu singen. Und du kannst dir ja zusammenreimen, wer der Mann war.«

»Ist etwa noch was gelaufen zwischen euch beiden, als ihr wieder zurück wart?«

»Ja, eine Sache ist passiert. Ich hab ihm zur Abkühlung Wasser in den Schoß geschüttet.« Ich kicherte bei der Erinnerung an sein verdutztes Gesicht.

Jola kriegte sich kaum ein vor Lachen, sodass Mat schon zu uns herüberschielte. Ihm musste klar sein, über was Jola sich so amüsierte und er schüttelte gequält den Kopf.

»Du bist ja ne Taffe. Du brauchst unsere Hilfe sicher nicht. Womit hat er sich das denn konkret verdient?«

»Er war frech«, sagte ich ausweichend.

»Klingt typisch nach ihm und endlich ist da mal eine, die ihm deshalb die Hölle heiß macht.«

»Ja, ich war ziemlich stinkig.« Auch wenn ich es jetzt bei Tageslicht betrachtet guthieß, dass er meinen schwachen Moment nicht ausgenutzt hatte. Sonst wäre die Atmosphäre zwischen uns heute sicher komisch gewesen. »Also keine Sorge, da läuft gar nichts zwischen uns«, sagte ich bestimmt. *Never fuck the company.*

Als mein Blick wieder quer durch den Raum hinweg seinen auffing, pochte mein Herz verräterisch. Aber vermutlich nur vor Sorge, weil ich zu seinem wahren Ich, das ich erblickt hatte, auch etwas erfahren hatte, das nicht so schön war: nämlich, dass es Probleme gab mit der *STE*. Wenn ich Mat unterstützen wollte, dann wäre es sicherlich hilfreich, wenn ich wüsste, um was es ging.

»Finde ich gut, dass du dem Schleimer nicht auf den Leim gehst, und wenn er noch so gut tanzen kann.«

»Die Arbeit hier ist mir viel zu wichtig«, sagte ich und suchte mir einen freien Platz an einem der Spieltische.

Jola gesellte sich ebenfalls dazu und wir starteten mit zwei alten Herren und einer Dame eine Runde Domino, das Lieblingsspiel der Kubaner.

Schnell kristallisierte sich heraus, dass ich auch darin nicht allzu gut war und vermutlich gleich verlieren würde.

»*Niña*«, sagt die alte Dame und schob ihre Zigarre in den anderen Mundwinkel. »Nur ruhig Blut. Du kannst noch gewinnen, auch wenn es nicht so scheint. Auf Kuba haben wir ein Sprichwort: Wer die Nerven verliert, der verliert alles.«

»Und das gilt für alle Bereiche des Lebens«, nuschelte einer der Herren hinter seiner Reihe aus Steinen.

»Die Redewendung spiegelt unsere kubanische Mentalität perfekt wider.« Jola legte einen Stein ab. »Das Land hat in den letzten Jahrzehnten so viel erlebt, dass die ohnehin schon entspannten Menschen eine noch größere Gelassenheit entwickelt haben. Bei uns ist Mangel an der Tagesordnung, mal gibt es keinen Strom, dann kein Wasser und am dritten Tag gibt es kein Fleisch in den staatlichen Supermärkten. Aber was soll's, kann man ja nicht ändern.«

»Genau, Señora Sanchez, das Wichtigste ist, dass die Leute zusammenhalten«, murmelte der Herr.

»Hier in Kuba hilft jeder jedem aus, mit dem, was er gerade hat. Wir sind füreinander da«, fügte die Dame hinzu.

Das klang so gar nicht nach dem Leben, das ich aus Deutschland oder Europa allgemein kannte. Sicher, meine Familie verstand sich super mit den direkten Nachbarn und wir waren fest im Veedel verankert, aber das irgendwie war doch alles oberflächlich.

»Mein Enkel Albertino zum Beispiel, der war auf der Friseurschule hier in Havanna und hat gerade seine Ausbildung abgeschlossen«, plauderte die Dame stolz. »Da hatte er einen Geistesblitz. Er hat gesehen, dass es viele Hunde in der Stadt gibt, aber keinen Hundesalon. Spontan hat er sich in den Kopf gesetzt, einen zu eröffnen. Natürlich illegal. Legal darf man ja hier keinen Laden eröffnen als Privatperson. Ist ja alles staatlich reguliert. Ist ein schlaues Bürschchen, der Albertino.« Die Herrschaften am Tisch nickten einvernehmlich. »Auf jeden Fall war es nicht leicht. Einen Raum gab es nicht, Startkapital hatte er auch keins, aber sein Traum war stark. Und viele Leute in Havanna wussten davon, denn solche Dinge sprechen sich herum. Hier weiß jeder, was dem anderen gerade fehlt oder wer auf der Suche nach was ist. Ein Bekannter bat seinen Cousin, der ihn aus Spanien besuchen kam, ein paar Sachen für Albertinos Hundesalon mitzubringen, und er machte es. Er brachte Leinen mit Glitzersteinchen, Kauknochen und Quietschebälle. Alles Sachen, die man hier auf Kuba unmöglich bekommt. Und ein Freund des Nachbarn von Albertinos Freundin hat gerade eine Villa im Reichenstadtteil Playa zum Hüten, während die Besitzer, Unternehmer, in Florida sind. Die hat er gefragt, ob Albertino für den Anfang einen Raum in seiner Villa bekommen kann, um dort die Hunde zu waschen und seine Sachen zu verkaufen, nur während sie weg sind, und weil Kubaner sich untereinander helfen, egal wie wenig sie sich kennen, haben sie zugesagt. Im Handumdrehen hat Albertino anfangen können mit dem Schäumen und Schneiden und jetzt gibt es in Playa etliche Hunde, die nach Seife duften und ein hübsches rasiertes Muster in ihrem Fell haben. Das ist Kuba, *mi querida*.«

Wenn Mats Probleme mit dem Standort lösbar waren, dann sicher mithilfe der Gemeinschaft, von der die Menschen hier sprachen. Ich würde das nachher mal direkt mit ihm besprechen.

Als ich nach dem Seniorenkurs in mein Zimmer kam, machte ich es mir erst mal ein Ründchen auf mein Bett bequem. Ich hatte noch ein paar Stunden Zeit bis zum Abendessen und die Party von gestern steckte mir immer noch in den Knochen. Ich war es einfach nicht mehr gewohnt, auf hohen Hacken die Nacht zum Tage zu machen, vom Alkohol ganz zu schweigen. Da morgen Montag und damit mein erster freier Tag war, blätterte ich ein wenig im Reiseführer, vielleicht fand ich ja etwas Schönes, das ich unternehmen konnte. Das Castillo sollte ja ganz nett sein oder das Hemingway-Museum.

Ein Klopfen drang in mein Unterbewusstsein. Das Buch war mir auf die Brust gesunken und offensichtlich hatte ich ein mehr oder weniger ausgiebiges frühabendliches Nickerchen gemacht. Das Klopfen nahm zu, kam allerdings nicht von der Tür, sondern vom Fenster. Ich seufzte, rieb mir die Augen und klappte das Buch zu. Beim Strecken knackten meine Gelenke, als ob ich so eingerostet war wie Señora Sanchez. Vielleicht sollte ich mich in nächster Zeit mal etwas mehr bewegen, auch wenn ich so gar nicht der sportliche Typ war. Vielleicht hatte Mat ja ein paar Tipps, wie ich schneller über einen Zaun hüpfen oder auf einen Baum kraxeln konnte. Wie die neuesten Erkenntnisse von gestern Nacht zeigten, konnte man durchaus auch mal ein paar ernste Worte mit ihm sprechen.

Was war das eigentlich für ein Lärm da draußen? Ich stand auf und als ich über die kühlen Fliesen zum Fenster tapste, merkte ich erneut, wie wohl ich mich in diesem Zimmer fühlte. Woran es genau lag, konnte ich nicht bestimmen, aber es war nicht einfach bloß eine Unterkunft. Vielleicht war es die Erinnerung an die schöne Warm-up-Party mit meinen Freiwilligenkollegen gestern Abend. Der erste Blick durch die leicht staubige Scheibe gab mir Aufschluss über den Ursprung des Lärmes.

Mat reparierte den Zaun.

Nur in Jeans und Unterhemd.

***

Mit festen Schlägen bearbeitete er den Zaun, dann pendelte er zu seinem Werkzeugkasten zurück, der quasi direkt unterhalb meines Fensters stand. Ob er gezielt versuchte, meine Aufmerksamkeit zu wecken? Oder ob das Outfit einfach üblich war für Kubaner? So oder so, das war eine gute Gelegenheit, Mat ein wenig auszuquetschen.

»*Hola*«, sagte ich, als ich zu ihm stieß und es tatsächlich schaffte, meine Augen nicht über seine Muskeln schweifen zu lassen.

»Oh, hi. Mit dir hätte ich gar nicht gerechnet.«

»Haha, Scherzkeks. Nette Show, aber die war es nicht, die mich hierhergeführt hat.«

»Ach nein? Was denn dann, wenn nicht mein stählerner Body?«

»Ich wollte fragen, wie es dir geht.« Ein recht lahmer Versuch, mit der Hoffnung, zu dem netten Mat durchzudringen, der sich mir letzte Nacht ein paar Momente lang gezeigt hatte.

»Gut. Die Geisternonne hat mich verschont, wie du sicher schon bemerkt hast.« Er kramte in seinem Werkzeugkoffer.

Ich verdrehte die Augen. »Ich meinte, wegen der Sache.« Verschwörerisch betonte ich das letzte Wort.

»Ach so.« Seine Mimik änderte sich und er schaute mich ernst an. »Es hat sich etwas geändert. Aber warum fragst du? Eigentlich hätte ich dir gar nichts sagen dürfen. Alles *súper secreto*.«

»Ich weiß, ich weiß. Nur, ich will dir ja helfen, hatte ich dir ja versprochen und das geht halt besser, wenn ich wüsste, um was es geht. Also ein paar mehr Infos wären schon gut. Mir ist vorhin beim Dominospielen nämlich eine Idee gekommen.«

»Ach ja?« Mat legte den Hammer in seinen Werkzeugkasten und zückte eine rostige Säge.

»Señora Sanchez hat mir von der Gemeinschaft hier auf Kuba erzählt.«

»Sie hat mal nicht von ihrem Goldstück Albertino geschwärmt?«

Ich lachte. »Doch, den hat sie auch sehr subtil in die Unterhaltung eingeflochten.«

»Und? Auf welche Idee hat der Prachtbursche dich gebracht?«

»Sie hat gesagt, dass die Gemeinschaft hier das Wichtigste ist. Und ich meine, vielleicht ist die Strategie, das alles geheim zu halten, ja gar nicht der beste Weg. Denn je nach Problem wäre es doch eventuell gar nicht schlecht, alle einzubeziehen. Irgendwer kennt ja immer irgendwen, der unterstützen kann, oder? Zusammen können wir es bestimmt schaffen.«

Mat ließ die Säge sinken, mit der er gerade eine Holzlatte hatte zerteilen wollen, und schaute mich mit einem seltsamen Blick an. »Ist auf jeden Fall ein interessanter Ansatz. Ich spreche gleich noch mal mit Rieke und dann kann ich dir sicher mehr sagen.«

»Super! Ich habe gehört, du hast einen Stein im Brett bei ihr.«

»Ja, das stimmt. Sie …« Er fixierte nachdenklich einen Punkt in der Ferne. Dann sprach er leise weiter. »Sie war damals für mich da. Als ich mich mit meinem Vater gezofft habe und ganz allein nach Havanna gekommen bin. Ohne sie wäre ich abgestürzt.« Nach mehrmaligem Blinzeln schaute er mich an und lächelte unsicher, als ob er herausfinden wollte, wie ich auf seine unerwartete Offenbarung reagieren würde.

Einer spontanen Eingebung folgend strich ich ihm über die Schulter und drückte sanft zu. Er schloss kurz die Augen. »Gleich nach der Reparatur gehe ich zu ihr. Ich muss das hier aber erst noch dringend fertig machen, denn ich muss Lani endlich wieder freilassen können. Sie bellt mich schon seit gestern so vorwurfsvoll klagend an, weil ich sie in ihrer Hundehütte eingesperrt halte. Hilf mir bitte, halt mal da fest.«

Mat zeigte mir die Stelle und ich versuchte das Brett ganz fest zu halten, obwohl es durch die Sägebewegungen stark ruckelte und ich vom Muskelspiel seiner Oberarme direkt vor meinen Augen extrem abgelenkt war.

Er musste mir den Gemütswechsel an meinem Gesicht abgelesen haben. Gespielt unbekümmert sagte er: »Freut mich jedenfalls, dass du dich so sehr in die Rettung des Standortes einbringst. Ich darf wohl daraus schließen, dass der Gedanke, mich jetzt schon wieder verlassen zu müssen, unerträglich für dich ist.«

»Sogar Lana würde ich mehr vermissen als dich«, entgegnete ich würdevoll.

Er grinste und schnappte sich das zurechtgesägte Holzstück. Während er damit das Loch abdichtete, wandte er mir seinen trainierten Rücken zu. Schwungvoll versenkte er die Nägel im Holz.

Als das Loch verschwunden war und der Zaun wieder seine Funktion erfüllte, packte ich gemeinsam mit Mat das Werkzeug in den Koffer und wir schlenderten hinter das Haus.

»Ziemlich still«, sagte Mat. »Vielleicht schläft sie.« Aber mit einem Blick in die Hütte, in der Lana angebunden war, sahen wir, dass sie uns aus wachsamen Augen anstierte.

»Hallo, Lani, mein braves Mädchen. Ich hab den Zaun repariert, jetzt kann ich dich endlich losbinden und du darfst wieder frei herumspringen. Na, wie findest du das?«

Er löste den Knoten des Seils und Lana schaute uns unverwandt an, ohne zu blinzeln. Dann stand sie auf, streckte ihre Beine, drehte uns ihr Hinterteil zu und ließ sich wieder auf ihrem Kissen nieder. Mats vollends verdutztes Gesicht war zum Schießen und ich brach in lautes Gelächter aus.

»Ach, Lani, du verrückte Nudel.« Er seufzte und ließ sich neben sie plumpsen, um ihr das Fell zu kraulen. »Ich verstehe, dass du sauer auf mich bist, aber es war nur zu deinem Schutz. Kannst du das nicht ein bisschen nachvollziehen? Hm?«

Wenn er nur so einfühlsam mit Frauen sprechen würde, dachte ich und machte mich auf den Weg in die Küche. Wieder zurück war die Situation unverändert, aber als ich Lani eine Wurst hinhielt, schaute sie mich verwundert an, schnappte sie sich und trippelte hoch erhobenen Hauptes an uns vorbei aus dem Häuschen.

»Eine Wurst? Ehrlich? Dass Lana sich auf Bestechung einlässt, hätte ich nicht gedacht.«

»Das war doch keine Bestechung. Ich habe deinen Worten einfach nur Taten folgen lassen als Friedensangebot. Wie hätte sie sonst wissen sollen, dass du deine Entschuldigung ernst meinst?«

»Du kannst dich erstaunlich gut in andere hineinversetzen.« Mat krabbelte aus dem Hundehaus und ich reichte ihm die Hand, um ihm aufzuhelfen. Ich zog mit so viel Schwung, dass er gegen mich taumelte und mich an den Schultern packte, um mich nicht umzuwerfen. Sein Gesicht war schon wieder ganz nah vor meinem. »Nicht nur in Lana.«

Sein Blick nahm mich gefangen, aber diesmal fehlte das Neckische und ich musste hart schlucken. »Ich wollte dir noch danken.« Er hielt mich immer noch und seine Daumen zogen sanfte Kreise auf meiner Haut.

»Wofür?«, krächzte ich, ohne dass ich es schaffte, unseren Blickkontakt zu unterbrechen.

»Dafür, dass du mir einen unvergesslichen Abend beschert hast.«

Mein Herz klopft fast so schnell, wie als wir getanzt hatten. »Wenn du wüsstest, wie sehr du mich beeindruckt hast.« Kurz ließ er mich wieder hinter seine Fassade schauen, zeigte mir seine wahren Farben, aber da war der Moment auch schon wieder vorbei und das bekannte Glitzern trat in seine Augen. »Weißt du, was mich auch beeindruckt hat, *linda?*«

»Will ich es denn wissen?« Verdammt, mein Körper wollte es wissen.

Seine Hände wanderten von meinen Schultern die Arme entlang, auf meine Hüften und weiter zu meinem Hinterteil. O Gott, war das schön. Kleine Stromschläge breiteten sich von den Stellen aus, an denen er mich berührte und ich schnappte nach Luft. »Vergiss es«, keuchte ich und machte mich frei. »Das war ne einmalige Sache. *Despacito* hat mich verleitet. Eine meiner wenigen Schwächen.«

Er lachte amüsiert, klopfte sich den Staub von der Kleidung und wir begaben uns einträchtig schweigend zum Haus. Obwohl er mich wieder mal gefoppt hatte, wurde ich das Gefühl nicht los, dass sich seit unserem Gespräch gestern Nacht etwas zwischen uns verändert hatte. Es kam mir vor, als hätte er seine Absichten, mich herumbekommen zu wollen, aufgegeben und als sei sein Baggern nur noch ein Running Gag und ein Spaß zwischen uns.

»Ich geh dann mal zu Rieke.«

»Viel Erfolg, ich drücke die Daumen. Und ich lese bis zum Abendessen, immerhin wurde ich vorhin durch schrecklichen Lärm unterbrochen.«

Er winkte mir lässig und kaum, dass er um die Ecke gebogen war, bemerkte ich ein Grinsen auf meinem Gesicht.

Kapitel 14

Mat

Bevor ich anklopfen konnte, musste ich noch das Grinsen aus meinem Gesicht bekommen. Diese Frau machte mich einfach verrückt. Ihre ganze Art. Dass sie sich Gedanken über die Leute hier machte, dass sie nachbohrte, Interesse zeigte. Und nicht zuletzt, dass sie sich von mir und meinen blöden Sprüchen nicht aus der Ruhe bringen ließ. Aber Fakt war nun einmal, dass sich etwas zwischen uns geändert hatte. Es würde nichts laufen, weil ich als Leiter der *STE Havanna* eine Vorbildfunktion hatte. Außerdem war Maike ganz sicher keine Affäre oder so. Dafür war sie viel zu toll, da konnte ich meinen alten Herrn inzwischen voll und ganz verstehen, dass er deutsche Frauen vergötterte. Ich jedenfalls mochte sie. Als Mensch. Sie war wirklich etwas Besonderes. Und sie hatte mich dazu gebracht, mutig zu sein.

Entschlossen klopfte ich an Riekes Tür.

»*Het is open*«, ertönte es prompt, und als ich den Raum betrat, sah ich, wie Rieke in einer Hand einen Pott schwarzen Tee balancierte und in der anderen Hand ein Messer schwang.

»Oh, Mat, mein Lieber. Mach schnell die Tür zu, bevor es zieht. Du kommst genau zur rechten Zeit, gerade schneide ich einen Früchtekuchen an.« Ihr blonder Flechtzopf wippte im

Takt dazu. »Was verschafft mir denn die Ehre? Bitte sag mir, dass es nicht wieder die Hummer sind, die dich zu mir treiben.«

»Indirekt schon.«

»O Mat, ich habe es dir doch erklärt.«

»Und ich habe es verstanden und ich werde die Hummer für das Mittagessen am Dienstag von meinem eigenen Geld bezahlen.«

»Das ist aber großzügig von dir, das von deinem leider mickrigen Gehalt hier abzuzwacken.«

»Das Geld ist doch nebensächlich.« Ich strahlte Rieke an. »Außerdem gibt es etwas zu feiern.«

Augenblicklich erhellte sich ihr Gesichtsausdruck. »Mateo, das wäre ja der Wahnsinn. Du machst es also?« Sie reichte mir einen Teller und der Duft von Orangeat schlug mir entgegen.

»Ja. Maike hat recht. Wir müssen zusammenhalten. Deshalb ...«

»Maike? Warte mal, hast du ihr etwa davon erzählt?« Die Kluntjes in Riekes Teetasse klirrten aneinander. »Der Maike, die noch nicht einmal seit einer Woche hier ist, hast du Dinge ausgeplaudert, die ich dir im Vertrauen erzählt habe? Mat, ich glaube, ich spinne! Warum?«

»Ich kann dir das erklären ... Das mit Maike ist anders.«

»Du meinst, anders als mit Cindy, Angela, Moana und wie sie nicht alle hießen?« Sie sprang auf und der Tee schwappte über ihre Hand. »*Ouch, verdorie.*«

»Lass mich das machen.« Behände flitzte ich in das Bad am Ende des Ganges und tränkte ein Handtuch mit kaltem Wasser, um es ihr dann auf die Hand zu legen, als ich zurück war.

»Bitte, lass mich das machen«, sagte ich noch mal und meinte diesmal nicht ihre Verbrennung.

»Mat, ich freue mich, dass du den Posten willst. Aber du solltest es aus den richtigen Beweggründen machen. Nicht nur, um eine Frau zu beeindrucken.« Sie seufzte tief. »Was ist da los mit dir und dieser Maike? Schau mich nicht so an. Du weißt, dass ich dich neben meinen Kindern mag wie einen Sohn und jede Mutter bemerkt, wenn etwas im Busch ist.«

So ernst hatte ich Rieke noch nie erlebt. Aber was sollte ich ihr nur sagen? Dass sie recht hatte? Dass Maikes zarte Berührungen mich dazu antrieben, mich mehr ins Zeug zu legen? Dass ihre Beteuerungen, mir zu helfen, mir die nötige Stärke gaben?

Normalerweise war es Rieke, die an mich glaubte und mich stets unterstützte. In den letzten Jahren hatte sie sich rührend um mich gekümmert, mir Poffertjes zugesteckt, weil ich angeblich nicht genug aß, mir heitere Familienanekdoten erzählt, wenn ich mal schlecht drauf war, weil ich eine Klausur versemmelt hatte, und sie wusch gelegentlich – angeblich aus Versehen – meine im Gemeinschaftsbereich vergessenen Pullis mit. Dinge auszuplaudern, die sie mir im Vertrauen erzählt hatte, war nicht in Ordnung, auch wenn es nicht in böser Absicht geschehen war.

»Tut mir leid, Rieke.« Ich senkte den Kopf. »Mit deinen übernatürlichen Mom-Skills merkst du ja, dass es mir ehrlich leidtut, dass ich mich verplappert habe.«

Sie ließ mich eine ganze Weile zappeln, bis sie mich endlich erlöste und sagte: »*Goed.* Dieses Mal lasse ich es dir durchgehen. Aber auch nur ausnahmsweise, weil etwas Gutes dabei herauskam. Das heißt, du übernimmst die Leitung?«

Ich nickte und lächelte stolz.

»Das freut mich, Mateo. Das freut mich wirklich. Dann beginnt ab sofort deine Probezeit. Der Verein möchte, dass du zeigst, was du kannst. Falls nicht, schließen sie hier doch die Pforten. Vor allem muss das mit dem Budget klappen und sie überwachen mit Argusaugen, wie du das Haus für die Hurrikan-Saison vorbereitest. Wie du weißt, zerbröckelt hier alles unter unseren Hintern. Wenn jetzt ein Tropensturm kommt, dann können wir die Räumlichkeiten vergessen. Nur damit du weißt, auf was du dich eingelassen hast.« Sie stellte die Tasse auf den Tisch und kam zu mir herum. »Aber ich bin mir sicher, dass du das gut machen wirst. Bitte behandle deine Nachfolge noch mit Diskretion. Ich kläre das Offizielle erst mit dem Verein, wir machen die Verträge fertig und geben es dann gemeinsam dem Team bekannt, ja? Wahrscheinlich schon am Dienstag.« Sie umarmte mich, ich schloss die Augen und atmete ihren beruhigenden Duft ein, der mich immer daran erinnerte, dass ich nicht allein war.

Dann scheuchte sie mich mit einer Handbewegung aus ihrem Büro. Als ich schon an der Tür war, sagte sie: »Ach, und Mat? Wegen Maike ... Ich hab dich im Auge, Junge.«

»Mach dir keinen Kopf, Rieke. Ich werde dich nicht enttäuschen.« Sanft zog ich die Bürotür ins Schloss.

Während des Abendessens mit den Freiwilligen schweifte mein Blick immer wieder zu Maike. Sie quatschte mit den anderen Mädels und wirkte entspannt. Nur wenn sich unsere Blicke trafen, schlich sich Sorge hinein. Die musste ich ihr unbedingt nehmen. Ich würde gleich noch mit ihr sprechen, bevor morgen ihr erster freier Tag anstand. Vielleicht ... ja, vielleicht hatte ich neben all den neuen Aufgaben, die morgen auf mich einprasseln würden, auch die Chance, ihr ein Stündchen Havanna zu zeigen. Da fiel mir sogar etwas Tolles ein. Eine Überraschung, mit der ich sie sicher zum Lächeln bringen konnte. Die Wette erschien mir inzwischen kindisch und unreif. Und auch wenn es mit Maike rein freundschaftlich bleiben würde: Wenn sie lächelte, war auch ich irgendwie glücklich.

Kapitel 15

Maike

Obwohl wir uns während des Essens des Öfteren Blicke zuwarfen und uns quer über den Tisch hinweg anlächelten, brannte ich darauf, herauszufinden, wie das Gespräch zwischen Rieke und Mat gelaufen war. Die meiste Zeit schien er gedanklich meilenweit weg zu sein. Irgendetwas war auf jeden Fall passiert, das konnte ich anhand seiner nachdenklichen Reaktion erkennen, aber ob es etwas Gutes oder etwas Schlechtes war, war nicht auszumachen. Ich musste ihn allein erwischen und unter vier Augen mit ihm sprechen. Immerhin sollten die anderen erst mal nichts davon erfahren. Weder beim Abräumen noch in der Küche ergab sich die Gelegenheit, aber als alle den Speisesaal verließen und sich ins montägliche Wochenende verabschiedeten, sah ich, wie Mat durch den Innenhof schlenderte, sich dann umdrehte, mir ein Zeichen gab und hinter einer der Säulen verschwand.

Möglichst unauffällig huschte ich ihm hinterher, und als ich auf der Höhe seiner Säule war, packte mich seine Hand von der Seite und zog mich zu sich in den Schatten. Ich landete in seiner Brust und anstatt, dass er mich losließ, hielt er mich sanft an den Oberarmen.

»Hey«, flüsterte er. »Ich wollte dir nur sagen, es ist erst mal alles okay.« Warm streichelten seine Finger über meine Haut.

»Du brauchst dir keine Sorgen machen. Das wird schon. Es wird Änderungen geben, über die ich gerade nicht reden kann, aber bald erfährst du es offiziell und dank dir und deiner lieben Worte geht es vorerst weiter mit dem Standort …«

Erleichterung machte sich in mir breit. »Wow, das ist einfach toll.« Einem Impuls folgend fiel ich Mat spontan um den Hals. Seine Arme umfingen mich warm und ich fühlte mich geborgen. Ich hatte zwar keine Ahnung, was ich dazu beigetragen haben sollte, aber das Wichtigste war ja, dass die Gefahr fürs Erste gebannt war.

»Ich wollte dich noch was fragen.« Schade, er hätte mich ruhig viel länger halten können. »Morgen ist doch Montag und dein erster freier Tag. Hättest du eventuell Lust, dass ich dir ein wenig Havanna zeige? Ich würde –«

»Hallo, hallo, hallo«, ertönte plötzlich eine kühle Stimme. Vor Schreck mache ich einen großen Satz von Mat weg, obwohl wir in keinster Weise etwas Verbotenes getan hatten. Dominga starrte uns mit verschränkten Armen an.

»Oh, hi, Dominga, ich dachte, du wärst schon weg.« Mat trat selbstbewusst aus dem Schatten und lächelte freundlich. »Kann ich etwas für dich tun?«

»Offensichtlich bin ich noch da. Ich habe nämlich etwas Dringendes mit meiner Freundin Maike zu besprechen.«

»Um was geht es denn?«, fragte ich neugierig.

»Um morgen. Um deinen freien Tag. Wollen wir gemeinsam etwas unternehmen?«

»Ach toll.« Ich klatschte einmal in die Hände. »Das hat Mat auch gerade gefragt.«

Mat strahlte. »Dann können wir ja was zusammen machen!«

Dominga wiederum schaute völlig entgeistert.

»Fein. Sehen wir uns morgen gegen Mittag? Bei deinen Eltern, Dominga? Ich bringe noch einen Kumpel mit, wenn das okay ist, dann sind wir eine schöne Vierergruppe. Gute Nacht, *niñas,* und bis morgen! Schlaft gut.« Vergnügt pfeifend stieg Mat die Stufen nach oben und Dominga und ich sahen uns an.

Ihr Mund stand offen. »Ich kenne Mat ja schon ziemlich lange. Aber ... so, äh ... so habe ich ihn noch nie erlebt. Freunde von ihm habe ich noch nie getroffen. Ich wusste nicht mal, dass er welche hat. Eigentlich wollte ich dich sozusagen retten kommen. Immerhin ist das Mats Masche: die Neue am ersten freien Tag direkt zu einer romantischen Städtetour einzuladen.«

»Keine Sorge, ich hätte schon Nein gesagt, wenn ich nicht gewollte hätte.« Mit dem neuen Mat verbrachte ich tatsächlich irgendwie gern Zeit. »Trotzdem lieb, dass du dich um mich kümmerst.« Das Gefühl hatte ich schon lange nicht mehr gehabt. Sarah und ich hatten uns immer umeinander gekümmert. Und dann ... hatte ich ganz unvermittelt allein dagestanden.

Dominga hielt mir ein Glas Saft hin, das sie auf einem Mauervorsprung abgestellt hatte. »Hast du Lust, noch ein paar Minuten zu plaudern? Immerhin kannst du morgen ausschlafen.«

»Kannst du das nicht?« Ich nahm einen Schluck. Köstlich. Das musste Guave sein.

»Nein, ich helfe meinem Bruder. Er geht nachts vor der Küste Hochseeangeln und ich zerlege mit ihm im Morgengrauen die Barrakudas, die er mitbringt. Die gibt es dann ab mittags im kleinen Restaurant meiner Mutter.«

»Wow, ihr habt einen Imbiss?«

Wir machten es uns wieder auf den Kissen im Innenhof bequem wie am Freitag und lauschten dem abendlichen Grillenzirpen.

»Genau, meine Eltern haben ein *paladar*, ein Wohnzimmer-Restaurant. Das heißt, fremde Menschen kommen in unsere Wohnung und essen dort Speisen, die meine Mutter in unserer privaten Küche zubereitet. Die Nachfrage ist sehr hoch, es kommen sowohl Kubaner als auch Touristen. Aber es ist auch viel Arbeit.«

»Das kann ich mir vorstellen. Wie viele Plätze gibt es?«

»Zwanzig. Zehn im Wohnzimmer, einen Zweiertisch im Entree neben der Treppe und zwei Vierertische im Garten. Als die Regierung private Lokale erlaubt hat, um die Wirtschaft etwas zu stärken, waren die Auflagen so streng, dass es sich kaum gelohnt hat. Maximal zwölf Leute durften bewirtet werden und die Steuern waren horrend.«

»Aber deine Mutter hat das nicht abgeschreckt?«

»Nein.« Dominga lachte. »Es hat kaum jemanden abgeschreckt. Das ist eben die kubanische Gelassenheit.«

Die Grillen zirpten immer noch friedlich im inzwischen vollkommen dunklen Innenhof, in der Ferne ertönte ruhiger kubanischer Salsa und ab und zu hupte ein Auto. Dafür, dass ich erst zwei Tage hier war, hatte ich ganz schön viel um die Ohren gehabt. Immerhin musste ich mir keine konkreten Sorgen mehr um meine Arbeit machen, sondern konnte morgen ganz entspannt Havanna erkunden. Ich trank meinen Guavensaft leer und verabschiedete mich mit einer Umarmung von Dominga. Innerhalb von zwei Tagen hatte ich sie schon sehr lieb gewonnen.

***

»Ich schneide die Zwiebeln, kein Problem«, sagte ich und nahm mir ein Messer. Die Küche von Domingas Mutter war sogar im

Vergleich zu meiner WG-Küche in Deutz so klein, dass ich hier noch nicht einmal einen Snack für Sarah und mich zubereiten könnte, aber Suelita hatte ihre Prozesse so optimiert, dass sie es mit Leichtigkeit schaffte, den laufenden Mittagsbetrieb entspannt zu meistern. Als ich die Zwiebelwürfel zu ihr hinüberschob, drückte sie meine Hand fest und strahlte über beiden Ohren. »Du bist ein gutes Mädchen und jetzt ab mit dir. Ich mache euch allen gleich auch Essen und dir einen besonders großen Teller. Du fällst ja fast vom Fleisch.«

»Kann ich wirklich nichts mehr helfen?«

»*No, no, no. Realmente no.* Husch, husch.«

Noch während ich mich aus ihrer Mini-Küche hinauswand, warf sie mit einer fließenden Handbewegung die Zwiebeln in die Pfanne, den Barrakuda von Domingas Bruder hinterher und bestreute das Ganze mit Kräutern von ihrem Fensterbrett. Mit der anderen Hand schüttete sie das gedämpfte Gemüse ab, das Jola, Dominga und ich heute Vormittag auf dem örtlichen Bauernmarkt erstanden hatten, wo eine Flut an Eindrücken auf mich eingeprasselt war: süße und herzhafte Gerüche, tausend Farben, lautes und fröhliches Geplapper und allgegenwärtig die kubanischen Klänge, die von einer Gruppe Musikern zu uns herübergeweht wurden.

Mit einem letzten Blick auf das völlig durchorganisierte Kochen in der Tiny Kitchen trat ich ins Entree des Hauses. Auch hier bot sich dasselbe Bild wie in der *STE:* hohe Wände, von denen der Putz abbröckelte, die für das Erdgeschoss typischen verschnörkelten Gitter an den Fenstern und eine angenehme Kühle trotz der Hitze, die draußen flimmerte. In Domingas Elternhaus allerdings merkte man die persönliche Note. Alle Wände waren vollflächig behangen: Neben Bildern von allen möglichen Familienangehörigen prangte ein überdimensionales Bildnis eines Heiligen, neben dem wiederum Porzellanteller mit knalligen tropischen Fischen einen Platz gefunden hatten. Plastikblümchen standen in kitschigen Porzellanväschen auf einem dunkelbraun lackierten Sideboard zwischen einem Schachspiel, etlichen Kerzenstumpen und Maracas, Rumba-Rasseln. In einer Ecke des Zimmers zwitscherte ein grüner Ziervogel in einem nostalgischen, verbeulten Käfig. Dank der Einrichtung hatte ich das Gefühl, schnurstracks in die Achtziger gebeamt worden zu sein.

Das Mittagsgeschäft war in vollem Gange. Alle Plätze waren besetzt und es herrschte wildes Treiben. Domingas Schwestern und Tanten flitzten herum und nahmen Bestellungen auf. Gut, dass wir einen Platz reserviert hatten. Ich trat in den kleinen Innenhof, der aufgrund der hohen Hausmauern schön schattig war. Der eine metallene Vierertisch war bereits eingedeckt. Als ich mich setzte, kam auch Dominga mit zwei Gläsern Wasser zu mir.

»Ist das auch wirklich Wasser oder doch Rum?«

Dominga lachte. »Wasser.«

Ich strich die weiße, gestärkte Tischdecke glatt und trank einen Schluck. Endlich eine Pause. Der Vormittag hatte eine Menge Spaß gemacht und ich hatte es genossen, einen Einblick in den Alltag einer normalen kubanischen Familie zu bekommen, aber das Durchatmen tat gut.

»In Kuba sagen wir: Wer die ganze Nacht schläft, hat am Tage Anspruch auf ein wenig Ruhe.«

Ich grinste. »Die kubanische Gelassenheit wieder.«

In dem Moment steuerte Mat mit einem Mann auf uns zu. Er hatte ebenfalls hohe Wangenknochen und braune Haare. Anders als Mat hatte er jedoch einige Tattoos an den Armen.

Hatten sich die Männer für uns schick gemacht? Ihre weißen, weit aufgeknöpften Hemden strahlten mit ihren Augen um die Wette und auf der Brust des Typen baumelte ein großes silbernes Kreuz an einer Kette. Mat, dessen Hemd nur dezent aufgeknöpft war, steuerte sofort auf mich zu und gab mir ein züchtiges Küsschen auf die Wange. Dominga knuffte er in den Oberarm. »Na, ihr beiden. Schön, euch zu sehen. Darf ich vorstellen? Das ist Mauricio.«

Dieser schüttelte mir die Hand und hauchte Dominga zu: »Eine Rose würde sich verstecken bei deiner Schönheit.«

Wurde Dominga wirklich gerade rot? Musste an der Sonne liegen. Wir setzten uns und bestellten bei Domingas Tante einen Ananas-Papaya-Saft, der sich frisch und fruchtig auf meine Zunge legte.

»Also, Mauricio«, sagte Dominga, »erzähl uns doch mal was von dir. Wie kommt's, dass Mat dich jahrelang versteckt hat? Ich war fest der Annahme, er hat gar kein Privatleben. Immerhin wohnt er in der *STE* und hat dich noch nie mitgebracht.«

»Das liegt wohl daran, dass Mat und ich uns meistens beim Surfen sehen.«

Sofort fiel mir das Board ein, das ich bei meiner Ankunft am Flughafen gesehen hatte. »Ist das Surfen nicht verboten in Kuba?«

»Ja, es wird als kapitalistische Sportart eingestuft, deshalb ist es gesetzlich nicht erlaubt. Und alles, was nicht explizit erlaubt ist, ist automatisch verboten. Es gibt aber dennoch einige Surfbrettverleihe in Touristengegenden, meist ausländische Lehrende und auch inoffizielle Spots, die in der Szene bekannt sind.«

»Auf was für Brettern surft ihr denn?«, fragte Dominga. »Die kann man ja nicht einfach kaufen.«

»Touristen bringen ab und zu ihre mit und lassen sie dann hier. Manche kubanischen Surfer stellen ihre Boards aber auch aus Holz her, zum Beispiel aus alten Türen.«

Ach krass, so langsam merkte ich, was es bedeutete, hier zu leben. Für uns war es völlig normal, tun und lassen zu können, was wir wollten. Und dass es so ziemlich alles einfach im nächsten Laden zu kaufen gab.

Wir unterhielten uns noch ein wenig über das Surfen und erfuhren dann, dass Mauricio tatsächlich Schreiner war und heimlich Surfbretter herstellte. Nach einem wahnsinnig guten Teller Barrakuda mit Reis und Gemüse gönnten wir uns noch einen Café Cubano und eine entspannte Stille trat ein, in der Mauricio Dominga heimlich betrachtete. Auch Mat hatte dies bemerkt und als unsere Blicke sich trafen, grinsten wir uns verschwörerisch an.

»*Vámonos?*«, fragte er schließlich und wollte gerade aufstehen, als Suelita zu uns an den Tisch trat.

»*Gracias,* Suelita«, sagte ich mit meinem kantigen Spanisch, aber Freude spiegelte sich in ihrem Gesicht.

»Sehr gern. Ich freue mich, wenn ihr eine schöne Zeit unter unserem Dach verbringt. Freunde von Dominga sind bei uns immer herzlichst willkommen. Schaut euch mal dieses schöne Bild von unserer Süßen an.« Sie zog einen Bilderrahmen hinter ihrem Rücken hervor und die etwas burschikose Dominga wollte sichtlich im Erdboden versinken. »War sie nicht zauberhaft bei ihrer Quinceañera?«

Mauricio beugte sich neugierig über das Foto und lächelte, während Dominga fast unter den Tisch rutschte.

»Zauberhaft.« Mauricio zeigte es Mat und mir. »Suelita, Sie müssen die glücklichste madre von Havanna sein.«

Dominga war auf dem Foto noch jünger und trug ein ausladendes und glitzerndes Prinzessinnenkleid, hatte eine adrette Hochsteckfrisur und war stark geschminkt. Sogar ein Krönchen steckte in ihrem Haar.

Mat wandte sich an mich. »In einigen lateinamerikanischen Ländern wird der fünfzehnte Geburtstag eines Mädchens groß gefeiert als Eintritt in das Erwachsenenalter. Die Party ähnelt oft sogar einer Hochzeit. Überall gibt es eine etwas andere Abfolge. Hier in Kuba ist das Kernstück der Party meist der Walzer, den das Mädchen um seine Mutter herumtanzt. Bis in die Neunzigerjahre wurden die Getränke für die Feier sogar vom Staat gestellt und jede Mutter trägt das Foto der Tochter während der quince wie einen Schatz herum.«

Mauricio gab Suelita das Bild zurück und Dominga sprang auf. »So, Leute, dann lasst uns mal los. Maike soll doch noch was von Havanna sehen, oder?« Sie stürmte ins Haus.

»Was machen wir denn eigentlich?«, fragte ich Mat, als wir ihr mit Mauricio folgten.

»Tja, das ist eine Überraschung.« Mat hielt mir die Tür auf und ich trat auf die Straße.

Mat legte einen Arm um mich. »Wir gehen jedenfalls nicht zu Fuß.« Lässig deutete er auf ein rosa Oldtimer-Cabrio und genoss meine Freude darüber. Meine erste Fahrt mit so einem Schiff war dann doch mit ihm, obwohl er es nicht geschafft hatte, mich vom Flughafen abzuholen. Ich stutzte.

»Ist das etwa genau das Auto? Das die Panne hatte?«

»Genau das«, bestätigte Mat und öffnete uns galant die Tür. »Das Ersatzteil ist endlich gekommen und der Straßenkreuzer ist wieder voll einsatzfähig.«

Mauricio und Dominga kletterten auf die Rücksitzbank, die extrem federte, als die beiden sich darauf niederließen. Auch der Beifahrersitz mutete eher wie ein lederner Wohnzimmersessel an. Ich wickelte mein Haargummi ein weiteres Mal um den Zopf, damit es beim Fahrtwind nicht herausrutschen würde, dann sagte Mat: »Los geht's, *Señoritas y Señor*.«

Ich ließ mir den Karibikwind um die Nase wehen und saugte die Eindrücke der langsam vorbeiziehenden Gegend gierig ein. Große Holztafeln an Kreuzungen und viele Graffitis auf den Hauswänden zeigten Che Guevara. Oft stand auch »*hasta la victoria siempre*« daneben, der kultige Schlachtruf der Revolution, die Kuba Ende der Fünfzigerjahre den heiß ersehnten Sozialismus gebracht und dadurch das US-Embargo ausgelöst hatte, das bis heute größtenteils anhielt.

Als wir im Schritttempo durch die Straßen Havannas rumpelten, war ich geflasht. Viele Fensterläden der pastellfarbenen Häuser waren zum Schutz gegen die Sonne geschlossen, an Straßenecken standen kleine Live-Bands, die Salsa, Rumba oder kubanischen Jazz spielten. Man konnte anhand der Kleidung die Kubaner sofort von den Touristen unterscheiden: Die Touristen trugen knielange Funktionshosen und hielten ihre Taschen eng an sich gedrückt, obwohl Kuba als eines der sichersten Länder der Welt für Touristen galt – das hatte zumindest im Reiseführer gestanden – und das Motto der Kubaner war wohl: bunt und knapp. Egal welche Figur die weibliche Bevölkerung hatte, die Frauen betonten selbstbewusst alle Kurven. Schade, dass dieses Selbstverständnis noch nicht in Deutschland angekommen war. Immer noch hatte ich das Gefühl, dass man nur rank und schlank selbstbewusst sein durfte und dass man als Frau in allen Medien und von der

Gesellschaft dazu angehalten wurde, nach dem Optimalgewicht zu streben.

Kaum waren wir durch die kleinen Gässchen gefahren, bog Mat auf eine vierspurige Uferstraße ein. Direkt daneben brachen sich die Wellen des Meeres so stark an der Mauer, dass sie spektakulär hochschossen.

»Das ist der Malecón!«, rief Mauricio.

Die Gischt verteilte sich über die ersten beiden Fahrspuren und ein Teil des Dunstes legte sich erfrischend auf meine Wangen. Der dünne salzige Film auf meinen Lippen intensivierte diesen wundervollen Moment noch mehr. Ich lehnte mich aus dem Auto, um die nächste Welle noch stärker zu spüren. Das Leben zu spüren. Ich war in Kuba, und die Zeichen standen auf Neuanfang. Ein Jauchzen entwich meiner Kehle, und als ich mich zu Mateo drehte, grinste er mich wissend an.

»Danke«, sagte ich strahlend.

»Sehr gern, Maike. *Con mucho gusto.*«

Das Gefühl war einfach der Hammer!

Kapitel 16

Mat

»Sie ist einfach nur der Hammer.« Mauricios Augen leuchteten. »Hast du diese Wahnsinnsfrau gesehen?«

Wir hatten den Oldtimer geparkt und schlenderten durch die kleinen Gässchen Havannas.

»Ja, das stimmt, eine echt tolle Frau.« Nur, dass ich dabei nicht wie Mauricio an Dominga dachte, sondern an Maike, die mit Dominga ein paar Meter vor uns herspazierte und neugierig alle Eindrücke in sich aufsog. Sie begutachtete jeden Obststand, jede Einfahrt und alle Kinderspiele auf der staubigen Straße genau. Manchmal mussten wir mehrere Minuten lang stehen bleiben und zuschauen, bis sie das Spiel verstanden hatte, und allen *niños* ausgiebig zugewinkt hatte.

»Moment! Was hast du gesagt?« Mauricio blieb mitten auf dem Gehweg stehen, sodass eine Frau mit einem Korb Wäsche beinahe mit ihm kollidierte, und auch ich hielt in der Bewegung inne.

»Hm?«

»Also ich habe Dominga gemeint und du?«

»Ich, äh. Auch. Ich meinte, Dominga ist eine tolle Frau und ich arbeite schon seit Jahren mit ihr zusammen. Klar weiß ich, dass sie nett ist und so.«

Er grinste. »Nein, nein. Du meintest nicht Dominga, du meintest nämlich Maike. Ich habe da so eine *idea loca,* eine verrückte Vermutung, Mateo.«

»Keine Ahnung, wovon du da redest.«

»Ganz im Gegenteil, *compañero.* Das ist also die Kleine, die unseren Herzensbrecher zähmen konnte.«

Ich schnaubte. »Herzensbrecher. Mauricio, da übertreibst du aber.«

»Nein, Mat, tue ich nicht. Jahrelang hast du keine Frau ernsthaft an dich rangelassen. Seit ich dich kenne, eigentlich noch nie. Und nun taucht Maike auf und zum ersten Mal nimmst du mich mit auf ein Date. Und dann auch noch das erste? Ich denke nicht, dass ich übertreibe.«

Ich zuckte mit den Schultern. »Ich hab dir doch heute Vormittag erzählt, dass ich jetzt die *STE* übernehme. Und Maike ist eine der Angestellten. Dann bin ich ihr Chef und damit hat sich die Sache. Das wird nur eine Freundschaft bleiben.«

»Du magst sie.« Er grinste, als hätte er gerade eine Goldmine entdeckt.

»Sie ist ganz nett«, gestand ich widerwillig.

»Und ob sie nett ist, das habe ich doch selbst bemerkt. Aber das ist nicht, was du wirklich von ihr hältst.«

»Ich mag es, wenn sie glücklich ist.«

Ich trottete wieder los und Mauricio holte mich ein. Er tippte mir mit dem Zeigefinger an die Brust wie Sherlock Holmes, der den Täter zur Rede stellt. »Nee, nee, *compañero.* Meine *idea loca* verhärtet sich: Die liebe Maike ist auf dem besten Wege, dein Herz zu erobern. Das ist jetzt krass.«

»Verlieben, ha. Damit habe ich nichts am Hut.« Ich lachte ein bisschen zu laut, während Maike sich ein paar Meter weiter gerade zu einem Kind hinunterbeugte und ihm einen bunten Stift schenkte, den sie aus ihrer Handtasche gezaubert hatte. In dem Moment schaute sie zu mir und unsere Blicke verfingen sich. Mein Herz klopfte etwas schneller. Aber warum nur? Zwischen uns durfte nichts sein.

»Und wie gedenkst du, in der Sache weiterzumachen?«
»Weiterzumachen?«
»Immerhin arbeitet ihr zusammen. Was willst du jetzt machen? Ich hatte beim Essen den Eindruck, dass ihr euch super versteht. Mensch, dass sie dich anschmachtet, sieht ja auch ein Blinder.«

»Sie hat mich angeschmachtet?« Ich drehe mich ruckartig zu Mauricio, der schallend lachte.

»Erwischt. Es ist dir ernst. Sie ist dir wichtig.«

Während Mauricio immer noch lachte, klingelte mein Handy und ich nahm schnell ab. Am anderen Ende war Rieke, deren Worte sich fast überschlugen. »Ruhig, Rieke, atme einmal ganz tief ein und aus. Genau, so ist es richtig. Und jetzt zähl bis zehn und dann erzählst du mir der Reihe nach, was passiert ist.«

Tatsächlich herrschte einige Sekunden lang Ruhe in der Leitung, ich hörte Rieke atmen, dann sagte sie: »Ich fange noch mal neu an. Hallo, hier ist Rieke und ich habe einige Neuigkeiten. Ich hoffe, du verzeihst mir die Störung an deinem freien Tag.«

»Dein Anruf kam gerade zur rechten Zeit.« Ich linste zu Mauricio hinüber, der mich immer noch mit einem schelmischen Grinsen anschaute. »Also, was gibt's Neues? Hast du mit der Verwaltung sprechen können?«

»Ja, genau das ist es! Ich habe mit der Budgetstelle sprechen können und ich habe es tatsächlich geschafft, sie zu überzeugen! Glaubt man es denn? Ich bin immer noch ganz durch den Wind!«

»Rieke! Das glaube ich ja nicht!« Ich schnappe nach Mauricios Arm und drückte ihn so fest, dass er das Gesicht verzog. »Das ist ja fantastisch.«

»Ja. Meinen herzlichen Glückwunsch, Mateo. Du bist ab sofort der neue Leiter des *STE*-Standorts Havanna. Die Verträge liegen mir vor. Wenn du möchtest, kannst du sofort unterschreiben und es auch allen erzählen.«

Jetzt schlug mein Herz noch schneller und große Freude ergriff mich. Darauf hatte ich jahrelang hingearbeitet. Eigentlich hatte ich gedacht, dass ich noch nicht bereit war, aber das Glück, das mich jetzt flutete, bewies mir das Gegenteil. Ich war bereit. Mit meinen Freunden, die für mich da waren, würde alles gut werden.

Eine Weile war es still in der Leitung. Dann sagte sie: »Aber die Bedingung ist, wie ich vermutet hatte.«

Plötzlich fröstelte ich.

»Es gibt eine Probezeit von ein paar Wochen und du musst beweisen, dass du mit den Herausforderungen im Alltag, aber auch denen der Saison zurechtkommst. Das Haus muss bis zum Ende der Probezeit dringend wieder hurrikansicher werden. Bald sind die ersten Wirbelstürme angekündigt. Zwar nur moderate, aber auch die können Havanna treffen. Der Verein fordert, dass du innerhalb einer Woche zumindest einen Plan vorlegst, wie das Haus abgesichert wird, sodass niemand zu Schaden kommen kann.«

»Eine Woche«, murmelte ich. »Das müssen wir einfach schaffen.«

»Deshalb auch der Eilanruf.«

»Okay, danke, Rieke. Überlass uns den Rest.«

»Ich werde noch deine Probezeit abwarten und dann erst nach Hause fliegen.«

»Danke, das bedeutet mir viel.«

»Ist doch klar, Mateo. Also noch einen schönen Tag und bis morgen. Dein neues Büro wartet auf dich.«

Als wir aufgelegt hatten, grinste ich über das ganze Gesicht.

Kapitel 17

Maike

Als ich meinen Blick von den Kindern reißen konnte, die barfuß auf alten Reifen standen und rangelnd versuchten, sich gegenseitig hinunterzuschubsen, sah ich, dass Mat über das ganze Gesicht grinste.

Komisch. Eben erst hatten sich unsere Blicke schon mal getroffen, aber da war die Atmosphäre eine ganz andere gewesen. Jetzt wirkte er aufgekratzt und überglücklich. Es musste etwas passiert sein.

Schon stürmte er auf uns zu und rief: »Leute, ich muss euch etwas sagen. Kommt mit.«

Er zog uns eilig durch die Straßen mit dem unebenen Kopfsteinpflaster, die nach Diesel, Minze und Kernseife rochen, und führte uns in den Vorgarten eines *paladar*, von dem aus wir einen Blick auf das Kapitol hatten. Im Schatten einer Palme nahmen wir auf einer gemütlichen Couchgarnitur Platz und schnauften durch.

»Es gibt etwas zu feiern, ich lade euch ein«, sagte Mat und strahlte wie angeknipst.

Ein paar Minuten später hielten wir alle einen fruchtigen Cocktail in den Händen und Mat verkündete: »Einerseits ist es traurig, dass Rieke Kuba den Rücken kehren wird, andererseits freue ich mich sehr, denn ich darf an ihrer Stelle die Leitung übernehmen.«

Dominga und Mauricio sprangen auf und umarmten Mat stürmisch. Dass Dominga Mat so überrannte, wunderte mich ein wenig, aber dann sah ich, dass ihre Hand hauptsächlich über Mauricios Rücken glitt, und grinste in mich hinein. Als die beiden ihn schließlich losgelassen hatten, ging auch ich zu Mat. Komischerweise standen wir uns etwas schüchtern gegenüber.

»Ich freu mich total für dich, Mat«, sagte ich schließlich und streckte ihm unbeholfen die Hand hin.

Mat lächelte und die Freude schien aus ihm herauszusprudeln. Statt meine Hand zu ergreifen, nahm er auch mich fest in den Am und flüsterte mir ins Ohr. »Das habe ich dir zu verdanken. Ohne dich hätte ich die Stelle nicht angenommen und die *STE* hätte schließen müssen. Danke!«

Mein Herz galoppierte. Ich hatte ihm Kraft gegeben? Ich konnte tatsächlich etwas bewirken? Das war echt toll.

Wir stießen gratulierend auf Mats Beförderung an und quatschten eine Weile aufgekratzt.

Dann wurde Mat wieder ernst und sagte: »Allerdings gibt es einen Knackpunkt.« Er machte eine dramatische Pause. »Ich habe nur eine Woche Zeit, um einen konkreten Plan vorzulegen, wie ich das Haus hurrikansicher machen will.«

»Was? Eine Woche?«

»Und es kommt noch besser. Die Renovierung muss innerhalb meiner Probezeit abgeschlossen sein. Meine erste Bewährungsprobe.«

»Das fasse ich ja nicht. Eine Woche. Ist so was denn überhaupt zu schaffen?« Dominga zupfte an ihrem festen Zopf herum.

Ich dachte nach. »Beim Domino mit den älteren Herrschaften gestern habe ich gelernt, dass man gemeinsam alles schaffen kann und dass gerade die Gesellschaft hier in Kuba extrem gut zusammenhält. Das kann ein Pluspunkt für uns sein. Wenn wir das Netzwerk nutzen, das die *STE* sich innerhalb der letzten Jahre aufgebaut hat, muss das doch irgendwie möglich sein.«

»Ich wäre unglaublich dankbar, wenn ihr mich unterstützt.« Mat drehte das Glas in seinen Händen.

»Im Logistikstudium habe ich einiges darüber gelernt, wie man zeitkritische Projekte effizient auf- und umsetzt. Aber ob das mit der Gemütlichkeit der Kubaner vereinbar ist?«

Dominga und Mauricio schauten sich an, dann nickten sie, als wüssten sie genau, wie es jetzt weitergeht. Obwohl Mauricio noch nie bei uns gewesen war, schien er zu merken, wie wichtig das für uns und auch für die betroffenen Familien war, dass der Standort weiterbestand. Er hatte Feuer gefangen.

»Das werden wir wohl gemeinsam in den nächsten vier Wochen herausfinden.«

Mauricio hob sein Glas. »Das bedeutet, damit haben wir eine Mission, oder?«

»Wir haben eine Mission.« Alle zusammen stießen wir erneut an.

Nach der ersten Euphorie kam die Nachdenklichkeit. Eine Weile überlegten wir hin und her, wie wir die Sache konkret angehen konnten. Mauricio bot an, an der Uni nach Hilfe zu suchen.

»Mein Kumpel Huan studiert Bauingenieurwesen, der hilft uns ganz sicher beim Aufsetzen des Dokuments. Das ist ein leichtes für ihn und er freut sich bestimmt über die Praxiserfahrung. Und für die Arbeiter können wir einen Aushang und einen Aufruf machen, an der Uni tummeln sich ja junge, starke Männer für den Bau.«

»Gute Idee, Mauricio.« Dominga nickte. »Ich kann im *paladar* Spenden von den Touristen sammeln, um die Materialkosten zu decken. Immerhin werden wir einiges an Holz, Steinen, Dachziegeln und Farbe brauchen. Ach, und meine Mutter kann die Baustelle verpflegen. Das sorgt für gute Stimmung bei den Arbeitenden.«

»Mmmh, stimmt. Deine Mutter kocht ausgezeichnet.« Mauricio leckte sich über die Lippen. »Kannst du das auch?«

»Wenn du Lust hast, koche ich dir mal was, sobald wir die Sache hier ausgestanden haben?«

Die zwei gingen ja ganz schön ran. Mat und ich beobachteten Mauricio und Dominga eine Weile, wie sie sich mit einem Strahlen im Gesicht auf Spanisch unterhielten.

Dann drehte Mat mir den Kopf zu und betrachtete mich. Er schaute mich einfach an und seine Züge waren erstaunlich weich. Er hatte eine große Aufgabe vor sich und wenn ich daran dachte, dass er noch vor ein paar Tagen völlig anders gewesen war, dann musste ihn das Ganze sicherlich einiges an Kraft und Mut kosten. Fast hatte ich den Wunsch, ihm mit den Fingern über die Wangen zu streichen.

Mit Blick auf das Kapitol besprachen wir den ganzen Nachmittag unsere Ideen und die nächsten Schritte. Ich moderierte unsere Runde, notierte Stichwörter, sortierte unsere Brainstorming-Punkte und sammelte To-dos. Das Wahrzeichen strahlte eine Bedeutungsschwere zu uns herüber, die mich voller Tatendrang sein ließ.

»Kommt, Leute.« Mauricio sprang auf. »Wir brauchen Internet. Auf geht's!«

Das ganze Team machte sich auf und ein paar Ecken weiter fanden wir uns nicht in einem Internetcafé wieder, wie ich vermutet hatte, sondern an einem kleinen Platz, auf dem eine Schaukel stand, um die herum im Viereck etliche Bänke aufgestellt waren. Kinder schaukelten und spielten mit Steinen und Stöckchen. Erwachsene bevölkerten die Bänke und starrten gebannt auf ihr Handy. Alle.

»Wo sind wir?«, fragte ich verdutzt.

»Na, am Tor zur Welt. Hier gibt's öffentliches WLAN.«

Wir machten es uns auf dem Boden gemütlich und schon ging es los. Mat, Mauricio und Dominga loggten sich ein und schon klingelten ihre Handys sturm. Sie schrieben Freunden, Verwandten und Bekannten, plauderten, erzählten von unserem Projekt und baten um Hilfe. Ein bisschen erinnerte mich das Ganze an die Telefonlawine aus den »Drei Fragezeichen«, die ich als Kind so gern gehört und gelesen hatte.

Mat organisierte mir noch schnell eine kubanische SIM-Karte, dann konnte auch ich mich einloggen und meine Nachrichten abrufen. Tja. Nicht viel verpasst in den letzten drei Tagen ohne Internet. Marianne hatte mir eine E-Mail geschrieben, da ihre WhatsApp-Nachrichten nicht durchgestellt worden waren. Darin erzählte sie, dass es nichts Neues gäbe, und fragte, ob ich meine Zeit denn hier genösse und mich schon gut eingelebt hätte. Sie schrieb, dass Sarahs Pflanze wieder ein paar grüne Triebe hätte, und es am Sonntag wie immer Milchreis gegeben habe. Sonst sei alles wie gewohnt. Ich antwortete ihr ausführlich und berichtete von meiner Unterkunft, den spannenden Kursen, meinen neuen Freunden und unserer herausfordernden Aufgabe. Auch erzählte ich ihr von der Umgebung: den hohen Wellen am Malecón, den Palmen in der Altstadt von Havanna und dem Innenhof, unserem *cielo*. Das Einzige, was ich ausließ, war Mat. Auf keinen Fall sollte sie sich Sorgen machen, dass ich eventuell nicht zurückkommen würde, denn das würde ich auf jeden Fall. Zurück in mein altes Leben, das mir gerade meilenweit entfernt vorkam, obwohl es ja erst ein paar wenige Tage waren, die ich hier war. Den ganzen Nachmittag und Abend ließen mich die Gedanken nicht los, während die anderen aufgekratzt und völlig enthusiastisch an der Rettung des Standortes arbeiteten. Auch nachts kam ich nicht zur Ruhe und verbrachte Stunde um Stunde im Schaukelstuhl der Ordensschwester, fest eingepackt in die Decke, die plötzlich wieder auf dem Stuhl gelegen hatte.

Kapitel 18

Mat

Ich kam einfach nicht zur Ruhe und wälzte mich in meinem Bett hin und her. Egal, wie ich lag, Schlaf wollte sich einfach nicht einstellen. Obwohl ich den halben Tag Zeit gehabt hatte, mich mit dem Gedanken anzufreunden, war es immer noch surreal. Ich war jetzt Standortleiter der *STE*. Und ich hatte Freunde, die mir helfen würden. Hoffentlich würde ich sie nicht enttäuschen. Besonders Maike nicht.

Heute Nachmittag hatte sie bei unserer Besprechung mit Ausblick auf das stattliche Kapitol den Stift hinter das Ohr gesteckt, was unglaublich reizend war. Sie hatte vor Ideen gesprüht und ihre Energie war unerschöpflich gewesen. Sie war geradezu aufgeblüht. So wie ich sie kennengelernt hatte, behandelte sie alle Menschen als gleich wichtig, verstand sich wunderbar mit Jola und Dominga, und es war unglaublich beeindruckend, wie einfühlsam sie mit den Leuten meiner Gruppen sprach.

Sie gab jedem eine Chance. Sogar mir hatte sie eine gegeben, obwohl ich sie in den ersten Tagen ziemlich schlecht behandelt und sie am Baum sogar begrapscht habe. Ich hätte nicht gedacht, dass es solche starken Frauen, die trotzdem eine gewisse Portion Humor hatten, tatsächlich gab. Zumindest hatte ich bisher noch nie eine getroffen. Maike jedenfalls schien mich sogar ein bisschen zu mögen, zumindest würde ich nach diesem schönen Tag fast wagen, das in den Raum zu stellen.

Schade, dass das mit uns nicht mehr werden durfte als Freundschaft.

Irgendwann hatte ich genug von den durchgeschwitzten Laken und der Melodie der Moskitos. Ich seufzte und merkte, dass ich immer noch nicht müder geworden war. Vielmehr war ich jetzt durstig. Ich leerte den Rest meiner Flasche Wasser in einem Zug, aber mein Verlangen nach einem kühlen Schluck bei der nächtlichen karibischen Hitze stieg dadurch nur. Das Wasser aus dem Hahn im Bad war nicht wirklich trinkbar, da die Leitungen marode waren. Besser war, ich schlich in die Küche hinunter und füllte meine Flasche am Kanister auf. Na ja. Ich konnte ja ohnehin keine Ruhe finden. Vielleicht würde ein wenig Bewegung ganz guttun. Ich ging zur Zimmertür, dann hielt ich inne. Ich hatte nur meine Schlafboxershorts an. Obwohl es im Innenhof stets viel kühler war als in den stickigen Zimmern, würde ein Shirt im Nu an mir kleben. Nein, das ertrug ich jetzt nicht. Aber konnte ich so in die Küche flitzen? Immerhin hatte ich jetzt eine Vorbildfunktion. Ich öffnete meine Zimmertür einen kleinen Spalt. Es duftete nach warmer Erde und das Haus lag in völliger Ruhe.

Zurzeit wohnten hauptsächlich Jungs hier und die Wahrscheinlichkeit, dass ich genau um diese unchristliche Uhrzeit einer Dame begegnete, strebte wohl gegen null. Der kurze Weg. Da würde mich schon niemand erwischen.

Barfuß schlich ich an Maikes Zimmer vorbei. Unter ihrer Tür schien kein Licht hindurch, und es war kein Laut zu hören.

Sie schlief ganz sicher nach diesem aufregenden Tag. Auf leisen Sohlen tapste ich über die kühlen Fliesen durch den Gang, die Treppen hinunter. In der Küche ließ ich Wassers aus dem Kanister in meine Trinkflasche laufen, setzte gierig meine volle Flasche an die Lippen und nahm einige tiefe Züge. Wie gut das tat.

»Wusste ich doch, dass ich etwas gehört habe.«

Vor Schreck riss ich mir die Flasche vom Mund und ein ordentlicher Schwall schwappte über meinen Oberkörper und meine Boxershorts. »O Scheiße! Maike, hast du mich erschreckt! *Madre mia,* was schleichst du hier so herum und tauchst aus dem Nichts auf?«

»Dasselbe könnte ich dich ja wohl fragen.«

»Na, ich hatte Durst.« Ich deutete auf die Flasche Wasser in meiner Hand.

Ihre braunen Haare zu einem wilden, kleinen Dutt aufgetürmt, nur im Top, und genauso barfuß wie ich lehnte sie im Türrahmen. Ihr Blick wanderte über meine nasse Brust und plötzlich schlang sie die Arme um sich, als ob ihr mit einem Mal aufgefallen war, dass auch sie fast nackt war.

Na super. Maike und ich, beide fast nackt in der Küche. Mitten in der Nacht. Nicht, dass ich davon nicht träumen würde. Aber das war dennoch in der Realität viel zu verfänglich. Sie öffnete ihre Lippen leicht. *Dios,* das musste sie dringend lassen, sonst würde ich sie noch einfach packen, an mich ziehen und küssen, bis ihr der Atem wegblieb. Das konnte ich nicht zulassen. »Tut mir leid, ich hatte nicht damit gerechnet, dich noch zu treffen, sonst hätte ich mir ein Shirt angezogen.«

Sie zog skeptisch die Augenbrauen nach oben. »Du? Du hättest dir ein Shirt angezogen, weil du mich mit diesem

Anblick …« Ihre Hände machten eine schwingende Bewegung in meine Richtung. »… nicht belästigen wolltest?«

»Ich will ja nicht, dass es dir unangenehm ist.«

Ihre Kinnlade fiel herunter. »Wo ist Mat? Was haben Sie mit ihm gemacht?«

Ich wusste, dass sie mich nur necken und mit ihrem Kommentar Leichtigkeit in diese verzwickte Situation bringen wollte, aber mir fiel beim besten Willen nichts Schlagfertiges ein, was ich darauf erwidern konnte. »Und du? Was machst du hier?«, fragte ich schnell und tupfte mich gewissenhaft mit einem Küchentuch ab.

»Nichts.« Ihr Blick verschloss sich und sie verließ die Küche.

Jetzt war ich völlig verwirrt. Was hatte ich denn Falsches gesagt? Normalerweise wäre es mir egal gewesen und ich hätte die Frau einfach gehen lassen. Vorher. Weil es mich nicht interessiert hatte, was in den Frauen vorgegangen war. Aber jetzt, da es sich um Maike handelte, konnte ich das beim besten Willen nicht. Ich wollte wissen, was sie bedrückte.

Vorsichtig ging ich ihr hinterher. Sie hatte es sich im Schaukelstuhl bequem gemacht, ihre langen Beine gekreuzt und schaute in die Sterne. Gedankenverloren hielt sie mir die Decke hin, die noch ganz warm war. Sie musste hier schon eine Weile gesessen haben. Komisch, dass ich sie nicht bemerkt hatte, als ich zur Küche geschlichen war.

»Danke, aber nicht, dass du frierst.« Ich legte die Decke über sie und sie kuschelte sich sofort hinein.

Ich setzte mich neben dem Stuhl auf den Boden und schlang möglichst züchtig die Arme um meine Knie. »Ist es okay, wenn ich ein bisschen bleibe?«

Sie nickte. Ziemlich lange sagten wir beide nichts. Heute war nichts zu hören, nicht einmal leise Musik wie sonst immer. Nur das sanfte Quietschen des Stuhls, der ganz leicht schaukelte, durchdrang rhythmisch die Stille.

»Der Tag war komisch«, flüsterte sie schließlich.

»Meinetwegen? Weil ich jetzt dein Vorgesetzter bin? Hey, wenn dir das unangenehm ist ...«

»Nein. Weil ich mir zum ersten Mal seit Monaten wieder wichtig vorgekommen bin.«

Sie hatte so leise gesprochen, dass ich sie kaum hatte verstehen können. Dann schniefte sie kurz. Oh. Sie weinte. Was sollte ich jetzt tun?

Vorsichtig legte ich meine Hand auf die Armlehne. Zu meiner großen Überraschung legte sie ihre darauf. Ihre Berührung war warm und ihre Haut so samtweich, dass ich dachte, mein Herz müsste schmelzen.

»Irgendwie scheint mir mein Leben zu Hause in Köln jetzt so farblos und trist. Bei meinem Job habe ich komischerweise nie gespürt, was ich heute gefühlt habe: Energie, Freude am Tun. Hier komm ich mit den Leuten klar, ich liebe es, dass alle so fröhlich und dankbar sind.«

Ich wusste genau, was sie meinte. Ich hatte zwar noch keinen Tag meines Lebens in einem anderen Land als meiner Heimat Kuba verbracht, aber ich hatte schon gehört, dass es in anderen Kulturen nicht immer so entspannt und gut gelaunt zuging.

»Außerdem vermisse ich Sarah.« Plötzlich brach sie in ein Schluchzen aus und ihre Hand drückte meine krampfhaft.

Normalerweise machte es mir gar nichts aus, Frauen weinen zu sehen. Meist nervte es mich sogar fürchterlich, aber jetzt konnte ich es auf gar keinen Fall ertragen. »O nein, Maike, komm her.« Spontan schnappte ich mir ihre Hände und zog sie samt Decke zu mir herunter. Sie kauerte sich auf meinem Schoß zusammen und die Tränen liefen ihr nun über beide Wangen.

»Du Arme, Heimweh ist ganz schlimm, das weiß ich. Aber mach dir keine Sorgen. Das wird schon wieder.«

Nur zu gut kannte ich die Sehnsucht nach einem geliebten Menschen, die einem das Herz zerfetzen konnte, so wie meines damals zerborsten war, und wegen der ich nicht mehr hatte fühlen wollen. Gar nichts mehr. Bis ich ... ja, bis ich Maike kennengelernt hatte. Vielleicht musste man nur den richtigen Menschen treffen, mit dem man die eigene Last teilen konnte, damit das Leben wieder leichter wurde. War Maike diese Person für mich? Und durfte sie es überhaupt sein?

»Was kann ich für dich tun?«, murmelte ich in ihr Haar. »Wie kann ich dir helfen?«

Kapitel 19

Maike

»Du kannst gar nichts tun.« Mit einem tiefen Aufschluchzen klammerte ich mich an Mat. Diesen großen Brocken meiner Last hatte ich immer noch nicht angerührt. Aus Angst. »Ich habe sie verloren.«

»Wen verloren?«, flüsterte Mat, immer noch in mein Haar.

»Meine Schwester. Wir haben uns böse zerstritten.«

Mat streichelte mich einfach weiter, ertrug meine Tränen. Redete in beruhigendem Ton auf mich ein. So stoisch, dass irgendwann meine Tränen versiegten und ich nur noch ab und zu um Luft rang und kiekste, was so komisch klang, dass Mat und ich uns irgendwann ansahen und gleichzeitig kicherten.

Das Geräusch legte sich wie Balsam auf meine Seele.

»Warum vertragt ihr euch nicht?«, fragte Mat leise, während er mir mit dem Daumen die letzten Tränen von der Wange streichelte, was mich zum Zittern brachte. »Oh, dir ist kalt.« Er zog die Decke noch fester um mich. Wie sehr wünschte ich mir, dass diese blöde Decke nicht da wäre. Auch wenn ich gerade emotional total durch den Wind war, ich saß mitten in der Nacht auf dem Schoß eines halb nackten, unverschämt attraktiven Mannes. Der seit heute mein Vorgesetzter war. Verdammt. Und den ich vor ein paar Tagen noch total blöd

gefunden hatte. Was für eine Lüge. Und in den ich mich niemals, niemals verlieben durfte und würde. Egal wie verdammt sexy er war. Meine Finger schlüpften unter der Decke hindurch und erkundeten seine harten Bauchmuskeln. Obwohl ich spürte, wie Mat eine Gänsehaut bekam, konnte ich es nicht lassen. Hey, was sollte das? Ich war stark. Mein Kopf konnte die Finger kontrollieren! Wirklich!
Oder auch nicht.
Ohne dass ich etwas dagegen tun konnte, verflocht sich mein Blick mit seinem und wie paralysiert schüttelte ich die Decke von mir ab, sodass ich nur in Shorts und Top rittlings auf ihm saß. Mein Herz zersprang fast, so schnell klopfte es.
Mat löste sich leicht von mir, legte seine Hand an meine Wange und schaute mir tief in die Augen. »Das geht nicht.«
Mein Atem stockte. Was meinte er? Meine Ohren hörten, was er sagte, aber mein Verstand war völlig ausgeknipst. Seine Lippen kamen meinen näher.
Lass es, schrie die Stimme in meinem Kopf. »Du wirst es bereuen.« Aber ich mochte ihn. *Du wirst dein Herz verlieren, und dann kannst du nie wieder nach Hause zurück und bist genau wie Sarah!*
»Ich kann das auch nicht«, krächzte ich, starrte ihm aber weiterhin wie gefesselt in seine wahnsinnig tiefen, grünen Augen.
Seine Hände begannen nun auch, meinen Körper vorsichtig zu streicheln.
»Ich will nicht schwach sein.«
»Du bist die stärkste Frau, die ich kenne.« Seine Hände fuhren durch mein Haar, zupften leicht daran und ich stöhnte leise auf.

Sein Atem ging noch schwerer, er hielt mich, wie ich noch nie von einem Mann gehalten worden war, und ich sah an der Begierde in seinem Blick, dass er es kaum noch schaffte, mich nicht zu küssen. Aber er wartete auf mein Okay. Eine Zustimmung, die ich ihm nicht geben konnte, obwohl ich in diesem Moment nichts mehr wollte als das.

Plötzlich rumpelte es und polterte und noch bevor wir aufspringen konnten, knallte haarscharf neben uns eine ganze Ladung Dachziegel in den Innenhof.

»O mein Gott«, stammelte ich und bemerkte, dass ich vor Schreck meine Fingernägel in Mats Rücken geschlagen hatte.

»*Dios mio*«, sagte auch er und entließ mich aus seiner schützenden Umarmung, in die er mich intuitiv gezogen hatte. Gemeinsam wedelten wir den Ziegelstaub vor unseren Gesichtern weg, der uns in eine dicke, rote Wolke einhüllte. »Oh, *mierda*. Gott sei Dank ist dir nichts passiert.«

»Und auch dir nicht. Und niemandem. Gut, dass es nachts passiert ist.«

»Das sind die Winde. Es geht auf die Hurrikan-Saison zu. Scheiße. Wir müssen das Haus schnell sicher kriegen. Sonst können wir hier alles dicht machen.«

Mein Herz wummerte mir in der Brust. Wir waren einer deftigen Kopfverletzung gerade noch entgangen oder vielleicht sogar dem Tod von der Schippe gesprungen. Haarscharf. Hätten wir nur einen halben Meter weiter gesessen, wäre Schlimmes passiert. Nicht auszudenken, wie schnell das Leben vorbei sein konnte.

»Ich habe Flatterband im Schuppen gesehen. Ich sperre den Hof ab, einer der Jungs kann mir helfen. Willst du noch einen Tee oder so was?«

Ich winkte ab und nickte den anderen Jungs zu, die mir vom Lärm aufgeschreckt auf der Treppe entgegenkamen. Lautstark gab Mat ihnen Anweisungen und scheuchte sie umher, während ich in mein Zimmer ging und mich in mein Bett legte. Ich zitterte, obwohl es stickig und heiß war. Auch die Decke konnte daran nichts ändern. Erst jetzt wurde mir so richtig bewusst, mit was für einer Gefahr die Menschen hier im Viertel täglich lebten. Ständig konnten die Häuser unter ihnen wegbrechen oder die Dächer über ihnen zusammenstürzen. Und sie hatten keinerlei Alternativen, sonst würden sie sicher nicht dort wohnen. Wie, bitte schön, konnten Mütter ruhig schlafen und die Leute dennoch jeden Tag so fröhlich sein? Lachen, Domino spielen, Musik hören? In meinem Kopf drehte sich alles. Nach einer Weile kehrte Ruhe im Hof ein und die lauten Stimmen verhallten. Schritte näherten sich. Schritte von Füßen ohne Schuhe. Das war Mat, ich wusste es genau. Die Schritte wurden langsamer. Er blieb vor meiner Tür stehen.

Er sollte klopfen. Nein! Er sollte nicht klopfen. Verdammt noch mal. Keine Ahnung, was ich wollte. Eben noch war ich kurz davor gewesen, ihn wild zu küssen und ihm die Unnerbutz vom Leib zu reißen. Dabei ging es hier um Mat, den alten Charmeur, der mich zu einer Kerbe in seinem Bettpfosten hatte machen wollen. Aber er hatte sich verändert und ich mochte ihn. Andererseits war er jetzt mein Chef. Und was war eigentlich mit dem netten Kölner, in den ich mich verlieben würde, wenn ich erst wieder zurück war? Zurück in meinem eigenen Leben. Dem langweiligen Leben, das am Ende nur noch vom Vermissen geprägt war. Verdammt, das war mir alles zu viel heute. Ich zog mir die Decke über den Kopf. Was war nur in mich gefahren?

Kapitel 20

Mat

Was zur Hölle war nur in mich gefahren? Hätte ich wirklich beinahe Maike geküsst? Und das nur ein paar Stunden nachdem ich befördert worden war und mir fest vorgenommen hatte, dass zwischen uns nichts passieren durfte? Um Rieke zu zeigen, dass ich mich geändert hatte und nicht mehr den Rockzipfeln an unserem Arbeitsplatz hinterherstieg?

Weit gefehlt. Größter Fail, seit es gute Vorsätze gab. Wären die Ziegel nicht heruntergestürzt, hätte ich Maike so was von geküsst und garantiert wäre es nicht dabei geblieben, so spärlich bekleidet, wie wir schon gewesen waren. Die komplette Nacht war ich hellwach. Das Ganze würde eine unfassbar große Herausforderung werden, die nächsten Wochen. Ich musste das Haus sichern und irgendwie mit Maike zurechtkommen.

Ich trank gerade meinen ersten Café Cubano, als Rieke in den Speisesaal stürzte und mich herauswinkte. »*Wat is godverfuck* hier heute Nacht passiert? Ist jemand verletzt?« Sie schüttelte mich an den Armen.

»Ein paar Ziegel sind heruntergekommen. Wir hatten echt Glück.«

»Gott sei Dank ist niemandem etwas passiert. Gott sei Dank. Warum hast du mich nicht angerufen?«

»Das hätte doch nichts geändert. Wir haben alles abgesperrt und müssen jetzt dringend einen Plan erarbeiten.«

»Okay, Mat. Du arbeitest am Plan, ich mache einen Aushang, um alle zusammenzurufen. Wir müssen deine Nachfolge und die neuen Sicherheitsmaßnahmen verkünden.« Blass machte sich Rieke auf den Weg.

Ich stieg die Treppen hoch und betrat das Büro des Standortleitenden. Der nun ich war. Ich.

O Mann. Wie sollte ich das nur hinbekommen. Ich vergrub das Gesicht in den Händen. Da stand plötzlich wieder Rieke vor mir. »Mateo.« Allein der Tonfall bewirkte, dass sich mir alle Nackenhaare aufstellten. »Ich habe gerade Fabio getroffen. Der mir berichtet hat, dass du während des Vorfalls unten im Hof warst. Fast unbekleidet. Und zwar zusammen mit Maike. Die ebenfalls nur wenig anhatte.«

Mist. Hatte ich es doch befürchtet, dass alles noch rauskommen würde. »Rieke, es ist nicht so, wie es aussieht. Es war … Ich habe mich geändert. Ich bin nicht mehr …« Ich stockte. »Ich glaube, ich bin verliebt.«

»Ich glaube, *het is de Schock*«, sagt Rieke und reichte mir ein Glas mit bernsteinfarbener Flüssigkeit. »Hier, trink das.«

Der Whisky brannte mir scharf in der Kehle und ich realisierte, was gerade passiert war. Verliebt! Ha! Das konnte ja nun wirklich nicht sein. Rieke hatte recht, das musste einfach noch der Schock von gestern Nacht sein. Verliebt war ich in meinem ganzen Leben noch nicht gewesen. Warum sollte ich mich dann genau jetzt in eine Frau verlieben, in die ich nicht verliebt sein durfte. Das wäre ja ganz schön ironisch vom Schicksal. Und dann auch noch eine Deutsche. Nee, nee. Ich hatte Rieke enttäuscht und das auch noch direkt in der ersten

Nacht in meiner neuen Funktion. Das würde mir nicht noch einmal passieren. Ich würde mich konzentrieren. Fokussieren. Auf meinen Job. Auf die Arbeit mit den Menschen hier. Auf die Sanierung. Ich brauchte möglichst schnell jemanden, der sich das Haus anschauen und die Kosten für eine minimale Instandsetzung durchrechnen konnte. Vielleicht konnte Mauricio ja seinen Kommilitonen Huan fragen, ob er möglichst schnell Zeit hatte.

Rieke hatte aus dem Fenster geschaut und wandte sich jetzt wieder mir zu. »Mat. Ich weiß, es ist gerade alles viel für dich. Ich hoffe einfach, du weißt, was du machst. Ich möchte nicht, dass dein Herz noch mal gebrochen wird.«

»Wird es nicht«, beeilte ich mich zu sagen. »Ich weiß, was ich mache. Vertrau mir. Du kannst ganz entspannt deine letzten Wochen in Kuba verbringen. Ich bin wirklich bereit. Auch wenn das heute Nacht ein letzter Ausrutscher war. Ich übernehme hier und du kümmerst dich um deine Familie in den Niederlanden. Und so lange fahr doch durchs Land. Geh noch mal an den Strand. Trink Cuba Libre, bis er dir zu den Ohren rauskommt. Wenn etwas ist, rufe ich dich an.«

»Du weißt, ich bin immer für dich da.«

»Ich weiß, Rieke. Aber es ist Zeit, dass ich fliegen lerne.«

Sie lächelte mich nachdenklich an und verließ dann mein Büro.

Kapitel 21

Maike

»Na, schon gespannt auf den Gaumenschmaus?« Jola schnitt neben mir Kartoffeln vom kleinen Acker hinter dem Haus, die sie in eine Auflaufform warf.

»Hätten wir das Budget nicht lieber in die Renovierung stecken sollen? Ich komme mir blöd vor, dass Mat das meinetwegen angeleiert hat.«

Jola lächelte. »Mach dir nicht solche Sorgen, *mi amor. No es fácil.* Es ist nicht leicht für uns Kubaner, aber es geht immer irgendwie weiter. Auch wenn wir heute Hummer essen, ist das nicht das Ende der *STE.* Hab Vertrauen.«

Seit eben in der Versammlung alle erfahren hatten, dass Mat jetzt unser Leiter war und wir dringend besondere Sicherheitsmaßnahmen wegen der Sanierung einhalten mussten, gab es für die Dienstagskochgruppe heute nahezu kein anderes Thema mehr. Die Jungs hauten eine Idee nach der anderen raus und übertrumpften sich mit helfenden Händen, die sie in ihrem Bekanntenkreis hatten. Sogar der Friseur Albertino kam zur Sprache, der in seinem Salon Werbung machen sollte. Jeder hatte Cousins, Nachbarn, Bekannte von Bekannten, die generell immer bereit waren, tatkräftig Hand anzulegen. Einzig am Material schien es zu scheitern.

»Wenn das so weitergeht, dann haben wir bald die Bude voller Arbeiter, aber keine Steine«, sagte ich.

»In Kuba mangelt es nicht an Arbeitskräften. Hier!« Jola schmiss mir eine Packung Salz so fest zu, dass sie mich beinahe wieder an der Stelle traf, an der Dominga mir erst vor Kurzem einen blauen Fleck mit dem Fußball beschert hatte. »*Para las papas.*«

Erst als ich dabei war, wie angewiesen die Kartoffeln zu salzen, fiel mir auf, dass ich nach weniger als einer Woche auf Kuba schon deutlich mehr Spanisch verstand. Diese weiche, fließende Sprache erinnerte mich an die Salsa-Tänzer aus dem Club: leidenschaftlich und doch schmeichelnd.

Sprechen wiederum funktionierte noch nicht so gut. »Kann ich noch was anderes machen?«

»Du kannst ein paar Paprika ernten, die sind auch neben der Hundehütte.«

Ich schlenderte durch den schattigen Gang, obwohl ich mich ein bisschen nach der Oase sehnte, die sogar jetzt zur Mittagshitze Frieden und Ruhe ausstrahlte, aber natürlich wegen des Zwischenfalls mit den Ziegeln noch abgesperrt war. In den Ästen der Pflanzen zwitscherten ein paar Vögel und das Wasser des Brunnens plätscherte fröhlich.

Nichts deutete mehr darauf hin, was heute Nacht passiert war. Dass wir uns näher gekommen waren. Irgendwann hatte ich trotz des Schocks und der Sache mit Mat, über die ich mir den Kopf zerbrochen hatte, in den Schlaf gefunden. Ich kam einfach nicht weiter. Während der Verkündung hatte ich Mat heute zum ersten Mal gesehen und er war mir gegenüber verändert gewesen. Nicht kühl oder so, aber er hatte sich irgendwie distanziert verhalten. Was mir die Sache leichter machte.

Vermutlich war es wirklich das Beste, wenn wir bei der Freundschaft blieben. Die Freundschaft, die ich gespürt hatte, bevor meine Finger losgewandert waren. Die Freundschaft, mit der er mir meine Tränen getrocknet hatte. Die sich warm und sicher anfühlte. Und wie ein Zuhause.

Durch zwei offene große Tore gelangte ich in den hinteren Garten, in dem sich die Hundehütte und das Obst- und Gemüsebeet der *STE* befand.

»Oh, ja, hallo, Lana«, sagte ich, als die Hündin ihren Kopf aus ihrer Behausung streckte. Sie schenkte mir ein kurioses Bellen und trippelte auf mich zu. »Na du. Was machst du hier so ganz allein?«

Als Antwort raste Lana hin und her und machte verrückte Sprünge. Sie schlug in der Luft mit ihren Hinterfüßen aus, drehte sich, raste weiter, sprang an mir hoch und jaulte melodisch. Insgesamt erweckte sie den Eindruck eines schillernden Zirkusartisten, der den Verstand verloren hatte. »Ach, das machst du also, wenn keiner hersieht?« Ich lachte laut. Als ich mich hinkniete, streifte sie um mich herum. »Scheint, als hast du seit der Wurst meine Freundschaft akzeptiert, Lani. Das freut mich.«

Als Antwort bellte sie wieder kurz und ich kraulte ihr raues Fell. Sie stupste mich mit ihrer Schnauze an und ich streichelte ihr über den Kopf. »Ja, Lani, du bist ein feines Mädchen.«

Sie bellte erneut, rannte in Richtung Kompost, stemmte sich mit den Vorderpfoten am Holz hoch und rupfte eine Seite Papier aus dem aufgetürmten Biomüll.

Ich knibbelte ein Stück Eierschale von der Zeitung und überflog die Zeilen. Scheinbar war es ein Stück des Fernsehprogramms und in der Serie ging es um Freundschaft und die Liebe, die die beiden Freundinnen entzweit hatte. Ich knüllte den Fetzen schnell wieder zusammen. Das war ja … Lana hatte schon mehrfach menschliche Züge an den Tag gelegt. Wollte sie mir etwas Bestimmtes sagen? Dass ich es nicht zulassen durfte, dass Sarahs Liebe zu Jake unsere geschwisterliche Beziehung schädigte? Fakt war: Sarah fehlte mir. Warum wir uns nicht vertrugen, hatte Mat heute Nacht gefragt. Andererseits, wie ich Mat schon gesagt hatte: Als ob das so einfach war. Sich zu vertragen. Sie fragte ja auch nicht nach mir. Scheinbar war ich ihr nicht wichtig genug. Sie stellte ihre Beziehung über unsere.

Ein kleines Tränchen verdrückte ich deswegen und Lana schmiegte ihr borstiges Fell an mich, als ob sie spüren würde, dass ich gerade melancholisch war.

Mit den Paprika für das Mittagessen machte ich mich auf den Rückweg in die Küche. Als ich durch den Flur ging, hörte ich die Stimmen von Dominga und Mauricio, die aus einem der Zimmer drangen. Ich schaute hinein. Sie sprachen mit einem weiteren Mann und blickten konzentriert auf den Tisch, auf dem irgendein Plan ausgebreitet war.

»Ah, Maike!«, rief Mauricio. »Komm mal her, ich möchte dir Huan vorstellen. Er hilft uns beim Konzept und der Kalkulation.«

Ich versuchte, die Paprika in der linken Hand zu balancieren und ihm mit der anderen die Hand zu schütteln, ohne dass die Hälfte herunterfiel.

»Ich bin Huan, freut mich.«

»Maike, ich arbeite hier.«

»Das ehrt euch sehr. Ich habe von Dominga schon gehört, wie wichtig das Vereinsleben für die Gemeinschaft im Viertel ist. Ich hoffe, ich kann dazu beitragen, dass ihr in diesem Gebäude bleiben könnt. Aber wenn ich sehe, wie viel Material wirklich gebraucht wird, da wird es mir ganz anders«, sagte Huan.

Dominga griff nach Mauricios Hand und schien sie fast zu zerquetschen. »Da braucht ihr wirklich eine große Unterstützung.«

»Können wir nicht einfach umziehen in ein nicht so marodes Haus«, fragte ich plötzlich.

Huan lachte gequält. »Da wünsche ich dir viel Glück bei der Suche. So etwas gibt es hier in Kuba nicht. Fast jedes Haus ist renovierungsbedürftig. Und die Wohnungsnot ist groß. So einfach ist das also nicht.«

»Und finde erst mal ein Haus hier im Viertel, was sich so gut für unsere Zwecke eignet wie dieses.« Da hatte Dominga auch wieder recht. Das Haus bot durch seine um den zentralen Innenhof ausgerichtete Architektur einen tollen Ort der Begegnung.

Jola platzte herein und schnappte sich die Paprika. »Sorry, die brauchen wir jetzt. Drüben steht eine hungrige Meute.«

»Okay, Huan«, sagte ich plötzlich wieder voll in meinem Element. »Wie groß ist die Menge. Kannst du mir da grob eine Hausnummer nennen.«

»Ein halbes Einfamilienhaus an Material etwa.«

Ich verzog das Gesicht. Das war wirklich unglaublich viel. Mist. »Und hast du Erfahrungen, wo man solche Massen an Material herbekommt?«

»Guter Ansatz ist bei Rückbauten. Also Abrissen. Aber das ist wirklich sehr selten. Viel mehr wird natürlich gebaut und repariert. Kuba besteht hauptsächlich aus Reparaturen. Alles ist repariert. Das Beeindruckendste, was ich je gesehen habe, gleichzeitig aber auch irgendwie ein Sinnbild, war ein dreibeiniger weißer Plastikstuhl, der von aufeinandergestapelten Steinen gestützt wurde.«

Widerwillig grinste ich. Hoffentlich schafften wir es auch, unser Haus aus der Schieflage zu bringen. Unbedingt mussten wir uns erkundigen, ob irgendjemand irgendjemanden kannte, der sein Einfamilienhaus nicht mehr brauchte. Innerlich schlug ich mir die Hand vor die Stirn. War das alles aussichtslos? Nachdem Huan sich verabschiedet hatte mit dem Versprechen, in den nächsten Tagen genaue Pläne zu erstellen, schlurfte ich durch den Flur in Richtung Küche. Dabei traf ich auf Rieke, die mit ihrem Trolley auf dem Weg zum Haupttor war. »Na, Maike. Alles okay bei dir? Ich habe gehört, du warst heute Nacht dabei? Geht's dir gut?«

»Ja, danke. Ich lass mir nicht die Butter vom Brot nehmen«, sagte ich in Bezug auf unser erstes Gespräch.

»Das ist gut. Freut mich zu hören.«

»Dabei gibt's heute gar kein Butterbrot«, plapperte ich, »sondern Hummer in Mats Kochkurs.«

»Ach, macht er die wirklich?« Rieke lächelte. »Mat ist tief im Herzen ein guter Junge. Immerhin habe ich das Budget dafür nicht freigegeben. Die hat er alle selbst bezahlt. Also, Maike. Ich mach mich auf den Weg. Werde mir mal ein wenig das Land anschauen, bevor ich meine Rentenzeit zu Hause in den Niederlanden verbringe. Auch nach zehn Jahren hier findet man noch Neues. Ein letztes Mal Kulturschock.« Mit einem wehmütigen Lachen verschwand sie durch das riesige Eingangstor, das hinter ihr ins Schloss fiel.

Der große Tisch im Speisesaal war schon gedeckt und die meisten der Gruppe nahmen gerade Platz.

»Ah, Maike«, sagte Yago, als ich mich zu ihnen setzte. »Eine zweite Sonne geht auf, wenn du den Raum betrittst.« Kokett kicherte ich und war erstaunt, wie leicht es sich anfühlte, auf piropos zu reagieren, ohne dahinter eine bösartige Absicht zu vermuten. Unter großem Hallo trugen Mat und Fabricio die Servierbretter mit den gestapelten und geknackten Krustentieren herein, und während ich den ersten Bissen Hummer in meinem Leben aß, den Mat von seinem eigenen Geld bezahlt hatte, warf er mir quer durch den Raum ein Lächeln zu, das mich tief im Herzen kitzelte.

»Na, wie schmeckt dir der Reichtum?«, fragte Dominga.
»Süßlich. Und ziemlich lecker. Und dir?«
»Mir auch. Aber Reis mit Bohnen sind genauso gut.«
»Und warte mal ab. Nächste Woche mache ich Reibekuchen. *Rievkooche.*«

Wir lachten uns schlapp, als Dominga und die anderen versuchten, das Wort auszusprechen. Und wieder spürte ich das flatternde Gefühl von Glück tief in mir.

***

Die nächsten Tage vergingen wie im Fluge. Meist frühstückte ich mit Livio, begleitete vormittags Mat bei seinen Kursen und verbrachte die Abende mit unserem Einsatzteam Dominga, Mauricio und Mat. Da die Zeit so knapp war, unser Baukonzept pünktlich einzureichen, machten wir nichts, außer mit aller Verbissenheit zu arbeiten. Wir registrierten Leute, die sich verbindlich meldeten, um beim Bau zu helfen, wir unterstützten Huan bei der Kalkulation, wir druckten Flugblätter für Suelitas *paladar,* verteilten sie zur Mittags- und Abendzeit und freuten uns über die Spenden der Touristen, die wir sammeln konnten, auch wenn die nur ein Tropfen auf dem heißen Stein waren, in Anbetracht des beachtlichen Renovierungsumfanges, wie wir immer wieder mit Erschrecken feststellten. Mat und ich verbrachten kaum Zeit zu zweit, sondern nur mit der Gruppe und je näher die Frist rückte, desto unentspannter wurden wir, auch im Umgang miteinander. Am Abend vor der Konzeptabgabe waren wir fast am Verzweifeln.

»Guck dir mal diese Mauer hier an.« Mat deutete auf eine Mauer im verfallenen Dachgeschoss und Huan betrachtete sie skeptisch. Mit dem Fuß klopfte er leicht dagegen und notierte etwas auf seinem Klemmbrett, als sie bedrohlich knirschte. »Ach, so ein Scheiß. Das bringt doch alles nichts. Das schaffen wir nie.« Mat trat einen Stein weg und Dominga versuchte, ihn zu beruhigen: »Mat, *cálmate*. Es bringt nichts. Wir haben nur noch diesen Abend, wir können nur alles geben. Mehr geht eben nicht. Atme mal durch.«

Mat schnaufte laut und stampfte mit wütendem Gesicht über die knarrenden Bodendielen ins Nachbarzimmer. Die Sonne neigte sich schon gen Horizont und die kubanische Nachmittagshitze flirrte nicht mehr so stark zwischen den maroden Mauern, in denen riesige Löcher klafften.

»Aber es stimmt schon«, sagte Dominga. »Je öfter wir hier heraufkommen und uns umschauen, desto schlimmer sieht es aus.« Sie rieb sich die Schläfen. »Huan, siehst du überhaupt eine Chance, dass man das hier wieder hinbekommt und wirklich Leute hier oben wohnen könnten, falls wegen eines Hurrikans das Erdgeschoss völlig überflutet ist?«

Huan kratzte sich am Kopf und seufzte. »Kann man überhaupt irgendein Gebäude hier renovieren, sodass es sich finanziell lohnt? Wohl eher nicht.« Wir schüttelten einvernehmlich den Kopf. »Und da muss man dann halt eben durch.«

»Ich hoffe, das reicht dem Verein fürs Erste, sonst war es das mit uns hier.«

Ich nahm Domingas Hand. »Jetzt warten wir es erst mal ab. Immer der Reihe nach.«

»Hey.« Dominga grinste. »Du machst gute Erfolge mit deiner kubanischen Einstellung.«

»*No es facil*«, sage ich ebenfalls grinsend, da hörten wir ein ohrenbetäubendes Krachen, das klang, als würde das ganze Stockwerk einstürzen.

»O Scheiße, Mat!« Eilig stürzten wir in die Richtung, aus der der Krach gekommen war. Es staubte ähnlich stark, wie als die Ziegel neben uns herabgefallen waren, aber diesmal war es grauer Staub, kein roter. »Mat! Wo bist du? Sag was!« Meine Stimme schoss eine Oktave höher, aber ich wurde vom Husten unterbrochen, weil ich ordentlich Staub einatmete. Ich wollte mich durch die Nebelwolke arbeiten, aber Dominga hielt mich zurück.

»Maike! *No!* Hier kann alles einstürzen, das macht es nur schlimmer.«

Ich riss mich los. »Wir müssen doch was tun! Vielleicht liegt er da begraben, vielleicht braucht er unsere Hilfe.«

»Du bleibst hier, bis der Staub sich gelegt hat«, sagte Huan streng. »Was bringt es uns, wenn du auch einbrichst und dann mit noch mehr Material auf ihn draufknallst. Das kann ihn und dich den Kragen kosten.«

Mist, das klang logisch, aber ich konnte doch jetzt nicht einfach gar nichts machen. Während ich noch nachdachte, hörten wir ein Hüsteln. »Mat? Matti! Bist du das?«, kreischte ich wie eine Verrückte.

Was für eine blöde Frage. Wer sollte es sonst sein?

»Sag was!« Der Staub sank langsam hinab und inzwischen riefen wir alle nach Mat. Zuerst erblickte ich in der Mitte des Zimmers ein riesiges Loch im Boden, die Holzdielen waren durchgebrochen und ragten als spitze, abgebrochene Zacken gefährlich nach oben. Scheiße! Er war hoffentlich nicht irgendwo darunter begraben. Unten rumpelte es und Mauricios Stimme drang zu uns hoch. Scheinbar war er geistesgegenwärtig über die Treppe nach unten gerannt und suchte jetzt in den Trümmern. Nach einigem Scharren und Schieben sagte er noch mal etwas und dieses Mal konnten wir es verstehen: »Er ist hier nicht.«

Er war nicht unten? Dann musste er ja hier oben sein. Wieder ein Husten, jetzt lauter aus der Ecke des Zimmers, hinter einer kleinen Mauer. O Gott, da hockte er ja, voller Staub, das Gesicht in den Händen vergraben. Ich wollte schon hinrennen, da riet mir Huan, mich ganz nah am Zimmerrand zu halten, damit ich nicht auf einsturzgefährdete Stellen trat. Mit dem Rücken zur Wand schob ich mich um zwei Ecken und als ich neben Mat ankam, schloss ich ihn fest in die Arme. Er hustete wieder und erwiderte dann meine Umarmung. »Gut, dass dir nichts passiert ist«, sagte ich an seinem Hals. »Wie ist das denn passiert?«

»Ich weiß, es war richtig dumm, aber ich war so sauer, dass ich einen Backstein wie einen Fußball weggekickt habe, der in der Mitte des Raumes gelandet ist. An der Stelle ist dann der Boden durchgekracht. Unfassbar. Diese Bude hier bricht an allen Ecken und Enden auseinander.«

»Hauptsache, dir ist nichts passiert.« Ich umarmte ihn fester. »Und mit dem Sanieren können wir ja hoffentlich bald anfangen.«

»Jetzt müssen wir das Loch auch noch stopfen. Wortwörtlich.« Er lachte rau und ich grinste auch. »Das Ganze ist ein Fass ohne Boden. Ach, Mist. Warum hab ich das nur gemacht?«

»Weil du wütend warst. Weil das hier wichtig ist. Das wissen wir alle hier. So, komm mit. Jetzt versorgen wir dich erst mal.«

Wir robbten nebeneinander an der Wand entlang zurück und hielten uns dabei die ganze Zeit an den Händen, obwohl es aus dem Sicherheitsaspekt heraus nicht wirklich notwendig war. Seine Haut war so warm und meine Hand passte irgendwie genau in seine, als ob sie dahin gehörte.

Dominga und Mauricio nahmen Mat auch in die Arme und beteuerten, wie froh sie waren, dass ihm nichts passiert war. »Zum zweiten Mal innerhalb von einer Woche hat das Haus mich angegriffen«, sagte Mat mit einem schiefen Grinsen. »Das muss ein Ende haben.«

Dominga klopfte ihm auf die Schulter und sagte: »Wir geben unser Bestes und finalisieren das Konzept mit Huan.« Dieser nickte im Hintergrund. »Und du erholst dich bitte mal. Deine persönliche Krankenschwester Maike ist ab jetzt für dich da, damit du morgen zum Gespräch mit dem Verein fit und frisch bist.«

Mehr als gern tat ich so, als würde ich ihn stützen wollen, nahm seine Hand und legte sie mir um die Schultern. Langsam folgten wir Huan, Dominga und Mauricio nach unten. Die drei verschwanden wieder in ihrer Besprechungszentrale, während ich mich umschaute. Die blaue Stunde war schon hereingebrochen und die Vögel unserer schönen Oase erzählten sich entspannt die Erlebnisse des Tages. Diese für den Vorabend bedächtige Besonnenheit war eingekehrt, als ob sich auch die

Tierwelt völlig im Klaren darüber war, dass der Sonnenuntergang kurz bevorstand.

Ich dachte nach, dann hatte ich eine Idee. »Wollen wir in den hinteren Garten gehen? Jetzt, wo unser Himmel gesperrt ist, können wir dort noch gemütlich sitzen.«

»Und das Gute ist, da können wir auch ungestört kuscheln.«

Ich legte meine Hand an seine Stirn. »Hast du Fieber? Oder doch eine Gehirnerschütterung?«

»Mit Lana natürlich. Was dachtest du denn?« Er lachte und schob den Schaukelstuhl der Geisternonne durch den Gang und durch die Flügeltüren in den Hinterhof. So langsam, wie er ging, hatte er allerdings scheinbar doch etwas abbekommen. Und humpelte er nicht auch ein wenig?

In der Küche kochte ich uns einen Lindenblütentee, den es sonst immer zum Frühstück gab. Ein Whisky wäre natürlich stärker gewesen, aber wenn wir jedes Mal etwas tranken, wenn hier etwas zusammenbrach, dann wären wir ja bald Alkoholiker. Während ich das heiße Wasser vorsichtig in die Tassen schüttete, merkte ich, dass meine Hände ein wenig zitterten. Es hatte mich auch ganz schön mitgenommen, dass ich gedacht hatte, Mat sei etwas passiert, vielleicht sogar das Schlimmste. Das wollte ich mir gar nicht ausmalen.

Mit den zwei Tassen in der Hand gesellte ich mich zu dem inzwischen schon gleichmäßig schaukelnden Mat, der den Blick auf den orangefarbenen Horizont gerichtet hatte. Dankend schloss er die Hände um die Tasse und wärmte sich daran. Im Schneidersitz ließ ich mich neben seinem Stuhl nieder so wie er nachts und kraulte Lani, die angehoppelt gekommen war.

»Ist das wahr, Lani? Hast du dir jetzt etwa einen neuen besten Freund gesucht? Ist es immer noch wegen der Sache mit der Leine? Ich bin bitter enttäuscht«, sagte Mat lächelnd. »Freundschaft ist das Wichtigste hier in Kuba.«

Sie bellte und schmiegte sich noch weiter an meine Handinnenfläche.

Mat griff sich meine andere Hand, während wir beide den Blick auf den brennenden Himmel gerichtet hielten.

»Sind wir auch, oder? Ich meine Freunde.« Mat drückte meine Hand und schaute mir in die Augen.

Lani machte einen leisen, absurden Laut, aber ich konnte meinen Blick nicht von Mat wenden. Der inzwischen dunkelrote Sonnenuntergang tauchte ihn in ein Licht, das ihn fast schon übernatürlich schön erscheinen ließ. Unsere Hände verflochten sich miteinander und ein Schauer rieselte mir den Rücken hinab. Er beugte sich ein kleines Stück zu mir und sein frischer Duft stieg mir in die Nase.

»Bin ich auf deiner Beliebtheitsskala gestiegen? Ich bin bestimmt schon auf Lanas Level angekommen, oder?«

»Wie kommst du auf so einen Unsinn?«, fragte ich, musste aber grinsen.

»Du hast mich Matti genannt.«

Stimmt, das hatte ich wirklich, erinnerte ich mich. »Ähm, im Schock.«

»Das ist eine gängige Ausrede.«

»Lani ist unangefochten meine Nummer eins. Wir sind jetzt richtige Buddys. Wahre Freunde.«

»Wäre ich auch gern.« Seine Stimme war ein Flüstern, ja fast nur ein Wispern. Waren wir das nicht schon? Ich hatte mir Sorgen um ihn gemacht, war entsetzt, als ich gedacht hatte, ihm sei etwas zugestoßen. Weil ich ihn mochte. Wer hätte das wohl gedacht, als ich vor ein paar Tagen hier angekommen war? Aber jetzt war da diese seltsame Verbindung zwischen uns. Eine Vertrautheit, die nach seiner Flirterei angefangen hat. Es musste Freundschaft sein, oder? Was auch sonst. »Ich habe keine Erfahrung damit. Aber ich denke, ja.«

Und mit der Liebe auch nicht, dachte ich, und die Erinnerung an seine Lippen so nah vor meinen flackerte kurz auf. Mein Herz stolperte.

Zufrieden lächelnd schaukelte Mat vor sich hin, meine Hand in seiner. Ich kraulte Lani, da fiel mir sein humpelnder Gang wieder ein.

»Hast du dich eigentlich verletzt vorhin?«

»Nicht so schlimm. Hab nur meinen Zeh angeschlagen, als ich diesen blöden Backstein weggetreten habe.«

»Oje. Soll ich mal nachschauen?«

»Das hat sich morgen sicher wieder. Dafür bin ich jetzt um die Erfahrung weiser, dass man große Steine besser nicht wie einen Fußball behandelt. Das war sozusagen der Stein der Weisen.«

Er lachte und sein Vergnügen war so ansteckend, dass ich mich trotz des anstrengenden Tages, des Adrenalins und der Sorgen wohl und geborgen fühle. Angekommen. So saßen wir noch lange da, selbst bis weit nach Sonnenuntergang und hingen unseren Gedanken nach, während nächtliche kubanische Geräusche die Stille durchdrangen. Freunde, hatte er gesagt …

Kapitel 22

Mat

»Bitte was hast du zu ihr gesagt? Freunde?« Mauricio fiel fast der Café Cubano aus der Hand, den Livio ihm gemacht hatte, bevor er mit seinem Kurs aufgebrochen war. »Das ist doch nicht dein Ernst.«

»Verstehe deine Aufregung gerade nicht«, sagte ich und linste zu Maike hinüber, die mit Dominga am anderen Ende des langen Esstisches saß.

»Alter.« Mauricio fuhr sich über die Wange, die heute ausnahmsweise nicht frisch rasiert war. Auch an ihm hinterließ unsere Aufregung Spuren. »Guckt euch zwei doch nur mal an. Freundschaftlich ist da gar nichts.«

»Ts. Also echt, Mauricio. Diese rosarote Brille, die bringt dich ja wirklich durcheinander.«

»Welche rosarote Brille, *compañero?*«

Ich trank meinen Kaffee in einem Zug leer und klopfte ihm auf die Schulter. »Dominga. Das sieht doch jeder Blinde. Und ich freu mich für euch! Ihr passt super zusammen.« Mein Blick schweifte wieder zu Maike, die inzwischen mit Dominga in einer alten Frauenzeitschrift herumblätterte. Auch sie musste sich scheinbar von der immensen Anspannung ablenken, die uns alle hier fest im Schwitzkasten hatte. Nur noch ein paar

Minuten, bis ich endlich den Call mit dem Verein hatte und wir erfuhren, ob das Konzept von Huan okay war und wir weitermachen durften.

Seit drei Stunden saßen wir vier hier. Die anderen Helfer waren gekommen und gegangen, hatten gefrühstückt und versucht, uns aufzumuntern, aber wir saßen auf heißen Kohlen. Gleich fiel die Entscheidung, ob es zumindest Hoffnung gab oder ob einfach alles aus sein würde. Das Aus für die Freiwilligen, das Aus für diese Gemeinschaft und das Aus für die Unterstützung für die Menschen hier im Viertel. Diese Entscheidung beeinflusste so viele Leben.

Plötzlich standen die Mädels vor uns. Dominga knabberte nervös an der Spitze ihres Zopfes. »Es geht los, Mat.«

Auch Maike sah nicht gut aus. Sie war blass und hatte rote Ränder unter den Augen. Obwohl sie erst so kurz hier war, ging ihr die ganze Sache sehr nah. Sie musste sich mit dem Standort verbunden fühlen oder brauchte aus irgendwelchen anderen Gründen das Gefühl, jemanden zu retten. Ob sie mich auch retten konnte? Das hing vermutlich davon ab, wie viel Zeit uns blieb.

Wenn die Entscheidung gleich gegen mich ausfiele, dann wohl gar keine mehr. Es waren nur noch zwei Wochen bis zum Ende des Monats, das wäre also unsere Gnadenfrist. Zeit, um aufzuräumen, durchzukehren und am Ende das Licht auszuschalten. Ich durfte nicht daran denken, sondern musste jetzt positiv sein. Stark sein für Maike. Ich nahm ihre Hand und wieder verflochten sich unsere Finger wie automatisch miteinander. Hand in Hand folgten wir Mauricio und Dominga langsam die Treppen hinauf. Eine andächtige und gleichzeitig angespannte Stille herrschte zwischen uns.

Jeder wusste, wie wichtig die nächsten Minuten waren. Alles oder nichts.

Wir nahmen uns noch mal wortlos in den Arm, Maike und ich besonders fest. Ich küsste sie zart auf die Wange, dann ging ich allein in mein Büro und hob den Telefonhörer an mein Ohr.

Kapitel 23

Maike

»Findest du wirklich, es ist angemessen, sich genau jetzt Gedanken darüber zu machen?« Ich hing mit Dominga auf der durchgesessenen, aber durchaus bequemen Couch im Aufenthaltsraum und zupfte an meiner vordersten Strähne. Wir beobachteten die drei Kleinkinder, die Stina gerade als Kletterturm benutzten.

»Ja klar. Warum auch nicht?«

»Weil wir doch noch gar nicht wissen, ob wir überhaupt weitermachen dürfen.«

»Das ist doch wohl kein Grund. Mit Schwarzmalerei ist noch nie einer weitergekommen. Das nennt man *sueño, mi amor:* träumen. Das Wort ist dir scheinbar entfallen.«

Ja, das war es vermutlich. Die drei pausbäckigen Zwerge sahen Stina nun als Hüpfburg, die das stoisch über sich ergehen ließ. Die anderen Kinder, auf die Dominga und ich mit aufgepasst hatten, waren bereits von den Familien abgeholt worden und so gönnten wir uns eine Sekunde Pause, denn Stina hatte Unterstützung abgewinkt. »Ich glaube, ich hatte nie Träume.«

»Keine Träume? Bitte?«

»Irgendwie hatte immer nur meine Schwester Träume. Und ich bin so mitgelaufen.«

»Das ist bitter.«

»Und jetzt stehe ich ohne da, während sie ihre verwirklicht.« Ich seufzte. »Vielleicht hab ich einfach den Absprung verpasst.«

»Und dann bist du zufällig in die Welt der Hilfsorganisationen gerutscht. Gefällt es dir denn?«

»O ja. Und wie.«

»Das merkt man. Dein Körper hat Spannung, deine Augen leuchten und du lächelst. Ich denke, das könnte deine Berufung sein, deine Passion. Für andere da zu sein, macht dich glücklich, oder?«

»Ja. Seit ich angefangen habe, hier zu arbeiten, kann ich mir nicht mehr vorstellen, jemals etwas anderes zu tun.«

»Vielleicht war es eine Fügung des Schicksals. Vielleicht musste es so kommen, damit du dich von deinem alten Leben löst und endlich losziehst, um dein Glück zu finden.«

Jetzt klang sie fast wie Marianne.

»Am Ende sagst du noch, ich soll Sarah dankbar dafür sein, dass sie nicht zurückgekommen ist.«

»Ich kenne keine Details zu Sarah, aber ich denke, man muss in allem das Gute sehen.«

Sie streichelte meine Hand. »Man darf kaputte Sachen nicht sofort aufgeben. Sie können einem noch viele schöne Momente bescheren, wenn man sie nur pflegt. In Kuba wird alles repariert. Alles.«

Mit glasigen Augen schaute ich sie an. »Das hat Huan auch schon gesagt.«

»Also? Was für Kurse willst du anbieten?«, kam Dominga lächelnd auf die Ausgangsfrage zurück.

Die Kinder tanzten inzwischen um Stina herum und machten wilde Laute, was mich zum Lachen brachte. »Ich möchte gern weiter mit Kindern arbeiten, also spezielle Kurse für unter Zehnjährige anbieten und für junge Mütter.«

»Okay.« Dominga lachte. »Aber was genau? Das ist ja doch ein weites Feld.«

»Das entscheide ich dann.«

In dem Moment stand Mat in der Tür. Sein Ausdruck spiegelte Verwunderung wider. Unglauben.

»Mat? Was ist passiert?«

Dominga und ich sprangen synchron auf, stürzten zu ihm und drängten ihn in einen leeren Nachbarraum. »Was ist denn? Sag schon!«

Immer noch wie versteinert und mit aufgerissenen Augen sagte er: »Ja.« Dann strahlte er bis über beide Ohren. »Sie haben Ja gesagt!«

Dominga und ich schauten uns an, im ersten Moment ebenso sprachlos wie Mat. Dann kreischten wir beide. Dominga galoppierte davon, vermutlich zu Mauricio. Stürmisch sprang ich ihm um den Hals und schlang meine Beine um seine Hüften. Ich konnte meine Freude einfach nicht zügeln und langsam schloss er auch seine Arme um mich und hob mich hoch, zögerlich, als ob er die Freude noch gar nicht begriff.

Meinen ganzen Körper presste ich an ihn und in dem Moment fühlte ich mich glücklich. Einfach genial, dass wir noch weiter hierbleiben durften. Dass wir weiter helfen konnten. Dass ich Mat weiterhin sehen konnte. Mir fiel ein ganzer Berg vom Herzen und das Strahlen würde garantiert noch stundenlang auf meinem Gesicht kleben.

»Wir können es wirklich schaffen.«

Mats Hände fuhren warm meinen Rücken entlang.

»Hast du gehört?« Ich löste mich von ihm und legte beide Hände an sein Gesicht. »Mat?«

Ich sah ihn an, unsere Blicke tauchten tief ineinander ein, er schluckte trocken. Seine Hände lagen auf meinen Hüften. Auf der einen Seite war mein Top hochgerutscht und seine Finger berührten meine nackte Haut.

Warum war sein Puls so schnell? Freude wegen der Zusage?

Oder spürte er das auch? Das, was da zwischen uns sprühte? Dieses Knistern.

Ich ... dieses Gefühl. Mein Gott. Mein Herz hörte kurz auf zu schlagen.

Meine schwere Atmung, allein, weil seine Finger unmerklich über meine Haut streichelten. Mein Daumen, der über seine Wange und seine Bartstoppeln fuhr.

Das hier war so viel mehr als alles, was ich je gespürt hatte. Eine Explosion an Gefühlen.

Das hier wollte ich. Mein Herz wollte es und erstickte alle Einwände, die mein Kopf gerade anbringen wollte.

Meine linke Hand machte sich wieder selbstständig und glitt vorsichtig durch seine wilden, braunen Wuschelhaare, die so weich waren. Ein leises Stöhnen entschlüpfte seinem Mund, über das mein Herz stolperte. Ich würde ihn so gern küssen ... Nichts auf der Welt war gerade naheliegender. Automatisch befeuchtete ich meine Lippen und schmiegte mich an ihn, mein Mund nur Millimeter von seinem entfernt.

In dem Moment brach seine Abwehr und seine Lippen streiften meine, erst zart, dann voller Intensität. So weich, so süß, als hätte er gerade einen Café Cubano mit Rohrzucker getrunken. Seine Zunge strich über meine Unterlippe und nur zu gern gewährte ich ihr Einlass. Zärtlich nahm er Besitz von meinem Mund. In meinem ganzen Leben war ich noch nie so berührt worden. Es war, als ob unsere Seelen miteinander verschmolzen. Glück. Träume. Zukunft. Nicht weniger als das glitzerte zwischen uns, als ich endlich in meinem Innersten verstand, dass das Leben mehr bereithielt als Durchschnitt. Es war bunt, es war wild und es war *el cielo*.

Kapitel 24

Mat

Es war einfach unglaublich, dieses Gefühl Maike im Arm zu halten und sie wirklich zu küssen, nicht nur davon zu träumen. Es fühlte sich nicht an wie irgendein Kuss je zuvor. Ich hatte keinerlei Siegesgefühl, als ob ich sie erobert hätte. Keinerlei Hintergedanken und keine Strategie. Es war nur schön. Ich wollte sie beschützen, wollte ihr nah sein und sie stundenlang festhalten. Ihren Herzschlag spüren und beobachten, wie die fast unsichtbaren Sommersprossen auf ihren Wangen tanzten, wenn sie von ganzem Herzen lächelte. Wieder und wieder küsste ich sie, weil ich einfach nicht genug von ihr bekommen konnte. Wie ein Ertrinkender suchte ich ihre Nähe und fühlte mich zu Hause.

Plötzlich hörte ich Stimmen auf dem Flur und unsere rosafarbene Blase zerplatzte jäh. Dominga rief nach mir. Als ob jemand einen Schleier von uns heruntergezogen hätte, schauten Maike und ich uns an, schwer atmend, erstaunt.

»Ich muss da hin«, sagte ich entschuldigend und trat in den Flur.

»Ach, da seid ihr ja.« Dominga kam vor mir zum Stehen. »Dein Telefon im Büro hat die ganze Zeit geklingelt und irgendwann bin ich rangegangen. Es war Rieke, die aus einem *casa particular* in Varadero angerufen hat. Sie meinte, es sei dringend und du sollest sie zurückrufen. Die Nummer habe ich dir aufgeschrieben, liegt auf deinem Schreibtisch, Chef.«

Ich lächelte Maike an. »Na komm, dann lass uns mal rausfinden, was bei Rieke im Urlaub so dringend ist.«

Gemeinsam eilten wir ins Büro und ich wählte mit dem schweren Telefonhörer in der Hand die Nummer. Es tutete mehrfach, dann hatte ich Maria, die Besitzerin der privaten Unterkunft, am Apparat, die mich gleich an Rieke weiterreichte.

»Hi, Rieke, hast du etwa neben dem Telefon gewartet? Hast du nicht Urlaub? Varadero ist doch der Touristen-Hotspot schlechthin. Kannst du dich nicht beschäftigen? Am Strand liegen, Mojito schlürfen?«

Rieke lachte kurz. »Mat, ich habe gehört, dass euer Konzept gut ankam. Aber jetzt geht es an die Umsetzung und ihr braucht viel Material, oder?«

»*Correcto.*«

»Ich bin gestern zum Strand spaziert und mir ist ein Haus aufgefallen, das für ein neues Hotel weichen soll. Das heißt, es wird bald abgerissen. Wenn ihr euch beeilt, könnt ihr vielleicht einiges an Baumaterial abgreifen. Aber es wird nicht einfach. Ich hab mich schon hier im Viertel umgehört. Keiner weiß etwas Genaues.«

»Super, wir kommen sofort«, beschloss ich spontan und wir verabschiedeten uns.

Maike stand etwas unbeholfen neben mir und mein Herz flatterte, als ich ihr eine Strähne hinter das Ohr strich.

»Ich muss für ein paar Tage nach Varadero«, informierte ich sie. »Wenn du möchtest, also ... komm doch gern mit. Ich würde mich freuen.«

»Wenn wir beide weg sind, wer übernimmt dann unsere Kurse?«

»Dominga und Mauricio können die Stellung halten und einspringen.«

»Wenn es keine Umstände macht?«

»Ach was, Umstände.« Ich lächelte sie liebevoll an. »Ich verbringe gern Zeit mit dir.«

»Meinst du nicht, das ist komisch? Für die anderen? Wenn ich mit dir sozusagen auf Geschäftsreise gehe?«

»Findest du es komisch?«

»Nein.«

»Dann komm doch einfach mit, wenn du möchtest.«

Ich wischte all meine Bedenken in Bezug auf unsere Freundschaft oder was auch immer das zwischen uns war beiseite. Schon ewig war ich nicht mehr so glücklich gewesen wie gerade. Ich wollte das nicht zerdenken. Der Punkt würde früh genug kommen. Aber erst mussten wir uns um das Baumaterial kümmern. Ich organisierte wieder das pinkfarbene Cabrio von meinem Kumpel und packte schnell ein paar Sachen in eine Tasche.

Dann holte ich Maike in ihrem Zimmer ab und nicht einmal eine Stunde, nachdem wir grünes Licht bekommen hatten, machten wir uns auf in die Touristenhochburg Varadero. Knapp hundertfünfzig Kilometer mit fragwürdigen Straßenverhältnissen lagen vor uns.

»Hast du deinen Bikini eingepackt?«, fragte ich, noch bevor wir die Straße verließen.

Maike grinste. »Habe ich sicherheitshalber mit in den Rucksack geworfen, ja.«

»Perfekt. Wir fahren nämlich an dem ein oder anderen Strand vorbei. Falls du dich also erfrischen möchtest, sag Bescheid.«

Mit ihrem Strohhut auf dem Kopf, der Maike vor der Karibiksonne schützte, sah sie einfach zum Anbeißen aus.

»Na, gefalle ich dir?« Maike hatte meinen Blick aufgefangen und grinste.

»Fast so gut wie Lana.«

Maike lachte laut und boxte mich an die Schulter.

»Hey, ich fahre und muss mich konzentrieren. Guck mal, die Schlaglöcher sind ohnehin so tief, dass man fast eine Umleitung drum herum braucht.«

Maike kicherte und wieder kitzelte das Geräusch mein Herz.

Kapitel 25

Maike

Die Sonne kitzelte mein Gesicht, als wir durch die Straßen Havannas in Richtung Meer fuhren. Mat hatte gesagt, dass wir etwa drei Stunden lang an der Küste entlangfahren würden. Das Autoradio knisterte noch stärker als das in dem Wagen, mit welchem Dominga mich vom Flughafen abgeholt hatte, aber inzwischen hatte ich mich daran gewöhnt, dass nicht immer alles funktionierte. Dass man nicht immer alles einkaufen konnte und dass nicht immer alles war, wie man es sich vorgenommen hatte.

Und das mit der Freundschaft zu Mat lief eindeutig nicht so, wie ich es geplant hatte. Meine überschwängliche Freude hatte sich Bahn gebrochen und war in Gefühlen explodiert, die ich definitiv nicht mehr unter Kontrolle hatte.

Aber war das nicht etwas, das mich mein bisher erst kurzer Aufenthalt in Kuba schon gelehrt hatte? Dass man nur sehr wenig beeinflussen konnte und man das Leben einfach nehmen musste, wie es kam?

Es ging schon irgendwie weiter, sagte Dominga doch immer. Sollte ich vielleicht einfach mal meine ganzen Pläne aufgeben und die Sorgen und Gedanken über Bord werfen und einfach mal leben? Es auf mich zukommen lassen? Die Lebensfreude genießen und schauen, wo der Weg mich hinführte? Auch wenn es Schlaglöcher wie Vulkankrater gab?

Ich machte es mir auf meiner komfortablen Sitzgarnitur bequem und schielte zu Mat hinüber. Mit seiner Sonnenbrille und dem relativ weit aufgeknöpften weißen Hemd sah er heute stark nach Latino aus, was ich irgendwie ziemlich anziehend fand, vor allem, da ich jetzt wusste, dass er in echt kein Macho war, sondern ein ziemlich liebevoller Typ.

Als hätte er meine Gedanken gehört, nahm er meine Hand in seine und ein neckisches Lächeln zupfte an seinen Mundwinkeln. Es fühlte sich gut an.

Unterwegs machten wir mehrfach Pausen, in denen wir grüne Kokosnüsse von Obstlastern kauften und sie direkt am Straßenrand tranken. Zum Essen ergatterten wir uns Bananen, die wir genüsslich verspeisten, während eine Gruppe von vier Musikern auf einem kleinen Platz im Schatten eines riesigen Monumentes wehklagende Rumba-Musik zum Besten gab.

Nach drei gemütlichen Stunden mit Meeres- und Radiorauschen im Ohr und kribbelnder Karibikhitze auf den Wangen erreichten wir eine laut Mat zwanzig Kilometer lange Landzunge, die zum Teil so schmal war, dass ich zu beiden Seiten sehen konnte, wie pastellfarbene türkise Wellen am blitzweißen Sandstrand leckten. An anderen Stellen wiederum erstreckten sich bunte Bungalowviertel zu beiden Seiten. Die Hauptstraße war gesäumt von Bars und Restaurants, Pferdekutschen für Erkundungstouren und Werbung für Zigarren. Wieder ein paar Kilometer weiter erstreckten sich Hotelkomplexe. Eindeutig herrschte hier der Tourismus, was jetzt in meinen Augen komisch anmutete, nach einer Woche purem Sozialismus in Havanna, die geprägt war von Knappheit, Verfall und dennoch

Lebensfreude. Das Flair hier entsprach eher tropischem Ballermann. Wenn Pauschaltouristen nur das hier von Kuba sahen, dann prost Mahlzeit. Von der Kultur erlebte man hier sicher recht wenig.

»Ich würde vorschlagen, dass wir uns als Erstes eine Unterkunft suchen. Als Base sozusagen. Was meinst du?« Mat bog in irgendeine Seitenstraße ein und wir rollten an den Häusern entlang. »Wenn dir ein Haus von der Lage oder dem Erscheinungsbild gefällt, sag Bescheid. Die meisten hier vermieten Zimmer.«

»Hey, guck mal da vorn!« Wir hatten am Ende der Sackgasse gehalten. Direkt am Strand stand ein Haus, das eher wie eine kleine Burg anmutete: Es hatte dicke Mauern und ein Obergeschoss im Vergleich zu der Bebauung ringsherum. Es war das einzige Haus, das direkt am Strand lag. Bestimmt hatte es eine Terrasse, von der aus man morgens zur ersten Tasse Café Cubano die Sonne spektakulär über dem Meer aufgehen sehen konnte.

»Das ist es.« Ich strahlte Mat an, der den Wagen parkte, hinaussprang und mir galant beim Aussteigen die Hand reichte.

Auch als wir zum Haus spazierten, hielt er meine Hand und ich entzog sie ihm nicht. Vor vielen Häusern befanden sich schmale Gärten mit von der Sonne verbranntem Rasen, die durch hüfthohe Mäuerchen von der Straße abgegrenzt waren. An fast allen tat sich etwas. In manchen Windfängen saßen ältere Damen in Schaukelstühlen, manche hängten weiße Wäsche auf, andere schnitten Gemüse, vermutlich für das Abendessen. Aber eines hatten alle gemeinsam: Sie beobachteten jede unserer Bewegungen mit Argusaugen.

»*Buenos días*«, grüßte ich artig in meinem besten Spanisch, aber die Rückmeldungen waren eher verhalten.

Als wir an der Mini-Burg angekommen waren, sahen wir, dass das Gras in dem Vorgarten so grün strahlte wie ein englischer Rasen. Kaum hatten wir das Grundstück betreten, eilte uns eine adrette Dame mit grauen Locken und korallenfarbenem Lippenstift entgegen. »*Hola, bienvenidos!* Herzlich willkommen, kommt nur herein, kommt herein. Wir haben hier verschiedene Zimmer, Gemeinschaftszimmer, aber auch private Zimmer. Ihr zwei seid doch bestimmt auf Hochzeitsreise, da bekommt ihr unser bestes Zimmer im ersten Stock mit eigener Terrasse und Bad. Kommt, kommt. Ich bin Rosa, aber ihr könnt gern Rosi zu mir sagen.«

Wir folgten ihr in das Haus, das wirklich sehr robust gebaut war. Sie hatten bestimmt keine Sorgen wegen Hurrikans. Im Zimmer mit Ausblick auf den traumhaften Strand blieben wir an einem Tresen stehen, der wie eine Rezeption schien, vor allem wegen des dicken Wälzers, der scheinbar die Auslastung der Zimmer dokumentierte. »Tatsächlich, ihr Lieben.« Rosi zückte einen Kuli mit korallenroten Flecken am oberen Ende. »Unser Zimmer *luna de miel* ist noch frei, aber auch nur das. Wie viele Nächte wollt ihr bleiben?«

Mat und ich starrten uns an. Mir ging einiges durch den Kopf. Und ihm wohl auch, wie es aussah.

»Könnten wir uns kurz unter vier Augen besprechen?«, fragte ich Rosi und Mat und ich setzten uns draußen in den Schatten auf zwei Metallstühle mit Sitzkissen. Der Sand direkt hinter dem flachen Mäuerchen am Ende der Terrasse war so weiß wie ein Blatt Kopierpapier und die Wellen rauschten gleichmäßig und rhythmisch, als hätte jemand eine Meditations-CD angeschmissen. Geckos flitzten wie Schatten über den heißen Boden. Es war traumhaft. Wie in einer Raffaello-Werbung.

Aber nur ein Zimmer …

»Es ist wegen der Schlafsituation, oder?« Mat nahm wieder meine Hand. »Wenn dir das Haus so gut gefällt, dann nehmen wir das *luna de miel* und ich schlafe auf dem Boden, gar kein Problem.«

»Es ist unfassbar schön hier. Aber auf dem Boden schlafen ist doch blöd.«

»Na gut, wenn du es unbedingt willst, dann können wir natürlich auch gemeinsam in einem Bett …« Mat grinste verschlagen und ich lachte laut bei seinem süßen Gesichtsausdruck.

»Das hättest du wohl gern.«

Er wurde ernst. »Das ist kein Problem. Die Matratzen sind meist separat, das heißt, wir schieben die eine einfach auf den Boden. Dann hat jeder seinen eigenen Bereich. Wenn das für dich okay ist?«

Ich dachte an die zauberhafte Lage des Hauses, an die liebe Rosi und an Mat, von dem ich tief in mir drin gar nicht wusste, ob ich überhaupt wollte, dass seine Matratze so weit weg lag. Das Kribbeln in meinem Unterleib jedenfalls gab mir ganz eigene Signale.

»Na gut, das ist okay für mich.« Ich nickte und Mat stand auf.

»Weißt du, was *luna de miel* heißt?«

»Nee.«

»Flitterwochen.« Wieder grinste er in sich hinein und flitzte zu Rosi, um ihr zuzusagen, bevor ich es mir noch anders überlegen konnte.

Kapitel 26

Mat

Sie hatte es sich nicht anders überlegt, obwohl sie mich noch hätte abhalten können. Wir würden wirklich in einem Zimmer schlafen! Ich kam mir vor wie ein Teenager, und das, obwohl ich über dreißig war. Nein, eigentlich hatte ich mich noch nicht einmal damals so komisch gefühlt. Ich bekam das Grinsen nicht aus meinem Gesicht, als ich Maikes und mein Gepäck wie ein Esel ins *luna de miel* im ersten Stock hievte. Das Zimmer war einfach: ein Doppelbett mit Blümchenbettwäsche, ein Badezimmer-Verschlag mit klappriger Falttür und eine Klimaanlage, die Temperaturen um den Gefrierpunkt hereinblies.

Das Beste am Zimmer aber war unsere private Terrasse mit Blick aufs Meer. Gut, es gab zwar kein Geländer und es standen lediglich ein paar Klappstühle auf dem blanken Beton, aber man musste einfach zufrieden sein. Was wollte man mehr als Salz auf der Haut und als Begleitung die schönste Frau der Welt?

Hier durften wir nun eine Nacht bleiben und morgen, falls unsere geschäftlichen Ziele noch nicht erreicht waren, konnten wir auch verlängern. So hatte ich es mit Rosi besprochen.

Wie abgesprochen ließen Maike und ich uns gleichzeitig aufs Bett fallen.

»O Gott«, sagte sie. »Ich fühle mich total fertig, obwohl ich eigentlich gar nichts gemacht habe. Du bist ja gefahren.«

»Das ist der Stress, der jetzt abfällt, *niña*. Du kannst ja duschen gehen und einen Sundowner trinken, während ich mich mit Rieke treffe und gucke, wo das Haus sein soll, um das es geht.«

Maike nickte und zog sich die dicke Decke über die Beine. »Vielleicht mache ich auch ein kleines Nickerchen.«

»Genau, super Idee. Ich hol dich dann zum Abendessen ab, *está bien?*«

»*Está muy bien*«, murmelte sie und ich zog die Tür hinter mir ins Schloss.

Sie hatte sich Erholung und Entspannung verdient, nachdem ihre allererste Woche hier in Kuba so nervenaufreibend gewesen war. Es konnte nicht jeder von sich behaupten, so viel direkt nach der Ankunft erlebt zu haben.

An der Behelfsrezeption der *casa particular* rief Rosi Maria an, um zu fragen, wo Rieke wohnte, und wir verabredeten uns für eine halbe Stunde später in einem Café in der Nähe des Zielobjektes sozusagen.

Um mich ein wenig zu bewegen, ging ich zu Fuß und schlenderte am längsten Strand Kubas entlang zu unserem Treffpunkt. Dabei entdeckte ich unterwegs deutlich weniger verfallene Bauten als in Havanna. Der Tourismus war deutlich zu spüren. Da nahm der Staat wohl doch gern das Geld aus dem Ausland.

Rieke saß bereits mit einem Buch im Café und winkte mir übereifrig zu, als ich auf sie zusteuerte.

»Na, mein Lausbub. Wie ist der neue Job?« Sie drückte mich fest an sich.

»Gut. Bisher ganz erfolgreich.«

»Kommst du gut zurecht?«

»Ich habe von allen Seiten Hilfe. Die Leute unterstützen, wo sie nur können, und auch die Leute im Team sind immer zur Stelle. Dominga, neuerdings auch Mauricio …«

»Und Maike?«

Ich zögerte. »Auch Maike.« Ich würde ihr einfach nicht sagen, dass sie mit nach Varadero gekommen war. Nicht, dass Rieke noch falsche Schüsse zog. Aber was war mit Riekes Mom-Skills? Immerhin hatte sie auch aufgrund der unglücklichen Umstände direkt herausgefunden, dass wir uns nachts zufällig im Hof getroffen hatten.

»Und warum hast du sie nicht mitgebracht?«

»Sie … äh.« Wie viel genau wusste sie? Meinte sie mit nach Varadero oder mit in dieses Café? O Mann. Ich versuchte unverfänglich zu antworten, ohne zu lügen. »Sie erholt sich nach der wilden Woche.« Auf der anderen Seite: Warum sollte ich Rieke anflunkern? Sie war jahrelang wie eine Mutter für mich gewesen und wenn ich ihr nicht vertrauen konnte, wem dann? Spontan entschloss ich mich dazu, reinen Tisch zu machen. »Sie ist im Zimmer geblieben, aber ich freue mich, dass sie dabei ist, weil ich sie echt gernhabe, und es ist okay, wenn du das nicht gut findest, das kann ich nachvollziehen, aber ich will einfach jede Minute mit ihr genießen und ich glaube, ich bin …«

Ich atmete tief durch.

Rieke hatte den Monolog, bei dem sich meine Stimme überschlagen hatte, regungslos verfolgt. »Du glaubst, du bist …?

»… total verknallt.«

»Dieses Mal kann es kein Schock sein.«

»Kein Schock«, bestätigte ich. »Ich weiß, sie ist eine Mitarbeiterin und ich weiß, du denkst, ich spiele mit ihren Gefühlen, aber das tue ich nicht. Keine Ahnung, was das mit uns ist oder wird, aber ich kann das alles nicht unterdrücken, egal wie sehr ich versuche, ein Vorbild zu sein. Sie bringt mich um den Verstand. Noch nie habe ich eine Frau so gerngehabt. Rieke … ich hoffe, wir müssen deshalb nicht den Standort schließen.«

Sie stellte vorsichtig ihre Kaffeetasse auf den Untersetzer. »Mat, du bist erwachsen.«

»Das heißt, du verpfeifst mich nicht und rätst dem Verein nicht, mich doch noch abzusägen?«

»Im Gegenteil. Ich freue mich, dass du endlich Verantwortung für dein Handeln übernimmst. Ich bin nicht deine Mutter, aber ich fühle mich geehrt, dass meine Meinung dir so viel bedeutet. Trotzdem musst du tun, was dein Herz dir sagt. Das Einzige, was ich will, ist, dass du glücklich bist. Und wenn ich ganz ehrlich bin, habe ich sofort gesehen, dass da was zwischen euch ist und dass sie diejenige ist, die dich bändigen kann. Keiner weiß, ob das mit euch halten wird. Aber ihr seid jung. Schafft euch Erinnerungen, die euch niemals jemand nehmen kann und von denen ihr euer restliches Leben zehren könnt. Wer wäre ich, euch Steine in den Weg zu legen?«

Ergriffen sprang ich auf und drückte Rieke fest an mich, die mich überrumpelt anlächelte. »Ach, Junge. Ich wünsche dir nichts als Glück.«

Später spazierte ich bei ihr eingehakt durch das Viertel, in dem es hauptsächlich farbenfrohe Bungalows gab. Je weiter wir allerdings in Richtung Meer gingen, desto heruntergekommener wurden die Häuser. Fast wie in Havanna, nur dass es hier im Erdgeschoss keine Balkone gab, die herabstürzen konnten.

»Schau, da vorn, direkt an der Wasserfront. Dieses Haus da, das soll wohl abgerissen werden.« Rieke deutete auf eine halbe Ruine. »Da haben die Hurrikans der letzten Jahre ganze Arbeit geleistet.«

»Ziemliche Ironie, dass gerade das Haus uns helfen könnte, unser Haus vorzubereiten.«

»Das stimmt. Ich habe mich umgehört, aber nur herausfinden können, dass der Besitzer irgendwo in der Welt wohnt und jetzt hergekommen ist, um das Haus abreißen zu lassen und das Grundstück an die Regierung zu verkaufen, die ein Hotel darauf errichten will.«

»Was du alles mitbekommst, obwohl du im Urlaub bist.«

»Ich vernetze mich eben. Das ist mir wohl in die Gene übergegangen nach all der langen Zeit hier. Ich weiß gar nicht mehr, wie das in den Niederlanden ist.«

»Ein Licht, das von innen her leuchtet, kann niemand löschen, wie man hier sagt. Du wirst dich überall zurechtfinden.«

»Das mag stimmen. So, aber nun ist es an euch. Ich werde mich jetzt zurückziehen, meine alten Füße hochlegen und Rumdrinks genießen. Richte Maike meine herzlichsten Grüße aus.«

»Das mache ich.«

Als ich ins Zimmer unserer *casa* zurückkam, lag Maike immer noch im Bett und ihr Gesicht war so friedlich, dass ich es kaum über mich brachte, sie zu wecken. Aber sie hatte sicher Hunger und unsere Aufgabe mussten wir auch angehen. Entschlossen zog ich ihr die Decke vom Körper.

Kapitel 27

Maike

Als mir die weiche Decke vom Körper gezogen wurde, quiekte ich auf. »Hey, jetzt ist mir superkalt!«

»Ist das eine Einladung? Soll ich dich wärmen, *niña?*«

»Vergiss es! Da bekomme ich lieber Frostbeulen.« Obwohl mir wirklich ein wenig kühl war und ich abrupt aus meinem gemütlichen Nickerchen gerissen worden war, grinste ich Mat an. Schön, dass er wieder da war. Natürlich hätte ich überhaupt nichts dagegen, wenn er sich ein wenig zu mir legen und mich streicheln würde. Ganz sicher wäre mir dann nicht nur warm, sondern höllisch heiß.

Schnell versuchte ich mich abzulenken. »Na, wie war es? Hast du das Haus gesehen?«

»*Si.* Ich hab es gesehen und ich soll dir schöne Grüße von Rieke ausrichten.«

»Lohnt es sich? Kann es der *STE* wirklich helfen?«

Mat setzte sich auf die weiche Matratze, die so sehr nachgab, dass er ganz nah zu mir rutschte. »Ich denke schon. Einiges an Holz, Schindeln, Steinen.«

»Okay. Dann müssen wir nur noch herausfinden, wer der Besitzer ist und wie wir ihm das Ganze abschwatzen können.«

»Na komm. Wollen wir etwas essen und dabei überlegen?«

Wie aufs Stichwort knurrte mein Magen. »Ich hab schon ein wenig Hunger.«

»Na dann, *vamos*. Oder möchtest du dich noch etwas frisch machen?«

Ich rieb mir mit den Händen über die Augen. »Wenn ich kurz duschen und meine Haare etwas richten könnte, wäre das sicher gut für uns alle. Oder willst du dich mit einem Besen unter die Menschen mischen?«

»Du bist immer wunderschön und für dich würde ich mich nie schämen, egal, wie deine Haare aussehen.«

Mir stockte der Atem. Das war sicher kein *piropo*, sondern eine … Liebeserklärung, oder? Erst der Kuss, den er erwidert hatte, über die Einladung zur Geschäftsreise bis hin zu unserem gemeinsamen Zimmer. All das stützte meine These, oder? Während ich mich mit Wasser duschte, das abwechselnd eiskalt und kochend heiß war, dachte ich nach. Immerhin gab es hier ein Kokos-Duschgel, das vermutlich ein Tourist nicht hatte mit nach Hause nehmen wollen. Mal wieder etwas anderes als die Kernseife in Havanna. Genüsslich inhalierte ich den Duft, schäumte mich ausgiebig ein und rasierte mir die Beine. Vielleicht wollte ich ja heute Abend noch ins Meer. Ach, wem machte ich etwas vor? Ich würde die Zeit mit Mateo einfach genießen, auch wenn es keine Freundschaft war, sondern irgendetwas anderes, das ich noch nicht richtig bestimmen konnte. War ja letztendlich auch egal, wie man es bezeichnete. Hauptsache, wir verstanden uns und konnten gemeinsam die *STE* in Havanna am Laufen halten. Nur verlieben durfte ich mich nicht. In ein paar Monaten war ich wieder in Köln. Ich schlüpfte in ein bananengelbes Sommerkleid und meine Chucks und öffnete die Falttür.

Mats Augen wurden größer. »Du bist … kein Besen mehr.«
»*Muchas gracias*. Noch nie habe ich ein schöneres Kompliment bekommen.«

Wir grinsten uns an.

Wie ein Gentleman geleitete er mich die Steintreppe hinunter. »Italienisch oder Kubanisch? Wonach steht dir heute der Sinn?«

»Es gibt hier italienische Restaurants?«

»Sogar richtig gute.«

»Danke, aber nein danke. Definitiv Kubanisch.«

»Da können wir hinschlendern.«

Ich hakte mich bei ihm ein, aber er ließ seinen Arm sinken und ergriff meine Hand, als ob es das Normalste der Welt war.

In der Dämmerung erreichten wir ein kleines *paladar* am Strand, das mit warmweißen Lichterketten geschmückt war. In den Sand hatte man Fackeln gesteckt, die eine unglaublich romantische Atmosphäre verbreiteten. Die Tische bestanden aus Holz und auf den Stühlen lagen dicke moderne Kissen.

»Wollen wir? Wir haben ja freie Platzwahl.«

Es war noch ziemlich wenig los, deswegen bekamen wir einen der besten Plätze direkt am Strand. Ich schlüpfte aus meinen Converse und vergrub meine Zehen im Sand, dessen weiche Körnchen warm um meine Haut rieselten. Prompt bekamen wir einen Drink aufs Haus serviert: einen Mojito, mein erster hier in Kuba. Während der Himmel in Pink, Rot und Orange brannte, stießen wir an und ich nahm einen Schluck süßes Glück. Das Glas war traditionell mit einer Limette garniert, zusätzlich war der Rand in Rohrzucker getaucht worden, der jetzt körnig auf meinen Lippen lag. Ich leckte mir mit der Zunge darüber und genoss den Moment der Achtsamkeit. Den frischen minzigen Geschmack, das rhythmische Rauschen der Wellen, das samtige Streicheln des Sandes. Wow. Ich war wirklich in Kuba. Ich hatte einen Neuanfang gewagt. Ich hatte den Grundstein für mich selbst gelegt, so wie Marianne mir empfohlen hatte. Ich war drauf und dran, Freunde zu finden, die Arbeit machte mir unglaublichen Spaß, ich hatte ein Ziel, auf das ich hinarbeiten konnte. Zusammen mit Mat. Ich war wichtig hier und mir graute es jetzt schon davor, jemals wieder fortgehen zu müssen. Ich hatte mein Herz an Havanna verloren. Und auch an Mat. In dem Moment wurde mir klar, dass genau das eingetreten war, was ich hatte vermeiden wollen: Ich hatte mich verliebt. Verdammt.

Wie aufs Stichwort stand Mat auf und deutete auch mir, mich zu erheben. In der Ferne erklang entspannte kubanische Musik und Mat zog mich an sich und wiegte mich im langsamen Takt. Ich war verliebt. Zum ersten Mal im Leben so richtig. So mit Herzflattern und Dauerlächeln. Mit dem Wunsch, ständig beieinander zu sein. Mit Händchenhalten. Mit kitschiger Romantik. Mit allem Drum und Dran. Mariannes Prophezeiung hatte sich bewahrheitet …

Ich hob langsam den Kopf und betrachtete die markanten Gesichtszüge von Mat, seine hohen Wangenknochen, seine grünen Augen, die ebenfalls vor Glück sprühten.

»Du bist unglaublich«, raunte er und in Zeitlupe näherte sich sein Mund meinem. Die Sache mit dem Kuss heute Mittag war also auch von seiner Seite aus kein einmaliger Ausrutscher gewesen. Auch er wollte mehr. Wollte mich. Den verrückten Besen. Mit aller Entschiedenheit wischte ich die Vorbehalte zur Seite. *Et kütt wie et kütt.*

Unsere Körper folgten weiterhin der kubanischen Melodie, während Mat meine Lippen mit seinen streichelte, ohne Eile. Er küsste meine Mundwinkel, küsste sachte meine Nasenspitze, um dann zurückzukommen und mich auf den Mund zu küssen, leicht wie eine Feder.

Seine Hände liebkosten meine Haut und mein Herz drohte überzulaufen, so unfassbar liebevoll war er. Unsere Seelen verbanden sich miteinander, als er mich endlich wieder küsste und seine Zunge meine fand.

»Komm mit«, flüsterte Mat, warf ein paar Scheine auf den Tisch und schnappte sich meine Hand. Gemeinsam gingen wir den Strandabschnitt entlang, an dem keine Häuser standen, sondern nur dichtes Gebüsch und Wald vorherrschte. Schließlich zog mich Mat in eine kleine Einbuchtung, wo wir vor Blicken geschützt waren. Ohnehin war niemand mehr am Strand, denn die Dunkelheit legte sich langsam über die Welt und hüllte uns ein. Atemlos standen wir voreinander. Wir wussten beide, was gleich passieren würde, und mein Herz setzte einen Schlag aus. Ja, ich wollte das. Unbedingt.

Ich hob meine Hand, um sie an die Knopfleiste seines Hemdes zu legen und in stoischer Langsamkeit den ersten Knopf zu öffnen. Dann den zweiten und den dritten. Die ganze Zeit über tauchte Mat mit seinem Blick in meinen ein und Hitze breitete sich in meiner Mitte aus. Eine Gänsehaut legte sich auf meinen ganzen Körper, als endlich das Hemd in den Sand fiel und er nur noch im weißen Muskelshirt vor mir stand, das seine Cappuccino-Hautfarbe und seine starken Oberarme betonte. Gott, er sah unnormal attraktiv aus. Mit einer fließenden Bewegung hatte er sich das Shirt abgestreift und es ebenfalls einfach fallen lassen. Fast bekam ich Schnappatmung. Sein

Waschbrettbauch war einfach zu heiß. Mat nahm meine Hand und legte sie sich in den Nacken wie schon im Club. Warm strich sein Atem über meinen Hals, als er zarte Küsse darauf verteilte und sich immer weiter nach unten bewegte. Irgendwann waren meine Knie weich wie Pudding und ich ließ mich in den Sand sinken. Mat beugte sich über mich. Mit flinken Fingern schob er den Träger meines Kleides zur Seite und küsste sich nach unten vor. Ich konnte ein lautes Aufstöhnen nicht zurückhalten, als er meine Brustwarze mit seinen Zähnen neckte und zart daran saugte.

Meine Finger erkundeten unablässig seine Muskelstränge und seinen starken Rücken, fanden den schmalen Streifen, der von seinem Bauchnabel in die Jeans führte. Ich nestelte an seinem Hosenbund und er half mir. Ein paar Sekunden später lag die Hose auf dem Kleiderstapel. Seine Finger glitten unter mein Kleid und seine Hand umfasste meinen Po. Mit seinem starken Körper presste er sich an mich und ich spürte seine beeindruckende pulsierende Härte an meinem nackten Oberschenkel, die nur noch von seinen Boxershorts bedeckt war. Meine Hüfte bewegten sich wie automatisch und jetzt stieß Mat einen unkontrollierten Laut aus, der mich noch mehr anturnte. Seine Finger nestelten ungeduldig an meinem Höschen und schoben es zur Seite, bevor er tief in meine feuchte Mitte glitt. Ich bäumte mich auf und schob mich ihm entgegen, stöhnte, rieb meine harten Brustwarzen an seiner Haut.

»*Dios,* Maike.« Mat keuchte. »Ich kann nicht mehr warten.«

Er streifte sich ein Kondom über, packte mich ungestüm und setzte mich zielgenau auf seinen harten Schoß. In Zeitlupe ließ ich mich auf ihn gleiten, gab mir immer wieder ein paar

Sekunden, um mich an seine Größe zu gewöhnen, die mich schließlich ausfüllte und angenehm dehnte. Als ich seine ganze Länge in mich aufgenommen hatte und rittlings auf ihm saß, hielt ich kurz inne, um Mat in die Augen zu schauen.

»Maike«, hauchte er. »Was machst du nur mit mir?«

Mit der einen Hand zwirbelte er meinen Nippel, mit der anderen Hand massierte er meinen Po. Jetzt konnte ich es nicht mehr aushalten. Schneller und schneller bewegte ich mich auf ihm und neigte meinen Unterleib so, dass er mit seiner Spitze genau den Punkt stimulierte, der mich nur wenig später explodieren ließ. Mein Zucken brachte Mat ebenfalls dazu, sich keuchend und pulsierend in mir zu ergießen.

Fest umschlungen saßen wir einige Minuten in der Dunkelheit, lauschten dem Wind in den Palmen und genossen die Melodie des Meeres, bis wir wieder zu Atem gekommen waren.

»Ups«, sagte Mat dann. »Wir haben es noch nicht mal bis zu den Flitterwochen geschafft.«

***

Auf dem Weg zu unserer *luna de miel* im *casa particular* hatte Mat den Arm um mich gelegt und ich hatte mich an ihn geschmiegt. Auf dem durchgelegenen Bett hatten wir uns erneut geliebt und natürlich war keine der Matratzen auf den Boden gewandert. Jetzt kitzelte die Sonne meine Nase und das Knurren meines Magens übertönte das zarte Plätschern der Wellen. Zärtlich streichelte ich Mats Wange, der noch friedlich vor sich hin döste und nur langsam wach wurde.

»Hey, *princesa*, hast du etwa Hunger?«, fragte er, als mein Bauch diesmal lautere Geräusche von sich gab.

»Na klar, gestern gab es doch nur Luft und Liebe.«

Mat streckte sich und erneut bewunderte ich seinen straffen, trainierten Körper. »Du hast recht. Ich freu mich auch auf das Frühstück. Und auf den Tag mit dir.«

Nachdem er kurz nach unten geflitzt war, kam er mit einem Tablett voller Köstlichkeiten wieder, die er auf dem wackeligen Tisch unserer privaten Terrasse drapierte.

Es gab natürlich Café Cubano, den ich genießerisch in kleinen Schlucken trank. Dazu viel frisches Obst: Orangen, Bananen, Ananas, Kokosnuss.

Mat bestrich sich ein Stück Brot mit Mangogelee. »Wollen wir heute einfach blaumachen? Den ganzen Tag am Strand verbringen?«

»Bist du jetzt nicht der Rektor?«, fragte ich grinsend.

»Stimmt. Mist. Jetzt bin ich eine Weile der Chef. Zumindest, falls die uns den Laden nicht dichtmachen, weil ich nichts auf die Kette kriege. Wir müssen uns überlegen, wie wir den Typ finden, dem die Bruchbude gehört.«

Ich strich mir die Haare zurück, die der Karibikwind durcheinanderwirbelte. »Na, zum Glück bin ich ein riesiger Fan von Julia Leischik.«

»Wem?«

»In einer deutschen Fernsehsendung sucht Julia Leischik überall auf der Welt nach vermissten Personen.«

»Das klingt nach viel Herzschmerz.«

»Am Ende der Sendung bringt sie natürlich alle in einer groß angelegten emotionalen Zeremonie wieder zusammen. Und ich würde lügen, wenn ich sagen würde, dass ich nicht ab und zu auch ein Tränchen vergieße. Der Weg dahin ist allerdings oft aufregend.«

Mat schmierte sich ein weiteres Stück Brot mit Mangogelee und schaute mich interessiert an.

»Na, sie versucht auf alle möglichen Arten, den Menschen zu finden. Einwohnermeldeamt, alte Schulfreunde, Internet, über Familienmitglieder und so weiter. Und meistens streunt sie stundenlang durch die Stadt, findet die richtige Adresse nicht, klingelt an Hunderten von Türen, wird von bellenden Hunden erschreckt und sagt: ›Ich bin aus Deutschland und brauche Hilfe‹.«

Mat lachte. »Das klingt wirklich aufregend.«

»Der Running Gag am Ende ist natürlich, dass sie denjenigen findet und dann stolz in die Kamera sagt: ›Ich habe XY gefunden‹.«

»Das machen wir auch, wenn wir den Besitzer finden.«

Wir gaben uns ein High Five.

***

»Okay, also einen Briefkasten mit einem Namen gibt es schon mal nicht«, stellte ich fest, als wir eine Stunde später vor dem Lost Place standen. Das Haus war bei näherer Betrachtung doch relativ gut in Schuss, es gab immerhin noch Fenster und Türen, aber die Einrichtung und persönliche Gegenstände fehlten komplett, wie wir feststellten, als wir hineinlinsten, und die Natur holte sich bereits das Gebiet zurück. Pflanzen wuchsen in den Räumen und an manchen Stellen war das Dach eingefallen. In Havanna würden hier vermutlich dennoch Menschen wohnen, aber hier in Varadero schien die Wohnungsnot nicht so akut.

»Tja, hier gibt es keine Hinweise auf den Besitzer.«

Mat kratzte sich am Kopf. »Leider nein. Und beim Amt bekommen wir auch keine Auskunft.«

»Mist. Wie kommen wir hier nun weiter?«

»Wir sollten auf jeden Fall unsere Superpower nutzen.«

»Die kubanische Gelassenheit?«

»Die Gemeinschaft natürlich, von der Señora Sanchez beim Domino gesprochen hat.«

Ich deutete auf die Leute, die sich auf den benachbarten Grundstücken befanden. Manche saßen auf Stühlen und kraulten Katzen, die auf ihrem Schoß dösten, manche fegten den Bürgersteig, ein völlig aussichtsloses Unterfangen. Wieder andere beaufsichtigten Kinder, die auf der Straße versuchten zu dritt auf einem verbeulten Fahrrad zu fahren. Die Leute hatten eines gemeinsam: Sie beobachteten uns mehr oder minder verstohlen.

Zielsicher trat ich auf einen Herrn zu, der mit einer dicken Zigarre im Mundwinkel am Nachbarzaun stand und vor sich hin paffte. »*Disculpe, por favor, Señor.* Können Sie uns weiterhelfen? Können Sie uns sagen, wem das Grundstück da vorn gehört?«

Der Mann verengte skeptisch die Augen zu Schlitzen.

»Und wer seid ihr beide? Seid ihr von der Regierung?«

»*No,* wir arbeiten in Havanna und würden uns gern mit dem Besitzer des Hauses unterhalten.«

»*Yo tengo memoria de pez.* Ich habe überhaupt keine Ahnung.« Er hauchte mir eine große Wolke Zigarrenrauch ins Gesicht. »Leider. Woher bist du?«, fragte er mich.

»Aus Deutschland.«

»Oh, *Alemania,* super. Ich war damals in der DDR«, sagte er jetzt in gebrochenem Deutsch, schwenkte dann aber direkt auf Englisch zurück. »Trotzdem. Keine Ahnung.«

Jetzt nahm Mat seine Sonnenbrille ab und lehnte sich zu dem Mann an den Zaun. Sie sprachen so schnell auf Spanisch, dass ich kein Wort verstand. Zunächst war das Gespräch noch etwas unterkühlt, aber schnell änderte sich der Tonfall zwischen ihnen. Mat öffnete seinen Geldbeutel und zeigte ihm etwas darin, der Mann lachte und klopfte ihm auf die Schulter. Ich war völlig abgeschrieben. Nach zehn Minuten, in denen ich mir irgendwie blöd vorkam, winkte mich Mat zu sich und deutete auf den Mann, der ins Haus ging. »Komm mit rein, er hat ein Kistchen Zigarren. Originale Cohibas natürlich.« Er zwinkerte.

Wir machten es uns auf den flauschigen orangefarbenen Polstermöbeln gemütlich und der Herr präsentierte tatsächlich eine Holzschachtel mit Zigarren, die das Cohiba-Label trugen. Die beiden begutachteten die Ware und schließlich zündeten sie gemeinsam eine an. Mat paffte professionell daran und zog dann bewundernd die Augenbrauen nach oben. Die lobenden Worte schmeichelten dem Mann. Zusätzlich landeten Scheine auf dem Wohnzimmertisch und Mat zog die Zigarren zu sich heran. Daraufhin wechselten die beiden noch einige Worte und wir verließen sein Haus wieder.

»Und?«, fragte ich aufgeregt, während Mat seinen Einkauf wie selbstverständlich in meiner Handtasche verstaute.

»Und was?«

»Wissen wir jetzt, wem das Haus gehört?«

»Nein. Aber dafür haben wir jetzt staubtrockene Zigarren zu einem Wucherpreis erstanden.«

Ich starrte ihn an. »Wenigstens originale?«

»Natürlich nicht.«

Ich starrte ihn immer noch an und er lachte. »Na komm, wir gehen zu Pedro. Der weiß angeblich mehr. Mal schauen, wie viele Bestechungszigarren wir heute noch kaufen müssen ...«

***

Zwei Stunden später hatten wir uns quer durch das Viertel gefragt, diverse Schachteln mit Zigarren in der Tasche und laut Mat waren wir einen stolzen Betrag losgeworden. Auch hatten wir jeder vier Café Cubano getrunken, Trinkgelder bei ungefragten musikalischen Einlagen von Gruppen gezahlt, die seltsamerweise alle zufällig gerade geprobt hatten. Wir hatten drei Fotos von Mädchen bei ihrer *Quinceañera* bewundert und Mat hatte eine Partie Schach ziemlich schnell verloren – aus strategischen Gründen, wie er behauptet hatte. Zusätzlich hatten wir diversen Nippes *geschenkt bekommen* und natürlich auch dafür im Gegenzug Trinkgeld dagelassen: Miniatur-Rumba-Rasseln, auf denen »Varadero« stand, Kühlschrankmagnete und einen alten Strohhut. Da würde Marianne Augen machen.

Seufzend ließen wir uns an einem schattigen Fleckchen am Straßenrand nieder und schnauften durch.

»Wir sind keinen Schritt weitergekommen. Jetzt weiß ich, wie Julia Leischik sich immer fühlen muss.«

»Immerhin ist uns das mit dem Gebell erspart geblieben.«

»Immerhin das.«

»Tja, und nun?« Ich malte mit meinem Schuh Muster in den feinen Staub, der hier in Varadero viel heller war als in Havanna.

»Können wir heute Abend in der *casa particular* eine Party veranstalten und den ganzen Abend die Tanzfläche mit dem Zigarrenrauch einnebeln.«

»Wo müssen wir jetzt hin?«

»Zum Friseur des Viertels.«

»Pah, da hätten wir auch gleich selbst darauf kommen können. Wir haben schließlich auch einen Albertino bei uns in Havanna, der über alles Bescheid weiß.«

»Man lernt eben nur mit dem eigenen Kopf, sagt man bei uns in Kuba.«

»Jetzt hab ich aber echt Hunger.«

»Dann komm, zum Friseur können wir auch danach noch.«

Nach einer großen Portion Reis mit Bohnen gingen wir durch das Zentrum von Varadero.

»Ich hab irgendwie das Gefühl, dass die Leute hier anders ticken als in Havanna«, sagte ich nachdenklich. »Diese Gemeinschaft, von der unser Viertel immer redet, zielt hier nur darauf ab, uns möglichst viel im Zickzack hin und her zu schicken, damit jeder ein Stück von unserem Portemonnaie abbekommt, oder? Täusche ich mich?«

»Du hast recht. Hier in Varadero herrscht viel mehr Neid, mehr Kapitalismus. Hier gibt es sehr viele *casas particulares*, viel Angebot. Jeder versucht von den wohlhabenden Touristen zu profitieren. Wenn man mal überlegt, verdienen die Leute mit ihrem Gästezimmer mehr Geld als ein Polizist, Anwalt oder Arzt im Monat. Dazu bekommen sie oft noch die Sachen, die die Leute vor dem Abflug zurücklassen, die bei den Einheimischen sehr begehrt sind. Ab und zu fragen sie auch die Urlauber nach ihren Turnschuhen, Kleidung oder alten Handys. Sachen, die man hier ja alle nicht bekommt. Sie sehen viel mehr als die Leute in Havanna oder woanders auf dem Land, was sie in einer kapitalistischen Welt verpassen.«

Deprimiert nickte ich. Das war schon ziemlich blöd.

»Und schnell werden die Menschen gierig. Ihnen fällt auf, wie einfach es ist, die leichtgläubigen Leute abzuzocken. Aber das ist vermutlich nicht nur hier in Kuba so, dass der Tourismus die schlechten Seiten in den Menschen stärkt.«

»Alles hat Vor- und Nachteile. Manchmal stechen leider die Nachteile mehr hervor.«

Wir erreichten den kleinen Laden von Raúl, dem Albertino von Varadero. Drei Friseurstühle standen im ehemaligen Wohnzimmer und im Badezimmer wurden offensichtlich die Haare über der altherrschaftlichen Badewanne gewaschen. Kaum hatte ich den Raum betreten, wurde ich von einem jungen Herrn in weißem Kittel galant begrüßt: »Wenn es ein Verbrechen wäre, sexy zu sein, würdest du dein Leben im Gefängnis verbringen.«

Inzwischen waren die *piropos* ein völlig normaler Bestandteil des Small Talks. Wie schnell man sich an Dinge gewöhnen konnte.

»Einmal Waschen, Schneiden und Stylen für meine Freundin Maike hier«, sagte Mat laut und flüsterte mir dann ins Ohr. »Tu, was getan werden muss, und frag ihn aus. Und genieß es auch ein wenig. Der Verein zahlt.« Er grinste. »Notwendige Investitionen, um das Haus zu retten.« Danach machte er es sich auf einem der Sessel im Wartebereich bequem.

Wann war ich eigentlich das letzte Mal bei einem Friseur gewesen? Meine Spitzen hatte ich eigentlich seit Jahren selbst geschnitten und für Farbe hatte mir im Vergleich zu Sarah immer der Mut gefehlt.

»So, *Señorita*.« Raúl tauchte wie aus dem Nichts neben mir auf und inspizierte meine Friese. Er streifte mir mit den Fingern durch die hellbraunen Strähnen. »*Dios mío.* Da haben wir ja Arbeit vor uns.«

Huch. So schlimm? Ein bisschen beleidigt war ich schon, ließ es mir aber nicht anmerken. »Was kannst du daraus zaubern?«

»*Señorita,* ich kann nicht zaubern, denn Schönheit kommt von innen. Mein Job ist es, diese nach außen zu bringen. In manchen Fällen braucht es da nur einen kleinen Kick, einen minimalen Anstoß, eine marginale Unterstützung. Und in anderen Fällen ist es eben ein wenig mehr Mühe.« Er setzte den Kamm an, mit dem er während seines Monologes in die Luft gestochen hat, und waltete seines Amtes. Ich genoss es, wie er an mir herumzupfte und kleine Laute ausstieß, die zwischen Nachdenklichkeit und Zufriedenheit hin- und herschwankten. Er drehte den Stuhl, legte mir die Haare mal hierhin, mal dahin und lief auch des Öfteren um mich herum, um mich aus allen möglichen Winkeln zu betrachten. Nach ein paar Minuten wurden die Laute der Überzeugung lauter und er knallte den Kamm auf den Marmortisch.

»Das ist es. Ich habe die Lösung gefunden.« Zufrieden nickte er. »Es ist Farbe nötig. Ist in Ordnung, oder?«

»Du hast freie Hand, Raúl«, sagte ich.

Während der nächsten Stunde werkelte er fröhlich kubanische Songs schmetternd vor sich hin. Mat las eifrig spanische Frauenzeitschriften, die vor zwei Jahren von der Schwägerin von Raúls damaligem Assistenten eingeschmuggelt worden waren, wie er stolz betonte, und ich gab mich ganz dem Gefühl hin, dass sich alles gerade um mich drehte. Ich stand im Mittelpunkt. Das war ungewohnt, aber gar nicht so schlimm, stellte ich fest. So war es also Sarah jahrelang gegangen und vermutlich ging es ihr jetzt in Australien immer noch so. Mit Jake, ihrem Surferboy, der verhinderte, dass wir gemeinsam

Mädelsabende machen und uns mit ihren Freunden auf der Domplatte auf ein Kölsch treffen konnten. Ob sie mich wirklich nicht vermisste? So gar nicht? Immerhin verband ich die schönsten Erinnerungen mit ihr. Na ja. Seit knapp einer Woche stimmte das nicht mehr so ganz. Unser Partyabend im Club war toll gewesen, die Fahrt im pinkfarbenen Cabrio am Malecón entlang. Das Spielen mit Stina und den Kids, das Kochen mit der Crew, die Abende im *cielo*. Und natürlich alles, was mit Mat zu tun hatte.

Als ob Mat meine Gedanken gelesen hätte, blickte er auf und sah mich durch den großen Spiegel an. Zärtlichkeit sprach aus seinen Augen. Plötzlich grinste er und prustete vor Lachen. Komisch. Warum nur? Ich prüfte meine Haare und riss die Augen auf. Ich hatte nicht wirklich eine blaue und eine pinkfarbene Strähne?

Ich fasste mir in die Haare und zog die Partie nach vorne. Tatsache. Der Spiegel hatte nicht gelogen. Ich hatte eine blaue und eine pinkfarbene Strähne! Was zum Teufel?!

»Raúl?« Nur mit größtmöglicher Selbstbeherrschung hatte ich nicht geschrien.

»*Si, hermosa.*«

»Das ist wirklich, es *realmente ... fantastico*. Genau. *Fantastico*. Wirklich. Also ...« Mist. Wie bekam ich jetzt die Kurve? »Also, Raúl, vermutlich fahren alle in Varadero auf deine Kreationen und deinen feinen Spürsinn in Bezug auf Frisuren ab, oder?«

»*Si.*« Er strahlte bis über beide Ohren.

»Da kennst du bestimmt echt jeden hier, oder?«

»So ziemlich jeden. Ach was, *si,* ich denke jeden.«

»Als Friseur bekommt man auch alles mit, oder?«

»Vor mir gibt es keine Geheimnisse.«

»Dann weißt du bestimmt auch schon das mit … Schatz, wie heißt noch mal der freundliche *Señor,* bei dem wir vorhin die Cohibas gekauft haben?«

Mat sah kurz auf und rief: »Hernán Cortez!«, und vertiefte sich wieder in die Zeitschrift, aus der Raúl sich sicher die freche Frisur abgeschaut hatte.

»Also der Hernán, den kennst du ja.«

»*Claro.*«

Ich senkte vertraulich meine Stimme. »Der Hernán hat jedenfalls von seinem Nachbarn erzählt.«

»Oh, toll, was macht José? Geht's ihm wieder besser? Der hat sich doch letzte Woche den Fuß angehauen in der Werkstatt vom Miguel.«

»Nee, nicht der Nachbar.«

»Ein anderer? Du meinst Esteban mit dem verfallenen Haus? Hernán kennt ihn doch gar nicht. Der wohnt doch seit vierzig Jahren in Florida, wo er eine Firma leitet, und die Mutter hat er zur Schwester abgeschoben, nachdem der Hurrikan das Haus zerstört hat.« Mit vernichtendem Blick schüttelte er den Kopf. »Und der kommt doch nur alle paar Jahre mal vorbei. Stimmt, jetzt wo du es sagst. Die Tage habe ich von meiner Schwägerin, die in einer Hotelküche arbeitet, gehört, dass er gerade wegen dem Verkauf seines Grundstücks da ist. Der residiert ja immer im Fünf-Sterne-Hotelkomplex ganz im Norden von Varadero, ein normales *casa particular* ist ihm zu einfach. Das Hotel ist noch hinter der Delfinstation. Wart ihr da schon mal?«

»Nein.«

»Ist teuer.« Raúl winkte ab. »Macht es nicht. Ist auch nicht mit dem Tierwohl vereinbar. Meiner Ansicht nach jedenfalls.«

Er lupfte meinen Frisierumhang und ich war offiziell entlassen. Mat zahlte und gab großzügig Trinkgeld, sodass Raúl gar nicht auffiel, dass ich ihm letztendlich nicht erzählt hatte, was Hernán angeblich von Esteban erzählt hatte.

Vor der Tür krümmte sich Mat fast vor Lachen, als er an meiner pinkfarbenen und blauen Strähne zupfte. Ich schüttelte nur den Kopf.

»Aber wir wissen jetzt, wie der Besitzer heißt und wo wir ihn finden können. Du hast ihn ja wie ein Verhörprofi auf das Thema gelenkt. Das war echt super!«

***

Na super. Ich hatte eine freche Frisur. Wie damals meine Kunstlehrerin Frau Strack. Andererseits, sooo schlimm war das auch nicht. Dann hatte ich eben buntes Haar. Wen juckte es? Ich musste ja nicht mehr zu meinem Automobilkonzern ins Büro, wo die Belegschaft an die Männer in Grau von Momo erinnerte. Die ganze Autofahrt in Richtung Hotelkomplex am nördlichsten Ende von Varadero hatte ich schon an meinen ziemlich glatten und etwas kürzeren Haaren gezwirbelt. Bestimmt würde die Farbe den Kindern in Havanna gefallen.

»Meinst du, das ist permanent?«, fragte Mat, der wieder seine Sonnenbrille trug und gemächlich über die Hauptstraße Varaderos gondelte und dabei vorsichtig Kutschen und Coco-Taxis überholte.

»Keine Ahnung, hab ich total vergessen, Raúl zu fragen. Aber egal. Warten wir es einfach ab.«

»Hui, da hast du dich schon total an die kubanische Gelassenheit angepasst.«

»Nach dem ersten Schock, ja. Jetzt denke ich, ich kann es eh nicht ändern.«
»Du könntest sie einfach abschneiden.«
»Das wäre doch eine ziemlich drastische Maßnahme.«
»Und drastische Maßnahmen sehen dir ja gar nicht ähnlich.«
»Außer der ziemlich spontanen Entscheidung, für ein paar Monate eine Auszeit zu nehmen und nach Kuba zu kommen, stimmt das. Eigentlich war ich immer eher der Mensch, der alles zerdenkt und ewig nachgrübelt. Erst hier habe ich gelernt loszulassen.«
»Das klingt, als wärst du schon Monate hier.«
»Fühlt sich auch so an, ehrlich gesagt.«
»Auch das mit uns, oder?« Mat parkte den pinkfarbenen Oldtimer auf einem größeren Parkplatz vor einem Hotel. Wir stiegen aus und gingen im Schatten von einer Unmenge an Palmen in Richtung Lobby.
»Ja. Es ist so viel passiert … obwohl ich das eigentlich nie wollte.«
»Ich hab auch immer gedacht, es wäre total abwegig, dass ich mich verliebe.«
Abrupt blieb ich stehen. Hatte ich also doch recht gehabt mit meiner Vermutung. Verliebt. Das Abstruseste, was ich von Mat vor einer Woche noch erwartet hätte, war eingetreten. Aber ging das wirklich so schnell? Verliebt zu sein? Ja, wir verstanden uns und ich mochte es, bei ihm zu sein, mit ihm zu lachen. Wenn wir uns ansahen, dann hatten wir diese Connection. In der *STE* waren wir ständig irgendwie nur im Doppelpack unterwegs. Auch die anderen Leute im Team behandelten uns schon seit Tagen, als wären wir ein Paar. Dabei … wusste ich gar nicht, wie das gehen sollte.

Immerhin würde ich nicht bleiben. In ein paar Monaten würde ich wieder abreisen. In mein altes Leben zurückkehren. An meinen Arbeitsplatz, wo ich die bunten Haare definitiv überfärben musste, falls sie sich bis dahin noch nicht ausgewaschen hatten. Wo ich wieder meinen Job in der Logistik-Abteilung zurückbekam. Und wo ich endlich wieder mit Oma Marianne Milchreis und Reibekuchen essen konnte. Und sonntags die Domglocken läuten hörte. Alles würde wunderbar sein, wenn auch ohne Sarah. Aber bis dahin würde ich das definitiv überwunden haben und als neuer Mensch zurückgekehrt sein. Mit einem Koffer voller Nippes, einem neuen Strohhut und einer Unmenge an wilden, verrückten Erinnerungen. Und vermutlich Liebeskummer.

Ich hatte mich in eine ganz schöne Zwickmühle manövriert.

Hätte ich mir ja auch schon mal Gedanken darüber machen können, bevor ich Mat geküsst hatte. Oder mit ihm geschlafen hatte.

Aber dann hätte ich diese wunderbaren Ereignisse einfach verpasst. Und die wollte ich wirklich nicht missen. Ich wollte sogar mehr davon, wollte jede Sekunde genießen, die ich mit ihm haben konnte. Bis unsere Zeit abgelaufen war.

Mat stellte sich ganz nah vor mich und nahm mich an den Händen. »War das zu direkt? Tut mir leid, *linda,* ich wollte dich nicht überfordern. Gefühle ... Hätte ich auch nicht gedacht, dass ich jemals welche haben könnte. Ist ja vielleicht nur Irrtum. Oder Anflug von Sentimentalität im Alter.«

Widerwillig lachte ich. »Du bist doch erst dreißig.«

»Genau. Ein Alter, in dem viele schon Familien haben oder zumindest gerade gründen.«

»Ich bin gern bei dir. Ich mag dich. Fast einen Tick lieber als Lana. Nein, warte, so sehr auch wieder nicht. Hm ... vielleicht ungefähr gleich sehr wie Lana.«

Das Necken lockerte definitiv die Ernsthaftigkeit in unserer Stimmung, die sich schwer über uns gelegt hatte.

»Maike.« Mat lächelte sanft und strich mir die blaue Strähne hinters Ohr. »Lass uns doch einfach nur genießen und schauen, wohin das führt. Keiner weiß, wie es in einem Monat oder in einem halben Jahr aussieht. Warum jetzt schon den Kopf zerbrechen? Du bist gerade erst angekommen. Kopf aus, Herz an.«

»Kopf aus, Herz an«, wiederholte ich. Eine ziemlich gute Idee. Ich würde mit der kubanischen Gelassenheit alles auf mich zukommen lassen. Liebeskummer war das Problem der Zukunfts-Maike, für den Fall, dass wir uns bis zu meiner Abreise überhaupt noch mochten.

Ich nickte und wir nahmen uns in den Arm, hielten uns und spürten unserer Atmung nach. Ich sog seinen Geruch nach Minze und Oldtimer-Leder tief ein und nahm mir vor, diesen Moment nie zu vergessen.

»Na komm«, sagte Mat schließlich und führte mich an der Hand in die Lobby des Fünfsternehotels, das ein völlig anderes Flair ausstrahlte als Havanna. Hier könnte man sich überall befinden, wenn man nicht wusste, wo man war. Vermutlich versprühte jedes Hotel in der ganzen Karibik den gleichen Charme.

Wir setzten uns auf eines der eleganten, modernen Sofas und loggten uns ins Hotel-WLAN ein, um herauszufinden, wie Esteban mit Nachnamen hieß. Schon wieder kam ich mir vor wie Julia Leischik. Fleißig suchten wir nach Estebans in

Florida, die eine Firma leiteten. Leider hatten wir keine Ahnung, wie er aussah. Nach einer halben Stunde hatten wir eine Liste zusammengestellt, die sechs Herren umfasste. Mit viel Glück war einer davon der gesuchte.

»Moment mal«, sagte Mat und tippte auf das Papier, das wir uns zum Notieren von der Rezeption geholt hatten. »Wenn es stimmt, was Raúl sagt, dann können wir den Hipster da rausnehmen, der ein Start-up leitet. Der ist viel zu jung.«

»Dann sind es nur noch fünf.«

»Was machen wir nun? Mit den fünf Nachnamen an der Rezeption nachfragen?«

»Dürfen sie uns denn was dazu sagen? Was ist mit Datenschutz?«

Mat lachte. »So etwas gibt es vielleicht in Deutschland. Aber selbst da bekommst du bestimmt auch Informationen, wenn du einen Schein auf den Tresen legst.«

»Na gut. Dann ist das wohl unser Weg, oder?«

Nicht einmal fünf Minuten brauchte Mat, um mit einem Grinsen auf dem Gesicht wiederzukommen. »Ich habe Esteban gefunden«, sagte er pathetisch und wir gaben uns ein High Five.

»Der wohnt in Zimmer 405, also im obersten Stock. Klar, der ist ja auch immerhin …« Mat schaute auf die Liste. »… der Gründer und Geschäftsführer einer mittelständischen Firma.«

»Bist du auch ein bisschen aufgeregt?«, fragte ich Mat im Aufzug.

»Klar. Wenn er uns sein Haus nicht gibt, dann haben wir echt ein Problem. Nirgendwo anders bekommen wir so viel Material in so kurzer Zeit.«

Als wir an die Zimmertür klopften, drückte Mat meine Hand ganz fest.

»*Hey, guys.*« Der Typ, der uns öffnete, sah definitiv eher wie ein Amerikaner aus als wie ein Kubaner. Er trug ein Basecap, ein Shirt mit dem Vereinsnamen einer Footballmannschaft und hatte einen Humpen Bier in der Hand.

So viel Klischee auf einen Schlag, dachte ich und schalt mich gleichzeitig dafür, so in Schubladen zu denken.

Wir erklärten dem Herrn ganz kurz, dass es um sein Grundstück in Varadero ging, und er begleitete uns an die Hotelbar, an der wir gemeinsam etwas tranken und uns in Ruhe austauschten. Wie sich herausstellte, war er tatsächlich der richtige Esteban, der jedoch in seinem Alltag in den USA, wo er seit vierzig Jahren wohnte, den Spitznamen Steven erhalten hatte und das auch hier bevorzugte. Auf Englisch erzählte er, dass er nur nach Kuba kam, wenn er etwas erledigen musste oder seine Mutter Geburtstag hatte.

»*Let me guess.* Ihr seid frisch verheiratet und wollt euch in Varadero niederlassen.« Steven stieß mit uns an. »Vermutlich nur ein Wochenendhaus, oder? In Havanna gibt es immerhin internationale Schulen, wenn das mal aktuell wird bei euch.«

Internationale Schulen? Familie? Hochzeit? Davon waren wir so weit entfernt, wie man nur sein konnte. Wir kannten uns seit einer Woche und außerdem würde ich niemals hierbleiben. Auswandern kam so was von gar nicht infrage. Aber das musste ich dem familienverbundenen Esteban beziehungsweise Steven ja nicht auf die Nase binden. In der Uni hatte ich das Fach »Internationale Verhandlungen« mit Bravour bestanden. Und auch schon aus Raúl hatte ich die Infos herausgekitzelt, die wir gebraucht hatten. Ich würde auf jeden Fall Esteban das Gefühl geben, das ihm half, uns zu helfen. Und allen Leuten in der *STE.* Ich nahm Mats Hand und verflocht unsere Finger. Zusätzlich warf ich ihm einen ultimativ schmalzigen Blick zu.

»Genau. Mein Herz ist in Havanna. Dort leben wir gerade und arbeiten in einer Hilfsorganisation. So lange wir keine eigenen Kinder haben, helfen wir denen in unserem Viertel, und wenn ich dort mit den älteren Herrschaften Domino spiele, denke ich immer fest an meine Oma Marianne in Deutschland. Es ist so schlimm, wenn man nicht beieinander sein kann.« War alles nicht gelogen. Ich vermisste sie wirklich und würde ihr auf jeden Fall gleich aus dem Hotel-WLAN noch eine Nachricht schicken, vielleicht sogar ein Selfie von mir.

»*You say it.* Geht mir auch so. Mir fehlt meine Mutter auch jeden Tag, wenn ich in Miami bin. Aber was soll ich machen? Ich habe da meine Frau und Kinder und meine Mutter darf und will nicht in die USA. Sie will eigentlich nach Havanna zurück, wo sie aufgewachsen ist. Sie möchte in Jugenderinnerungen schwelgen.«

Mat und ich nicken im Gleichtakt. »Havanna hat einfach seinen ganz eigenen Charme. Das verstehen wir sehr gut. Die Vibes sind unvergleichlich.«

»Vor sechzig Jahren ist sie für meinen Vater nach Varadero gezogen. Ach ja, die Liebe lässt einen manchmal die Wurzeln zurücklassen. Aber wem sag ich das, du weißt ja, wie das ist.« Er prostete mir nochmals zu. »Jedenfalls jetzt … wo das Haus zerstört ist, konnte sie nur zu meiner Schwester. Und die wohnt bei der Familie ihres Mannes. Dabei liegt Mama mir bei jedem Telefonat in den Ohren, dass sie in die Hauptstadt zurückwill. Aber da haben wir niemanden, der sich um sie kümmern könnte. «

»Und ein Altenheim in Havanna? Wäre das nicht eine Lösung?«

»Leisten könnte ich es mir. Aber ich vertraue niemandem so richtig und denke, sie wird dann vereinsamen. Sie kennt doch dort niemanden mehr. Sie hat da seit sechzig Jahren nicht mehr gewohnt. Ihre Jugendfreunde haben sie sicher vergessen oder sind bereits von uns gegangen. In einem Heim sind außerdem die Plätze so begehrt, dass wir sicher nichts bekommen würden.«

»Also in dem *hogar de ancianos* gegenüber unseres Vereins sind ab und zu mal Plätze frei.« Mat schaute mich an. »Wir könnten ja einfach mal Augen und Ohren offen halten.

»Und vereinsamen würde sie sicher nicht, wenn sie zu uns in die Kurse kommt. Wir haben fast täglich Angebote, dass die Leute auch mal raus und unter Menschen kommen.«

»Ach, das klingt ja *really cool*. Wenn ihr das machen könntet, das wäre ja echt super. Danke euch für das Angebot.«

Mat und ich lächelten uns an. Wir waren auf einem guten Weg und hatten da möglicherweise den Hebel gefunden, den wir brauchten.

»*Okay, guys.* Ich gebe euch meine Nummer und wenn sich die Möglichkeit bietet, dann sagt mir Bescheid.«

Mat nahm die Karte.

»Schade, mein Grundstück habe ich allerdings schon verkauft. Da seid ihr ein wenig zu spät. Müsst euch ein anderes für euer Wochenendhäuschen suchen.«

»Ehrlich gesagt, hatten wir das gar nicht im Sinn«, sagte ich und nahm einen Schluck meines eiskalten, aber sehr süßen Mojitos. »Die *casita,* in dem sich die Hilfsorganisation befindet, ist leider nicht hurrikansicher. Wenn beim nächsten stärkeren Sturm die Straßen überflutet werden und wir alle in die oberen Stockwerke müssten, wäre zu wenig Platz und es wäre zu gefährlich, denn das ganze Dach plus Dachgeschoss würde uns um die Ohren knallen. Du kennst es ja, alles ist marode.«

Steven nickte verständnisvoll. »War mit meinem Elternhaus ja auch so.«

»Genau. Wir haben gehört, du möchtest es abreißen?«

»*Yes.* Die Regierung hat nur das Grundstück gekauft, möchte aber nichts mit der Ruine zu tun haben. Deshalb versuche ich gerade, einen Abrisstrupp zu organisieren, um das ganze Baumaterial zu verkaufen. So was ist ja hier in Kuba Gold wert.«

»Da hast du recht.«

Plötzlich haute er sich mit der Hand auf den Oberschenkel. »Jetzt verstehe ich es. Ihr wollt mich nach dem Haus fragen, oder? Deshalb seid ihr zu mir gekommen?«

»Genau, das stimmt.«

Vorsichtig scannte ich Stevens Gesicht. Wie unsere Chancen wohl standen?

»Leute, ich denke, wir haben hier einen Win-win-Deal. Wisst ihr, ich mag euch. Ihr seid *so in love* und sympathisch. Unter der Bedingung, dass ihr euch um meine Mutter kümmert, einen Platz besorgt und sie in die Gemeinschaft integriert, würde ich euch das Haus geben. Na, was sagt ihr?«

Mat und ich sahen uns mit großen Augen an. »Das wäre für deine Mutter sogar doppelt genial, weil sie dann irgendwie unter ihrem eigenen Dach bleiben würde.«

Steven lachte aus voller Kehle. »*Exactly.*«

Auf dem Weg zum Parkplatz zückte ich mein Handy, um Marianne ein glückliches Foto von mir zu schicken. Immerhin hatten wir gerade, wenn alles gut lief, die Zukunft der *STE* und damit auch Mats Karriere gerettet. In dem Moment, als ich den Auslöser der Kamera in WhatsApp drückte, stieß Mat einen Jubelschrei aus. Schnell steckte ich das Handy weg und fiel ihm um den Hals.

»Jetzt bin wohl ich gefragt«, sagte ich auf dem Weg zum Parkplatz und zerbrach mir den Kopf, wie man ein ganzes Haus hundertfünfzig Kilometer transportierte.

***

»Mein Onkel hat einen Transporter.«

»Der Nachbar meines Bruders auch. Der würde uns den sicher leihen.«

»Und ich frage auch mal herum.«

Die Helfenden überschlugen sich. Jeder, der heute beim dienstäglichen Mittagessen dabei war, beteiligte sich an der Planung und zwischen Kartoffelschälen, Reiben und Braten machte ich mir Notizen mit den Kontakten.

»Na, du.« Mat war hinter mir aufgetaucht und legte einen Arm um mich. »Wie läuft's hier?«

»Super, wir sind bald fertig, dann gibt's Essen. Und ich habe schon wieder zwei Lkws auftreiben können. Das heißt, das könnte mit den anderen vier logistisch jetzt machbar sein. Ich stelle später mit Huan einen Plan auf, welcher Wagen was genau abtransportieren wird. Ich muss auch klären, wie lange es dauert, bis man das Haus Stück für Stück abgetragen hat.«

»Du machst das schon.«

»Und wie läuft's bei dir da oben im Elfenbeinturm der Verwaltung?«

Mat grinste und stibitzte sich den ersten fertigen Kartoffelpuffer vom Teller. »Sehr gut. Ich habe heute zwei Bewerbungen bekommen von jungen Leuten, die helfen wollen.«

»Ach toll, woher?«

»Aus Spanien und aus Frankreich.«

Dominga trat neben uns. »Na, und welche Haarfarben haben die jungen Frauen?«

Mat blickte sie erstaunt an. »Keine Ahnung. Ich hab nur kurz den Lebenslauf überflogen.«

»Das heißt, du holst die dann nicht vom Flughafen ab, wenn es so weit ist?«

»Das ist doch gar nicht mein Aufgabengebiet. Ich denke, ich schick Livio, oder wenn du möchtest, kannst du sie dann auch gern holen. Ich weiß ehrlich gesagt noch gar nicht, ob wir sie überhaupt nehmen und sie menschlich zu uns passen.« Mat mopste sich einen zweiten Reibekuchen, der gerade fertig geworden war und Dominga gab ihm einen kleinen Hieb mit dem Pfannenwender auf die Finger. »Hey! Aua!«

»Nicht so gierig! Wir essen alle zusammen.«

»Aber die sind unglaublich lecker!«

»Du musst dich nur noch kurz gedulden.« Ich schaute auf die Uhr und gab Dominga ein Zeichen. »Komm, wir müssen los.«

Zu dritt gingen wir in den Flur und hinter einer Säule gab ich Mat schnell einen Kuss, während Dominga schon ein paar Schritte vorausging. »Bis gleich beim Essen, Schätzelein.«

»*Hasta luego, mi amor.*« Mit einem seligen Lächeln verschwand er nach oben in Richtung Büro. Ich kniff die Augen zusammen. Bei der guten Laune hatte er sicher noch einen Happs Essen mitgehen lassen.

Als ich neben Dominga auf die Straße trat, sah sie mich lächelnd an. »Junge Liebe.«

Jetzt musste auch ich grinsen, ohne etwas dagegen tun zu können.

»Noch nie hat er ausgeschlagen, eine Helferin vom Flughafen abzuholen.«

»Tja, es gibt für alles ein erstes Mal.«

»Apropos …«

»Nee, nee«, fiel ich ihr ins Wort. »Das ist privat.« Tatsächlich hatte ich immer in seinem Zimmer übernachtet, seit wir aus Varadero zurückgekommen waren. Und er schlief tatsächlich mit nacktem Oberkörper, wie ich es mir in den ersten Nächten ausgemalt hatte.

»Hey«, protestierte sie und boxte mich. »Ich dachte, wir sind Freundinnen.«

Spontan nahm ich sie in den Arm und wir drückten uns fest. »Und wie geht es dir mit Mauricio?«

»Wer hätte gedacht, dass ich noch mal jemanden finde. Wenn ich meiner *abuela* glauben darf, hab ich den Zenit schon überschritten.«

Kopfschüttelnd überquerten wir die Straße, wobei wir Coco-Taxis und Frauen mit Wäscheeimern ausweichen mussten. »Wo tragen die ihre Klamotten denn hin?« Neugierig schaute ich den fülligen mittelalten Damen hinterher, die total klischeehaft Zigarren im Mundwinkel und bunte Tücher um den Kopf gebunden hatten.

»Na, die haben ihre Wäsche bei einer Nachbarin gewaschen. Sie ist die Einzige, die in dieser Straße noch eine funktionierende Maschine hat. Und die ist noch aus der DDR. Hat ihr Mann damals mitgebracht. Zwar ist die schon ziemlich verrostet und macht manchmal braune Flecken auf die Laken und Shirts, aber besser als mit Hand zu waschen, oder? Außerdem plaudern die Frauen in der Zeit gern mal und trinken einen Café Cubano.«

Wir gingen durch die Eingangstür des Altenheims, in dem einige Herrschaften wohnten, die öfter zu uns zu den Kursen herüberkamen. Dominga kenne die Leiterin gut, hatte sie gesagt.

»Linda!«, rief sie jetzt und begrüßte eine Dame herzlich, die den Bewohnern in einem Speisesaal mit hoher Decke dampfende Teller reichte.

»Ach, Dominga, wie schön, dass ihr hier seid. Ich weiß, wir haben einen Termin. Gebt mir noch ein, zwei Minuten, okay? Geht doch gern schon in den Innenhof. Da haben wir ein paar Sitzgelegenheiten.«

Wir nahmen draußen an einem Tisch Platz und eine Mitarbeiterin von Linda brachte uns je ein Glas mit ein wenig brauner Flüssigkeit. Ich schnupperte. »Ist das Rum?«

»Wasser ist gerade knapp. Und der *pipa*, der Tankwagen, ist noch nicht gekommen. Wahrscheinlich wegen Benzinmangel.«

Ich nippte nur, bedankte mich aber freundlich. »Sag mal, aber warum haben wir denn Wasser bei uns drüben?«

»Ich denke, wir haben größere Tanks für Reserven. Das heißt, dass es vermutlich gerade in den staatlichen Läden auch kein Wasser gibt. Und in den Dollarläden ist alles total überteuert, das kann sich hier keiner leisten.«

Dass das Embargo zu dauerhaftem Mangel führte, sah ich hier täglich. Aber dass die Hitzewelle die Situation verschärfte, schockierte mich. Immerhin bereiteten wir uns zusätzlich noch auf eine Naturkatastrophe vor. Von was blieb Kubas Volk denn verschont?

»*No es facil*«, sagte Dominga. »Aber man muss immer weitermachen. Nicht unterkriegen lassen. Jetzt brauchen wir erst mal dringend einen Platz für die Mutter von Steven.«

Wie aufs Stichwort tauchte Linda auf und setzte sich zu uns.

Die Falten, die sich in ihre dunkle Haut gegraben hatten, zeugten vom täglichen Kampf für ihre Schützlinge, den Rieke vermutlich nur zu gut kannte und Mat auch noch würde aufnehmen müssen. Das Leben war wirklich kein Zuckerschlecken. Wie gut wir es doch bei uns hatten. Und doch ständig am Meckern waren. Sogar in Köln, der Hochburg der guten Laune, wurde stets gegrummelt. Über Nichtigkeiten im Vergleich zu hier.

Wahnsinn, dass die Leute trotzdem so lebensfroh waren. Mein Herz war plötzlich gefüllt mit einer Melancholie und gleichzeitig tiefen Bewunderung für Linda und alle Leute in Havanna. Wenn ich nicht aufpasste, würde ich vielleicht doch nie wieder zurückkehren. Wie Sarah. Vor Schreck über meinen eigenen Gedanken nahm ich einen großen Schluck Rum und musste prompt husten.

»Alles okay, *niña?*« Linda streichelte mir über den Rücken und sah mich besorgt an.

»*Si,* alles okay, danke, Linda.« Ich lächelte tapfer und versuchte plötzliche Tränen zurückzuhalten. Wenn wir mit unserem Anliegen Erfolg hätten, würden wir ihr noch mehr Arbeit machen, als sie ohnehin schon hatte.

»Wir haben da einen Anschlag auf dich vor«, sagte Dominga. »Es gibt eine ältere Dame, die einen Wohnort in Havanna sucht.«

»Ich sehe schon, wohin das führt.« Linda strich sich die Haare aus der Stirn und seufzte. »Aber was soll ich sagen, Mädchen? Ihr wisst ja, wie es ist. Es gibt immer noch irgendwo ein Eckchen Platz und jeder, der hier bei uns ist, bereichert unsere Gemeinschaft. Also, wann kommt sie?«

Das war leichter gewesen als erwartet. Eigentlich waren Mat und ich davon ausgegangen, dass wir Wochen oder sogar

Monate auf einen Platz warten mussten. Dass es sofort losgehen konnte, war ein absoluter Glücksfall. »Das ... das ist ja der Hammer. Meinst du das wirklich ernst?«

»Na klar. Ich hab schon ein Zimmer im Kopf, das wir noch ein wenig umräumen können, dann ist es auch gemütlich. Nehmt's mir nicht übel, ich muss weiter. Aktuell sind viele Mitarbeiterinnen unterwegs, um für Lebensmittel anzustehen, deswegen bin ich gerade allein hier.«

Wir sahen uns an und uns war klar, was das bedeutete. »Ich geh schnell hinüber und sage Bescheid, dass wir den Nachmittag hier aushelfen. Und ich bringe Wasser mit.«

»Aber bring mir bitte einen von deinen *papas* mit, den Kartoffeldingern. Ich möchte gern auch etwas aus deiner Kultur probieren.«

Kapitel 28

Mat

Es klopfte und mit Maike zog ein leckerer Essensduft in mein Büro.

»Na, so was. Bedienst du mich jetzt schon?«

»Das hättest du wohl gern, was?« Ein süffisantes Grinsen legte sich auf Maikes Gesicht und sie biss genießerisch vom Kartoffelgericht ab, das sie auf einem Teller hereinbalanciert hatte.

Es krachte kross, als sie einen weiteren Bissen nahm.

»Hey, bist du hergekommen, um mir etwas vorzumampfen?«

Neckisch funkelten ihre Augen. »Wenn man etwas abhaben will, darf man eben nicht so frech sein.«

»Oder …« Schnell sprang ich von meinem Sessel auf. »Oder ich muss mir einfach holen, was ich haben will.« Ich kitzelte sie im Nacken, einer ihrer empfindlichsten Stellen, wie ich seit der Nacht in Varadero wusste, und sie quiekte auf. In dem Moment schnappte ich mir den Teller und flüchtete hinter den Schreibtisch. Sie rannte mir hinterher und ich verschanzte mich mit dem Gesicht zur Wand in einer Zimmerecke. Gierig brach ich ein Stück des knusprig braunen Puffers ab und stopfte es mir in den Mund.

»Du fieser Dieb!« Arme schlangen sich von hinten um mich und versuchten mir meine Beute wieder abzuluchsen, aber ich presste die Ellenbogen an meinen Körper und klemmte sie dadurch ein. Statt zu versuchen, sich zu befreien, wanderten ihre Finger flink unter mein Shirt, strichten und kratzten leicht über mein Sixpack und aktivierten so ganz andere Muskeln. Ein leises Stöhnen entfuhr mir. »Das sind unfaire Methoden.«

»Mit denen du angefangen hast, mein Lieber.«

»Die will ich bitte erst heute Abend vertiefen.« Ich hob die Arme mitsamt dem Teller, um mich zu ergeben, und drehte mich um. Ihr Lächeln war so zauberhaft und als sie sich an mich schmiegte, musste ich sie einfach fest in den Arm nehmen und ihr einen Kuss auf den Scheitel geben. Danach aß ich schnell weiter, weil es mir so gut schmeckte.

»Was wolltest du denn eigentlich bei mir?«, fragte ich zwischen zwei Bissen und sie löste sich von mir. »Ich weiß doch, dass du mich nicht nur füttern wolltest.«

»Gute Nachrichten. Wir haben einen Platz im Altersheim bei Linda bekommen.« Das Strahlen breitete sich über ihr ganzes Gesicht aus und sie gab mir ein High Five. »Ich wollte dir Bescheid geben, dass du Steven anrufen kannst. Außerdem wollte ich kurz abstimmen, dass Dominga und ich heute Nachmittag drüben aushelfen. Die haben gerade kein Leitungswasser und Personalmangel, weil alle für Lebensmittel Schlange stehen. Für den Fall, dass etwas in die staatlichen Läden kommt.«

»*La cola fantasma,* so wird das hier genannt. Für alle Fälle mal anstellen, aber meistens umsonst. Okay, klar. Macht das natürlich gern. Und ich ruf Steven an.«

Nachdem Maike gegangen war, rief ich Steven an und informierte ihn, dass seine Mutter bald nach Havanna kommen konnte, um ihre vergangene Jugend wieder aufleben zu lassen.

»Das sind echt *good news*«, sagte er. »Unglücklicherweise bin ich schon abgereist. Aber ich werde jemanden finden, der *mamita* zu euch bringen kann. Trinidad ist ja nun nicht so weit. Vielleicht kann sie einfach den öffentlichen Bus nehmen?«

Ich schüttelte den Kopf, obwohl Steven das nicht sehen konnte. Das wäre doch purer Wahnsinn, eine alte Dame über dreihundert Kilometer allein quer durch Kuba gondeln zu lassen. Nicht weit ... Steven hatte wohl in den USA das Gefühl für Entfernungen verloren. Mit den Öffentlichen konnte das gut und gern sieben Stunden oder mehr dauern, bis seine Mutter hier eintreffen würde. Manchmal musste man allerdings stundenlang in der Hitze warten, bis der Bus endlich kam. Falls überhaupt. Bei Benzinknappheit blieb der manchmal auch einfach zwischendurch irgendwo liegen und man musste per Anhalter weiterfahren. Das konnte man ihr sicher nicht zumuten. Ich jedenfalls würde das meine Mutter nicht tun lassen. Ich war selbst oft genug den Weg gefahren, immerhin stammte ich aus Trinidad, auch wenn mich aktuell rein gar nichts mehr dorthin zog. Trotzdem war es eine wunderschöne Stadt und einen Besuch wert. Für Maike auf jeden Fall. Aber eigentlich wollte ich nicht hin. Dann würde ich meinen Vater besuchen müssen. Wollte ich nicht. Aber ich könnte Maike zeigen, wo ich aufgewachsen war, und das würde uns bestimmt zusammenschweißen. Aber es würde mich auch wieder total aufwühlen. O Mann! Was sollte ich nur tun?

»Können deine Schwester oder ihr Mann sie nicht herfahren?«

»Nope, das geht leider nicht. Sie haben keinen Führerschein. Aber kein Ding, ich buche ihr ein Busticket. Sag mir nur, wann.«

Sei's drum. Ich wollte Maike die romantische Stadt zeigen und bei dem Ausflug gemeinsam Zeit mit ihr verbringen. Hier in der *STE* waren wir doch nur ziemlich selten ungestört.

»Weißt du was, wir können sie abholen. Mit dem Auto.«

»Ihr wollt von Havanna nach Trinidad fahren, um *mamita* abzuholen?«

»Klar, warum nicht?«

»Na gut. Wenn ihr meint. Ich fände es natürlich *extremely good*. Da zeigt sich wieder, was ihr für herzensgute Menschen seid. Ihr könnt natürlich bei meiner Familie wohnen. Sie haben ein *casa particular*. Nicht so schön wie ein Hotel, aber für eine Nacht sollte es schon reichen.«

Richtig gut sprach Steven ja nicht von der Familie seiner Schwester. Na ja. Hauptsache, wir hatten einen schönen Ausflug. Wir würden die Dame sicher nach Havanna geleiten.

Und ich würde Maike näher kennenlernen. Im Gegensatz zu allen möglichen Eroberungen zuvor war die Faszination nicht abgeflaut, nachdem wir im Bett gelandet waren. Normalerweise ließ der Zauber bei mir schnell nach und mein Jagdfieber entflammte erneut. Gut, es waren ja auch erst ein paar Tage vergangen. Trotzdem hatte ich da so ein vages Gefühl, dass es diesmal anders sein würde.

Kapitel 29

Maike

Drei Wochen später

Irgendetwas war anders. Mat flitzte schon den ganzen Tag wie ein aufgebrachtes Huhn durch die Gegend. Ständig stand er Suelita oder den Helfenden im Weg, die die Lieferung vom Transporter hievten und nach oben in Richtung Dach trugen, wo Huan die Sanierung koordinierte.

Wir mussten wirklich dringend fertig werden, denn die Hurrikan-Saison startete in ein paar Tagen und weil noch kein konkreter Sturm angekündigt war, wollten wir morgen noch eine Zeltlager-Nacht mit den Kids veranstalten. Dafür musste allerdings unser *cielo* wieder freigegeben werden. Und dafür wiederum brauchten wir noch diese letzte Lieferung von heute: die Ziegel von Stevens Dach. Normalerweise war Mat Herr der Lage und hatte sich in den letzten drei Wochen als vorbildlicher Leiter des Standorts etabliert. Jeder hier respektierte ihn und Mat selbst war total in der Rolle aufgegangen. Auch Rieke, die ab und zu vorbeischaute, hatte ihn gelobt. Aber gerade heute, wo die Renovierung abgeschlossen werden sollte, schien er mit den Gedanken völlig woanders zu sein. Ob es an unserem Ausflug nach Trinidad lag? Heute Mittag wollten Mat und ich mit dem Auto der *STE* losdüsen und endlich Carmen abholen, die sich schon seit unserer Ankündigung vor drei Wochen auf Havanna freute. Leider hatte ihre Familie jetzt erst einen Ersatz gefunden, der auf ihren Enkel, also Stevens Neffen, den kleinen Alejandro, aufpassen konnte. Sie wollte nun nicht einen Tag länger warten und deshalb würden wir trotz der Baustelle, der Vorbereitungen für die Übernachtungsparty und der normalen Kurse ein paar Stunden Pause haben.

Es hatte mich total gefreut, als Mat mir angeboten hatte, mir seine Stadt zu zeigen. Die letzten drei Wochen waren ein Traum gewesen. Im Alltag waren wir uns sehr nah und innig, aber über seine Vergangenheit oder Kindheit sprach Mat nie.

»Bereit?« Er war wie aus dem Nichts neben mir aufgetaucht. In der einen Hand hielt er eine kleine Tasche, mit der anderen Hand raufte er sich die braunen Haare. Waren die Sorgenfalten die letzten Tage auch schon da gewesen?

»Ja klar. Äh, *si, soy preparado.*« Immer häufiger nutzte ich spanische Wörter, die ich im alltäglichen Leben aufschnappte. Dafür brachte ich Mat auch das ein oder andere Wort Kölsch bei, was uns stets amüsierte.

»Dann los.« Er schnappte sich meine Tasche und eilte zum Tor hinaus. Lana starrte ihm erstaunt hinterher. Hatte er wirklich vergessen, sich bei ihr zu verabschieden? Dafür kraulte ich sie ganz ausgiebig und steckte ihr ein paar Nudeln zu, die ich aus der Küche stibitzt hatte.

Lana richtete sich an mir auf, was mich fast umwarf, aber zum Lachen brachte. Sie schleckte mir mit ihrer riesigen Zunge die Hand ab und rieb sich an mir wie eine Katze. »Ja, du Feine, du bist ja eine ganz Brave«, lobte ich sie und stellte fest, dass ich auch inzwischen wie selbstverständlich mit Lana sprach. Etwas, das ich bei meiner Ankunft am Flughafen noch total seltsam gefunden hatte. Ich hatte mich ganz offensichtlich schon an vieles hier angepasst.

Als ich in den Chevy stieg, schlug mir schon das Rauschen des Autoradios entgegen, das ich ebenfalls von meiner Ankunft kannte. Mat saß mit seiner Sonnenbrille auf der Nase am Steuer und blickte gedankenverloren nach vorn.

»Du, ich muss auch gar nicht mit, wenn das für dich nun doch nicht okay ist?«, sagte ich zaghaft und Mat löste sich aus seiner Starre.

»Tut mir leid, dass ich dir den Eindruck vermittelt habe. Mich beschäftigt da etwas, aber es hat nichts mit dir zu tun, sondern mit meiner Vergangenheit.« Er streichelte kurz meine Hand, startete dann den Motor und wir ordneten uns in den Verkehr in Richtung Trinidad ein. Diesmal ging es gen Südosten. Mehrere Stunden lang folgten wir der Autobahn A1 und dann der A12 über Cienfuegos, bis wir nach etwa sechs Stunden Trinidad erreichten. Wir hatten nur eine kurze Pause auf einem Parkplatz gemacht, weil Mat nicht in den Regenschauer kommen wollte, der meist am frühen Abend alles überschwemmte und kleinere Straßen unpassierbar machte. Vom Land hatte ich so gut wie gar nichts gesehen und daher hauptsächlich über meinen Spanischvokabeln gebrütet. Mat war weiterhin sehr schweigsam gewesen und schien das Thema mit sich allein ausmachen zu wollen.

Jetzt am frühen Abend drückte mir die Stimmung sowie die extrem hohe Luftfeuchtigkeit aufs Gemüt, während wir langsam in die Stadt rollten.

»Trinidad ist für die koloniale Altstadt bekannt und auch für das Kopfsteinpflaster.«

Das klang ja wie aus dem Reiseführer zitiert, den ich extra in Havanna gelassen hatte, weil ich angenommen hatte, dass Mat mir einen besseren Einblick in die lokalen Gegebenheiten gewähren konnte. Insiderwissen sozusagen. Wobei ich keine Ahnung hatte, seit wann er nicht mehr hier gewesen war, denn er verfuhr sich mehrfach und musste Anwohner um Hilfe bitten. Irgendwann bogen wir in ein einspuriges Gässchen ein. Die türkis-, pink- und orangefarbenen Häuser hatten zumeist kein Obergeschoss. Direkt über dem Erdgeschoss befanden sich das Dach oder eine Flachterrasse. Kreuz und quer über die Straße spannten sich Stromkabel wie Lichterketten. Alle Fenster waren kunstvoll vergittert und erinnerten mich an den Vogelkäfig, den ich bei Domingas Eltern im Wohnzimmer gesehen hatte. Wow, das war alles so ganz anders als in Havanna, die pulsierende Metropole, in der wir Tag für Tag schufteten. Ich kurbelte mein Fenster hinunter und sofort schlug mir eine schwüle Wand entgegen. Es roch bereits nach Regen und erste Tropfen fielen auf das Kopfsteinpflaster. Petrichor, dachte ich sofort an das Wort, das Oma Marianne Sarah und mir an einem Sommerabend beigebracht hatte und das eben genau den Duft von Regen auf Asphalt bezeichnet. Die Tauben hatten gegurrt und am Horizont war ein strahlender Regenbogen aufgetaucht, der bunt geschillert hatte. Sarah hatte ihre Hand in meine geschoben und ihre Augen hatten geglitzert wie die Pfützen. Wie gern würde ich das jetzt auch machen.

»Jetzt müssen wir uns beeilen«, sagte Mat gehetzt, als er den Chevy zum Stehen gebracht hatte. Er sprang aus dem Auto, zog mich in einen Hauseingang und warf die beiden Taschen zu meinen Füßen. Dann raste er mit dem Auto davon, sodass ich mich fast wie in einem Actionfilm fühlte. In einem Comic hätte man noch die Rauchwolken gesehen. Bestimmt parkte er irgendwo um die Ecke, hier auf der einen Fahrbahn konnten wir ja nicht stehen bleiben. Schon nach etwa einer halben Minute hörte ich ihn angerannt kommen, und kaum, dass er zu mir in den Hauseingang gesprungen war, prasselte der Schauer nieder und die Luft kühlte augenblicklich ab. Seine braunen Haare waren schon feucht und Tropfen rannen ihm über die Wange.

Ich fühlte mich verletzlich, melancholisch und was ich jetzt eigentlich wollte, war, mich in seine Arme zu kuscheln, um mich etwas zu beruhigen. Aber nach seinem Sprint schnaufte Mat noch schwer, hob abwehrend seine Hand, als ich einen Schritt auf ihn zutrat, und deutete auf die Straße. »Guck mal.«

Aus den Gullys im Bordstein sprudelte das Wasser hervor, offensichtlich war das Abwassersystem überlastet, und Sturzbäche flossen abwärts durch die Straße, wobei sie so stark waren, dass sie sogar kleine Blumentöpfe und achtlos liegen gelassene Schlappen wegspülten. In Anbetracht des Mangels, der auf der Insel herrschte, tat mir das in der Seele weh und ich verspürte sofort den Drang, Ersatz aufzutreiben. Es schüttete wie aus Kübeln und ein Fahrradfahrer bahnte sich klitschnass seinen Weg durch das Gewässer, das ihm bis zu den Knien ging. Dennoch winkte er und rief Mat zu: »*Hola, compañero!*« Mir rief er auch etwas zu und Mat grinste. Das musste ein *piropo* gewesen sein. Egal bei welchem Wetter und unabhängig von der Lage waren Kubaner wohl guter Dinge. Erstaunlich, einfach erstaunlich, dieser Frohsinn.

Auf unser Rufen hin kam schließlich die Schwester von Steven, die uns in die Arme schloss und wie Familienmitglieder begrüßte. Sie führte uns durch das tatsächlich etwas karge Haus. »Wir haben leider nur ein Gästezimmer«, sagte sie entschuldigend, erklärte aber, dass es immerhin zwei getrennte Betten gab, die sich auf gegenüberliegenden Seiten befanden. Mat nickte nur. Bestimmt wollte er sie nicht brüskieren. Nachher konnten wir ja die Betten zusammenschieben und ein wenig schmusen. Nachdem wir unsere Taschen abgestellt und uns mit flauschigen Handtüchern abgetrocknet hatten, trafen wir im Zimmer, das das Wohnzimmer sein musste, unser zukünftiges Mitglied der Gemeinschaft: Carmen.

***

»*Bienvenidos, soy Carmen*«, sagte die Dame mit tiefer Stimme und einem neckischen Funkeln in den Augen. Mit einem Ächzen schob sie sich aus dem Schaukelstuhl hoch und ging mir danach immer noch nur bis zu den Schultern. Ihre weiße Bluse strahlte wie ihr Lächeln und auf dem lilafarbenen Tuch, das sie um ihre Stirn gewickelt hatte, prangten gelbe und grüne Blumen. Auch sie hatte die fast schon obligatorische Zigarre im Mundwinkel, die dieselbe Farbe hatte wie ihre Haut und genauso ledrig aussah. Sie umarmte uns nicht, wie es sonst schon üblich war, sondern drückte mir die Hand, als wollte sie sie durchknacken wie eine Salzstange. »Ihr holt mich also endlich hier raus. Meine persönliche Befreiungsarmee.« Sie kicherte mädchenhaft. »Nicht, dass es hier unerträglich wäre, aber es ist fürchterlich langweilig. Auf den Enkel aufpassen, fernsehen, essen, schlafen. Mehr ist hier nicht passiert. Dabei lebe ich doch noch und es sollte noch mehr passieren, als auf den Tod zu warten, oder?«

Tja, da hatte sie wohl recht. Das Leben war mehr als ein Schaukelstuhl in der Komfortzone. Irgendwie erinnerte mich Carmen mit ihrer erfrischenden Art an Sarah, die auch so anpackend war und vermutlich genau deshalb nach Australien ausgewandert war. Genau wie Carmen hatte sie alle zurückgelassen, die ihr einmal wichtig gewesen waren und die jetzt ohne sie klarkommen mussten. War das nicht total egoistisch von ihr? Nur weil sie sich noch mal jung fühlen wollte, würde ihre Familie sie vermissen müssen.

»Mein ganzes Leben habe ich für meine Familie gegeben«, murmelte die Frau, als ob sie meine Gedanken gelesen hätte. »Jetzt bin ich noch mal an der Reihe, bevor ich abtrete.« Sie aschte in einen wunderschönen bunten Becher und grinste uns mit ihrem löchrigen Gebiss und den schiefen Zähnen an. »Seid ihr bereit, dass ich den Laden aufmischen komme?«

Als Mat und ich die Dame vorerst nicht S.W.A.T.-mäßig gerettet, sondern in ihrem Fernsehsessel zum Ausruhen zurückgelassen hatten, hatte sie zwar etwas gemurrt, aber uns schließlich doch gehen lassen.

Während wir durch die noch feuchten Straßen Trinidads schlenderten, dachte ich über Carmen nach. Obwohl ich sie zuerst nicht verstanden hatte, hatte sie irgendwie recht. Niemand sollte ihr in ihr Leben reinreden. Wenn sie noch mal Spaß haben wollte, warum eigentlich nicht? Ein bisschen erinnerte sie mich an meine toughe Oma Marianne. Die war zwar für uns Mädels immer da gewesen, aber inzwischen machte sie auch, wonach ihr der Kopf stand. Hoffentlich kam sie gut zurecht in Köln. Eine plötzliche Sehnsucht überkam mich. Ich tauschte zwar regelmäßig E-Mails und Nachrichten mit ihr aus, dennoch war es etwas total anderes als in echt. Vielleicht konnte ich ja wenigstens mal wieder ihre Stimme hören. »Sag mal, Mat, gibt es hier irgendwo einen Internetplatz?«

»Na klar, da vorn auf dem Plaza Mayor. Da wollten wir sowieso gerade hin. Trinidad ist übrigens die Stadt der Zuckerrohrbarone. Im achtzehnten und neunzehnten Jahrhundert lag der Schwerpunkt der Stadt auf der Produktion und dem Handel mit Zuckerrohr und viele hier sind sehr reich geworden. Deshalb auch die vielen gut erhaltenen kolonialen Villen.«

Unsere Umgebung hatte sich verändert. Statt der flachen karibischen Häuschen erhoben sich nun verschnörkelte Prachtbauten um einen Park, um dessen gepflegte Rasenflächen schmiedeeiserne niedrige Zäunchen standen. Bänke luden zum Verweilen ein und vereinzelte hohe Königspalmen spendeten schon wieder ersten Schatten. Die Regenwolken hatten sich vollständig entleert und nun stieg Dampf vom Boden auf, als wäre das ganze Örtchen eine große Sauna. Es waren nur wenige Touristen und Einheimische auf Kutschen unterwegs. Fast wie ausgestorben im Vergleich zu Havanna. Alles wirkte wie eine Kulissenstadt, die karibische Ausgabe einer Westernstadt irgendwo in South Dakota.

»Mutet wie ein Open-Air-Museum an«, sagte ich.

»Seit 1988 UNESCO-Weltkulturerbe genau wie das Valle de los Ingenios, das Tal der Zuckermühlen nicht weit entfernt von hier. Da gibt es Zuckerrohrfelder, alte Sklavenhütten und die prächtigen Wohnhäuser der Plantagenbesitzer. Überall stehen noch verrostete Maschinen und Geräte und Tafeln erklären die Abläufe der Zuckerproduktion. Man kann sogar mit einer alten Eisenbahn dahinfahren.«

»Das klingt interessant, aber wir haben nicht genug Zeit, um uns das alles anzuschauen, oder?«

»Dieses Mal leider nicht, aber wer weiß, vielleicht irgendwann mal.«

Meinte er, dass wir gemeinsam wiederkommen würden? Ich würde immerhin noch ein paar Monate in Havanna sein. Aber bisher machte er mir hier keinen außerordentlich glücklichen Eindruck. Irgendetwas bedrückte ihn. Und bestimmt hatte es mit seinen Wurzeln zu tun.

»Da hinten ist das Kernstück der Stadt: die Treppe am Plaza Mayor.«

»Fast wie die Rheintreppen in Köln. Da sitzen auch immer viele Leute und quatschen.«

»Hier kommt noch dazu, dass es in dem Bereich einen WLAN-Spot gibt. Setz dich ruhig. Möchtest du etwas aus einer Bar?«

Hier schien wirklich das touristische Zentrum zu sein, denn etliche Restaurants und Bars lagen fußläufig entfernt. »Ich würde gern etwas Frisches nehmen.«

»Mojito, kommt sofort.«

»Nein, nein, lieber einen Cuba Libre. Mojitos trinken nur Touristen«, wiederholte ich, was Dominga vor ein paar Wochen gesagt hatte.

Mat lachte.

Ich streifte die Luftfeuchtigkeit von meinen nackten Armen und loggte mich ins Internet ein. Hier war es nachmittag, das hieß, es war später Abend zu Hause. Nach mehreren Minuten schaffte ich es tatsächlich, eine Verbindung über WhatsApp aufzubauen, und Oma Marianne tauchte prompt auf dem Bildschirm auf. Sie saß auf ihrem Hometrainer, um die Stirn hatte sie ein Schweißband. »Huhu, *ming Leevje*«, flötete sie, überhaupt nicht außer Atem. In ihren modernen Sportklamotten wirkte sie total dynamisch und fit. Kein Vergleich zu Stevens Mutter Carmen.

»Oma«, quetschte ich noch hervor und schon quollen mir die Tränen aus den Augen. Es war das erste Mal seit Wochen, dass wir uns per Video sehen konnten. Vorher war ich immer im Stress gewesen oder das Internet war zu schlecht.

»Na, na«, sagte Marianne beruhigend und schwang sich vom Sportgerät, das bei ihr im kleinen Wohnzimmer stand, in dem ich schon so viel Zeit verbracht hatte. »Egal, was es ist, es wird schon wieder. Darauf kannst du dich verlassen. *Et hätt noch immer jot jejange.*«

Eine Weile erzählte sie mir, was es bei ihr Neues gab, das half mir, wieder ein wenig zur Ruhe zu kommen, die ich vorhin bei Mat nicht gefunden hatte.

Als eine kleine Stille eintrat, seufzte ich tief.

»Heimweh?« Marianne musterte mich eingehend.

»Ja. Nein. Ich weiß auch nicht. Ich bin ja keine fünfzehn mehr und im Kirchenzeltlager.«

»Damals hab ich dich gern abgeholt, aber heute? Ist es denn so schlimm?«

»Nein ... irgendwie nicht. Alles ganz komisch. Wir arbeiten hier mit Senioren zusammen und da ...«

»Sach nit, dat du da an mich gedacht has. Pah!«

»Also, Oma, dass du nicht mehr die Jüngste bist, ist eine Tatsache.«

»Ich fühle mich wie zwanzig.«

Jetzt hatte sie mich doch zum Lachen gebracht mit ihrer Ähnlichkeit zu Carmen. Vielleicht war das einfach so, wenn man einen gewissen Punkt überschritten hatte. Ob Sarah auch irgendwann wiederkam? Schnell sprach ich weiter. »Jedenfalls arbeiten wir hier mit Menschen mit einem hohen Erfahrungshintergrund und ich freue mich total, dass es dir gut geht.«

»Wie ich dir versprochen hatte, Mäuschen. Alles wunderbar. Und wie läuft es bei dir mit der Selbstfindung?«

Gute Frage. »Die Arbeit gefällt mir gut. Man hilft Menschen und das ist echt toll. Aber damit kann man natürlich auf Dauer nicht den Lebensunterhalt bestreiten. Also, ich genieße das alles hier, so lange es geht.«

»Weißt du, was ich gern mal wüsste?«

»Was denn?«

»Ob es da eventuell jemanden gibt, dem oder der du nähergekommen bist.«

Ohne, dass ich etwas dagegen tun konnte, zupfte ein Lächeln an meinen Mundwinkeln. »Wie kommst du denn darauf?«

»Du hast mir doch letztens ein Bild geschickt aus dem Hotel.« Stimmt, ich erinnerte mich. Aus Varadero. »Da hast du so verliebt geschaut.«

»Mach dir keine Sorgen, Omi. Egal, was passiert, ich komme zurück nach Köln. Darauf kannst du dich verlassen.«

»Also gibt es jemanden?« Oma grinste. »Dat hat die Sarah auch gleich gesehen.«

»Sarah? Du hast ihr das Bild gezeigt?« Ich war perplex. Erstaunt. Verwirrt. Sauer, aber auch irgendwie nicht sauer. Auch erleichtert. Total durcheinander.

»Ja. Wieso? War es ein Geheimnis?«

»Äh ... nee. Aber interessiert es sie denn?«

In dem Moment begann ein Herr Gitarre zu spielen, sehnsüchtige, leise Klänge. Als ob wir hier in einem Film wären und nun die passende Hintergrundmusik eingeblendet wurde.

»Na klar interessiert sie das. Du hast immerhin den Kontakt abgebrochen, weißt du noch?«

»Aus Gründen, Oma, aus Gründen. Weil sie mich allein gelassen hat.«

»Das haben wir doch schon hundert Mal durchgekaut. Jedenfalls sagt sie, sie freut sich für dich.«

»Schön.« Mehr Worte brauchte ich erst mal nicht zu verlieren, oder?

»Ich freu mich genauso. Dat letzte Mal ist ja doch ne ganze Weile her.«

»Falls du auf Benjamin anspielst, das war doch nichts Ernstes.«

»Ist es denn dieses Mal so?«

War das so? Nachdenklich ließ ich den Blick schweifen und entdeckte Mat, der einige Meter weiter saß, das Handy in der Hand und die zwei Cocktails neben sich. Er sah wieder total gedankenverloren aus. »Du, Oma, ich muss dringend los.«

»War schön, etwas von dir zu hören. Und deine neuen, feschen Strähnen stehen dir ganz ausgezeichnet.«

Wie gern würde ich Oma jetzt in die Arme nehmen.

***

Als ich aufgelegt hatte, kam Mat direkt zu mir und nahm mich in die Arme. Nun hatte er doch bemerkt, dass etwas nicht stimmte. Wie auch nicht, wo mir doch Tränen in den Augen standen.

»Jemanden zurückzulassen, ist nicht so einfach, oder?«, murmelte er.

»Nein.« Ich schniefte. »Ich kann einfach nicht verstehen, wie manche das so hopplahopp machen können, ohne diesen heftigen Schmerz im Herzen.«

Mats Gesicht verzog sich, als hätte ich einen wunden Punkt getroffen. »Verstehe ich auch nicht.«

Hatte ihn mal jemand verlassen? Konnte es das sein? Ob es etwas mit seiner Familie hier in Trinidad zu tun hatte? Wieder wurde mir bewusst, dass wir uns kaum kannten. Aber bestimmt hatte auch er eine Umarmung bitter nötig. Während wir uns auf den Treppen von Trinidad im Arm hielten und den melancholischen Klängen des Gitarrenspielers lauschten, der noch dazu jetzt herzzerreißend traurig sang, verflochten sich unsere Seelen in gemeinsamem Schmerz.

Erst nach einigen Minuten ließen wir uns los und Mat reichte mir meinen Cuba Libre, der mir süß und stark die Kehle hinunterrann. Ich atmete tief durch.

»Wieso bist du von zu Hause weg?«, fragte er leise. »Hast du gedacht, es wäre einfach?«

»Nein, aber dazubleiben, wäre noch schwerer gewesen. Es hat zu wehgetan, zurückgelassen zu werden.«

»Ich kenne das Gefühl nur zu gut.«

Mat legte einen Arm um mich, wir tranken ab und zu einen Schluck starken Cuba Libre und beobachteten das gemächliche Treiben auf dem Platz. Die Sonne ging unter und die Dämmerung tauchte Trinidad in einen seltsam goldenen Honigschimmer. In jedem Winkel erklang eine andere leichte Melodie, hier die des Gitarrenspielers, dort die eines Quintetts mit Tres, Congas, Kontrabass, Trompete und Sänger und eine

Ecke weiter ertönten fröhliche Salsa-Laute. Je nachdem, wie der Wind stand, vernahmen wir mal mehr den einen, dann wieder den anderen. Gut, dass er mich nicht drängte. Vielleicht hing er auch seinen eigenen Sorgen nach.

Irgendwann hatte ich genug Kraft gesammelt. »Ich hab ja schon mal nebenbei Sarah erwähnt. Sie ist meine Zwillingsschwester.«

Wenn Mat das außergewöhnlich fand oder erstaunt war, dies erst nach mehreren Wochen von mir zu erfahren, obwohl wir einander so nahe waren, dann ließ er es sich nicht anmerken. Er verzog keine Miene, sondern schaute einfach weiter geradeaus.

»Sie ist nach Australien ausgewandert, nachdem sie dort während eines Sabbaticals einen Typ kennengelernt hat.«

»Hm.«

Wieder keine Reaktion.

»Und weil ich mich allein gefühlt habe, bin ich dann schließlich auch zum Sabbatical aufgebrochen, um mich abzulenken, herauszufinden, wer ich ohne sie bin.«

»Und hast du es schon geschafft?«

»Ich fühle mich total wohl bei euch. Ich liebe die Leute, das Gemeinschaftsgefühl und all die wundervollen Kleinigkeiten im Zusammenleben. Die Kultur der Kubaner, die Kultur, die die verschiedenen Helfenden mitbringen, all die Geschichten, die sie erzählen können. Mein Herz ist in Havanna.«

Er nickte nur und schwenkte sein Glas, sodass die Eiswürfel leise klirrend aneinanderschlugen.

»Also, ja, ich denke, ich bin schon gut vorangekommen darin, mich zu finden. Und das werde ich sicher noch weiterhin. Ich bin ja vor ein paar Wochen erst angekommen und habe noch einige Monate. Aber es wird sicher spannend, wie ich das dann zu Hause in Köln umsetzen kann.«

Seine Hand rutschte langsam von meiner Schulter und es fröstelte mich ein wenig. Die Sonne war inzwischen untergegangen und es wurde ein wenig frischer. Der ein oder andere Tourist begann zaghaft auf dem Platz vor der breiten Treppe zu tanzen und ganz sicher würde hier in einer Stunde eine lockere Party im Gange sein.

»Möchtest du mir von dir erzählen?«, frage ich Mat, aber er schüttelte den Kopf.

»Nimm es mir nicht übel, *niña*. Ein anderes Mal. Der Tag war lang und morgen geht es schon wieder zurück. Meine Gedanken sind voll von Aufgaben, Deadlines, Sorgen und Risiken, die ich eingehen muss. Diese ganze Verantwortung. Ich weiß, ich wollte sie, und ich weiß, du hilfst mir sehr dabei, sie zu tragen und mich immer aufzubauen, aber an manchen Tagen fühlt sich die Last übergroß an.«

»So Tage kenne ich. Hauptsache, ich kann dann für dich da sein, und wenn es dir hilft, wenn ich einfach nur bei dir bin, dann bin ich auch genau das.«

»*Gracias, mi amor.*«

Hatte ich gerade richtig gehört? Das war das erste Mal, dass er das zu mir sagte. Aber was meinte er damit? Wie nutzte man das Wort hier in Kuba? Wie hatte ich das zu verstehen? Hieß das, dass er Erwartungen an mich stellte? Dass er Hoffnungen hegte? Aber das hatten wir ja explizit besprochen. Nämlich, dass wir alles einfach auf uns zukommen lassen würden. Wenn er mich liebte, dann würde das alles zwischen uns ändern! Das würde meine Rückkehr zu einer sehr toughen Angelegenheit machen. Natürlich war mir das alles klar gewesen. Aber … ich hatte nicht auf dieses Wolke-sieben-Gefühl verzichten wollen. Ich hatte träumen wollen. Von einer süßen Beziehung wie dieser, davon in Kuba zu wohnen, aber das alles war nur eine Illusion. Mein echtes Leben war in Köln. Und es war okay, verknallt zu sein. Aber Liebe? Das machte diese ganze Sache hier so kompliziert …

Ich würde ihn darauf ansprechen müssen. Bei nächster Gelegenheit. Also, wenn das mit der Renovierung abgeschlossen war, wenn die Party im *cielo* mit den Kids vorüber war und Carmen sich eingelebt hatte. Dann würde Mat sicher den Kopf wieder frei haben. Und wer weiß, vielleicht hatte ich das alles ja auch nur falsch verstanden. Vielleicht sagte man das ja hier auch einfach nur so.

Von Liebe war gerade auch nicht viel zu spüren. Wir gingen zum Haus von Carmens Tochter, aber weder hielten wir Händchen noch schoben wir zum Schlafen die Betten nebeneinander. Einsam rollte ich mich auf meinem Bett unter dem dünnen Laken zusammen, starrte in die Dunkelheit und dachte an Sarah. Ob es ihr wohl leichtgefallen war, als die Sache mit Jake ernster geworden war. Ob sie dabei auch nur einmal an mich gedacht hatte? Hatte sie Zweifel gehabt? Oder war die Liebe so groß gewesen, dass der Entschluss einfach gewesen war? Schien ja tatsächlich etwas Ernstes zu sein mit diesem Typen. Sonst wäre sie doch zurückgekommen, oder?

Zu Marianne und zu mir, wir, die wir ihr eigentlich alles bedeuteten. All unsere schönen gemeinsamen Erinnerungen in der Schatztruhe unseres Lebens. Andererseits, die hatte ich hier in Kuba auch schon sammeln dürfen. Aber war Sarah bewusst, dass wir Schwestern nie wieder den Alltag miteinander teilen würden, als sie sich für Jake entschied? Beziehungsweise entschieden hatte. Nie mehr würden wir gemeinsam sonntags am Frühstückstisch sitzen, Röggelchen essen und ganz entfernt den Dom läuten hören. Eine Träne lief mir aus dem Augenwinkel und versickerte in der weichen Bettwäsche. Als ich mir mein Handy griff, quietschte der Lattenrost leise, aber Mat atmete gleichmäßig weiter.

Ich rief das letzte gemeinsame Foto von Sarah und mir auf, das ich monatelang als Profilbild gehabt hatte, bis zu unserem großen Streit. Ein Selfie, das wir am Frankfurter Flughafen gemacht hatten, kurz bevor Sarah gesagt hatte: »Es ist doch nicht für lange.« Was für eine Lüge. Ich war zwar nicht online und hatte sie blockiert, aber ich konnte dennoch ihr neues Bild sehen. Sie und Jake. An irgendeinem Strand. Sie hatte noch Sand auf der Stirn und ihre nassen Haare fielen ihr ins Gesicht. Wir sahen uns so ähnlich und doch gab es so viele Unterschiede in der Mimik, Gestik und dem Verhalten. Tja. Die würden nun noch größer werden. Mit jedem Tag entfernten wir uns voneinander. Wegen Jake. Schnell machte ich das Handy wieder aus und legte es auf den Nachttisch. Es half alles nichts.

Kapitel 30

Mat

»Es hilft alles nichts«, sagte Carmen zu ihrer weinenden Tochter. »Es muss sein und das weißt du. Ich bin ja nicht aus der Welt. Schau dir mal hier unsere Maike an. Die ist Tausende von Kilometern von ihrer Mutter entfernt.«

Oje, das würde Maike nicht unbedingt den Tag retten. Sie machte schon seit Stunden ein ziemlich bedröppeltes Gesicht und mir ging es auch nicht besser. Mir war absolut klar, dass der Tag gestern nicht optimal gelaufen war. Eigentlich hätte alles ganz anders sein sollen. Ich hatte ihr alles zeigen, nicht nur die oberflächliche Touri-Tour geben wollen. Pff. Plaza Mayor, also bitte. Das war ja die zentrale Anlaufstelle, das hätte sie auch allein geschafft. Ich hatte ihr mehr von mir zeigen wollen, von meinem Leben, von meiner Persönlichkeit und dem Grund, aus dem ich so war, wie ich war. Und ich hätte gedacht, dass sich meine Wut legen würde, wenn ich erst mal hier war. Dass meine guten Erinnerungen mich besänftigen würden. Aber stattdessen wühlte mich das alles nur noch mehr auf. Bis Maike mich in den Arm genommen hatte. Ihre Berührung hatte mich geerdet, mich beruhigt und mir Frieden gegeben.

Das Ganze hatte sich in dem Moment geändert, als sie dann plötzlich auf den Stufen erzählt hatte, dass sie definitiv wieder gehen und nicht auswandern würde wie ihre Zwillingsschwester. Da hatte es in mir Klick gemacht. Bedeutete es, dass sie auch gehen würde, wenn es mit uns weiterhin so megagut lief? Die letzten Wochen waren die schönsten meines Lebens gewesen. Ich hatte nur im Moment gelebt, jede Berührung genossen, jeden Kuss. Noch niemals hatte ich jemanden so nah an mich herangelassen. Ich hatte nicht darüber nachgedacht, sondern es war einfach passiert.

Was, wenn wir uns ernsthaft ineinander verliebten? Was, wenn es Liebe war? Verrückt, noch vor Kurzem hätte ich mich selbst für verrückt erklärt, wenn ich das in Erwägung gezogen hätte. Aber was, wenn es mit uns ernster werden würde?

Würde sie dann bleiben? Bestand überhaupt eine Chance für uns? Das würde ich sie unbedingt fragen müssen, obwohl ich sie eigentlich dazu überredet hatte, alles ganz entspannt auf uns zukommen zu lassen.

Das ging irgendwie nicht mehr, seit sie mir das auf den Stufen in Erinnerung gerufen hatte. Ich musste sie unbedingt fragen, wie es mit uns weitergehen sollte. Ich würde es auf keinen Fall ertragen, wenn eine weitere Deutsche mich verlassen würde. Das würde mir das Herz brechen.

»So, ihr beiden, ich bin so weit.« Carmen setzte sich auf den Beifahrersitz, rückte ihr buntes Tuch zurecht und schnaufte. Sie winkte ihrer Familie noch kurz, dann waren wir mit dem Chevy schon um die Ecke gebogen. Kurz und schmerzlos. Wann ihre Tochter sie wohl das erste Mal in Havanna besuchen würde? Der Wagen nahm langsam Fahrt auf und wir ließen Trinidad hinter uns. Ein Abstecher in eine andere Zeit, die noch immer an die reiche, aber dunkle Epoche Kubas in den letzten Jahrhunderten erinnerte. Und ein

Abstecher in meine Vergangenheit, die ich geschafft hatte, völlig zu ignorieren.

Die nächsten Stunden schliefen die beiden Frauen oder hingen ihren Gedanken nach genau wie ich. Insgesamt wechselten wir während der sechsstündigen Fahrt nur eine Handvoll Worte.

Ungewohnt, denn in den letzten Wochen hatte ich nicht genug von Maike bekommen können und wollte am liebsten ständig in ihrer Nähe sein, mit ihr reden, lachen und die Leichtigkeit genießen. Hoffentlich konnten wir uns heute Nacht eines der Zelte teilen. Ich vermisste ihre Nähe. Klar, wir hätten gestern Nacht unsere Betten zusammenschieben können, aber ich war so in Gedanken bei einem drohenden Abschied gewesen, der mich an den vor zehn Jahren erinnerte, dass ich wie in Schockstarre dagelegen hatte. Auch als ich Maike leise weinen gehört hatte, hatte ich es einfach nicht über mich gebracht, mich zu ihr zu legen. Dafür schämte ich mich jetzt.

Am frühen Nachmittag erreichten wir Havanna und ich setzte Carmen und Maike im Altersheim ab. Maike würde der Dame helfen, sich einzufinden. Ich jedoch hatte tausend andere Dinge zu klären. Als Allererstes musste ich prüfen, ob die Renovierung inzwischen abgeschlossen war.

Als ich die *STE* betrat, stieß ich auf Mauricio. »Hey, na. Super, ihr seid zurück. Wir brauchen dich für die letzte Abnahme.«

Gemeinsam mit Huan und einigen anderen Leuten schritten wir durch das Dachgeschoss, das man inzwischen betreten konnte, ohne Angst haben zu müssen, durchzubrechen. Klar, es sah nicht neu aus, aber Stevens Haus kam gut zur Geltung und es war gemütlich hier oben. Die ein oder andere Steinwand hatten wir unverputzt gelassen, als Erinnerung an die Spende. Wenn Carmen sich nach ihren vier Wänden sehnen würde, könnte sie hier hochkommen.

»Eigentlich ist das doch Verschwendung, oder?«, sagte ich nachdenklich. »So viele sichere Quadratmeter, die uns nur als Rückzugsort dienen für den Notfall.«

»Das stimmt, und da draußen wohnen Familien teils in Gebäuden, die schon ohne Hurrikan unter ihnen zusammenstürzen.« Mauricio verzog traurig das Gesicht.

»Wir könnten Leute hier einquartieren. Bestimmt vier Familien. Aber wir haben keine Küche oder separate Badezimmer hier oben. Das heißt, alle müssten das Bad im Obergeschoss nutzen und die Küche im Erdgeschoss.«

»Ich denke, das ist ein Kompromiss, den man durchaus eingehen kann, wenn man dafür weiß, dass die Familie nicht in Gefahr ist. Eine geniale Idee!«

»So sind wir noch näher an den Menschen und können dann vielleicht ein anderes Haus renovieren. Stück für Stück? Maike hat doch die ganze Logistik richtig toll abgewickelt. Und vielleicht gibt es langfristig noch offizielle Zuschüsse? Das … das wäre eine ganz neue Perspektive, wie wir Havanna noch mehr helfen könnten. Ich werde sofort Dominga fragen, welche der Familien hier im Viertel am ehesten Bedarf haben und umziehen möchten.«

Mauricio grinste. »Schön, dass du wieder Feuer gefangen hast. Die letzten Tage warst du ja eher nachdenklich. Wie war es denn in Trinidad? Hast du deinen Vater besucht?«

Ich schüttelte den Kopf und setzte gerade zu einer Antwort an, da vernahm ich die Stimme von Rieke.

»Mat?«, rief Rieke von unten. »Was ist mit dem Innenhof? Können wir das Flatterband endlich entfernen? Wir wollen die Zelte aufstellen. Die Kinder sind schon ganz aufgekratzt.«

Huan, sein Team, Mauricio und ich klärten die letzten Details, dann unterzeichnete ich ein Formular und gab Rieke grünes Licht. Das war der Beginn von etwas ganz Neuem. Eine neue Ära für die *STE*. Und ich hatte es geschafft, zusammen mit Maike und unseren Freunden. Was wir da in nur wenigen Wochen auf die Beine gestellt hatten, war grandios. Das würden garantiert auch die Leute vom Verein wertschätzen.

Ich hatte es geschafft. Beruflich war ich auf der Überholspur. Aber privat lief es nicht sehr gut. Ich hatte Bauchgrummeln, wenn ich daran dachte, dass ich mit Maike sprechen musste.

Kapitel 31

Maike

»Können wir mal eben reden?« Dominga ließ die Kartoffel sinken, die sie gerade raspelte. Sie schob den riesigen Bottich mit der fertigen Puffermasse zur Seite und blickte mich mit verschränkten Armen an.

»Ja klar, gern. Was gibt's denn?«

»Was ist mit dir los, *guapa?*«

»Inwiefern los?« Ich rührte ab und zu in dem Topf mit dem *congris,* dem Reis und den Bohnen, damit nichts anbrannte. Immerhin mussten wir eine Menge Leute mit unserem internationalen Menü satt bekommen.

»Ich hab das vage Gefühl, etwas stimmt bei dir nicht. Seit du heute Mittag aus Trinidad zurückgekommen bist, verhältst du dich komisch.«

»Inwiefern komisch?«

Dominga war ebenfalls rübergekommen und hatte geholfen, Carmen allen vorzustellen und ihr Zimmer zu beziehen.

»Du warst sehr still. Und das Leuchten ist aus deinen Augen verschwunden.«

»Oh. Sieht man mir das Heimweh heute so deutlich an? Das will ich nicht. Eigentlich will ich Mat zeigen, dass ich stolz auf ihn bin, unseren gemeinsamen Erfolg feiern, Spaß mit den

Kindern haben und schlemmen. So eine Feier bekommt man ja hier nicht alle Tage.«

»Okay, aber das schaffst du gerade nicht.« Es war eine Feststellung, keine Frage.

»Genau. Ich hab in Trinidad mit meiner Oma geskypt, zum ersten Mal, seit ich hier bin, und das hat mich mega runtergezogen.«

Ehe ich mich's versah, hatte Dominga mich an sich gezogen und tätschelte meinen Rücken. »Das passiert den Besten. Heimweh gehört dazu. Bei uns sagt man: *No hay gusto sin disgusto*. Also keine Freude ohne Leid. Das Leben hat immer zwei Seiten. Kein Ankommen ohne Abreise, kein Hell ohne Dunkel.«

Das stimmte. Hätte ich Köln nicht verlassen, wäre ich nicht hier gelandet und hätte nicht all die wundervollen Erfahrungen gemacht.

»Nimm deinen Schmerz an und arbeite damit. Aber das geht natürlich nicht von heute auf morgen. Das ist ein Prozess, *claro*.«

»*Claro*.«

Livio tauchte neben uns auf. »Wie läuft's mit dem Essen? Ich müsste gleich mal an den Herd, um meine Pasta zu kochen. Dann ist unser Büfett komplett. Rieke fragt übrigens schon nach euch. Äh, was ist denn hier los? Draußen wartet eine Meute mit knurrenden Mägen und ihr hört einfach auf zu raspeln?« Er schnappte sich eine Kartoffel und legte sich richtig ins Zeug, sodass Kartoffelsaft zu allen Seiten spritzte. Wir grinsten uns an und gaben Livio je einen Kuss auf die Wange, der strahlte. »Gemeinsam geht eben alles besser.«

Als wir mit einem Turm Kartoffelpuffer und einem XL-Topf Pasta in den Innenhof traten, haute mich der Anblick fast um: In der leichten Abendbrise flatterten bunte Girlanden, Kerzen waren an sicheren Punkten aufgestellt, sodass die Kinder sie nicht aus Versehen berühren oder umwerfen konnten, die freudig johlend Fangen spielten und aufgeregt hin und her liefen, und einige zusammengewürfelte Zelte standen auf den Mosaikfliesen um den Brunnen verteilt.

»Wow, das ist echt der Hammer, oder?« Vor Staunen konnte ich mich gar nicht rühren.

Alle waren da: die Leute vom Altenheim inklusive Carmen, die sich bei Señora Sanchez untergehakt hatte, die Fußballgruppe, viele der Leute, die ich bei meiner Willkommensparty kennengelernt hatte, und auch die Familie, die ich am ersten Tag mit Jola besucht hatte. Die Kleine kam sofort zu mir gerannt und strahlte mich mit ihrer Zahnlücke an. Sogar Albertino, der Friseur, war gekommen und viele der Helfenden, die die Renovierung so tatkräftig unterstützt hatten. Ein paar der Leute holten spontan ihre Musikinstrumente von zu Hause und starteten eine kleine Jamsession. In all dem Trubel sprang Lana allen zwischen den Füßen hin und her und bellte fröhlich.

Auf der anderen Seite des Innenhofes entdeckte ich Mat, der unter einem Rundbogen stand und ebenfalls die Szenerie betrachtete. Er lächelte mich an, aber irgendwie kam es mir gekünstelt vor.

Auch später, während er die große Eröffnungsrede hielt und das Büfett freigab, wirke sein Lachen nicht richtig echt. Aber ich konnte nicht genau sagen, woran es lag. Bestimmt fiel es nur mir auf, weil ich ihn besser kannte als die anderen hier. Wobei Rieke ja auch da war, aber sie schien nichts zu bemerken. Sie hielt mit allen Leuten ein Schwätzchen und vergoss auch die ein oder andere Abschiedsträne. Nach über zehn Jahren hier kein Wunder. Auch mit Mat sprach sie lange und nahm ihn mehrfach in den Arm. Für sie war heute ihr letzter Tag, morgen früh ging ihr Flieger in die Niederlande. Ich wollte mir gar nicht ausmalen, wie sie sich fühlen musste.

Gegen zehn Uhr verließen die Erwachsenen satt und strahlend langsam das Fest und die Kinder schlüpften in das ein oder andere Zelt und diskutierten eifrig, wer mit wem in welchem der Unterkünfte schlafen würde. Aufgeregte Spannung legte sich über den Innenhof. Die Kinder, schon in Nachtkleidung, scharrten sich um eine Feuerschale und Mat erzählte Gruselgeschichten, allen voran natürlich die von der Geisternonne. Stina hatte einen dünnen Faden an eine der Armlehnen des Schaukelstuhls gebunden und zog sachte daran, sodass er wie von Zauberhand wippte und das Quietschen Mats schaurige Geschichte passend untermalte. Das aufgekratzte Kichern ließ mich grinsen. Es ging doch nichts über eine angenehme Portion Schaudern.

Gegen Mitternacht lagen alle Kinder unter den Decken und flüsterten noch ein wenig miteinander. So unglaublich niedlich. Mir ging das Herz auf, wenn ich daran dachte, wie ich und Sarah uns damals im Sommerferienlager der Kirche gefühlt hatten. Mat trat neben mich und reichte mir ein Glas mit durchsichtiger Flüssigkeit. Ich schaute ihn verdutzt an und er grinste.

»Keine Sorge, ist nur Wasser. Wir sind doch die Aufsichtspersonen.« Ich nippte vorsichtig, aber es war wirklich nur Wasser. Mat lachte. »Hast du gedacht, ich veralbere dich?«

»Nein, eigentlich nicht. Aber ich hab in Kuba gelernt, dass durchsichtige Flüssigkeit potenziell auch immer Rum sein kann.«

»Eine der wichtigsten Lektionen hier.« Wir lachten leise. »Nein, natürlich nicht. War nur ein Spaß. Das Wichtigste hier ist, glaube ich, der Zusammenhalt und das heute war ein Fest, um genau den zu feiern.«

»Das ist dir gut gelungen.« Ich schmiegte mich an Mat.

»Ich möchte dir für alles danken, was du für uns getan hast. Und besonders für mich. Ohne dich wäre das alles nicht so wunderbar geworden.«

»Das habe ich sehr gern gemacht. Ich bin stolz auf dich, dass du das alles geschafft hast. Und darauf, wie du dich entwickelt hast.«

»Das hat Rieke auch zu mir gesagt.« Mat löste sich von mir und ging einige Schritte von den Zelten weg. Ich folgte ihm und schob meine Hand in seine. »Sie wird mir schrecklich fehlen. Sie ... sie war wie eine Ersatzmutter für mich, nachdem ...«

Ich drückte seine Hand fester, während Mat tief Luft holte. »Ich wollte schon in Trinidad mit dir reden, aber es ging einfach nicht, und jetzt, wo Rieke sich eben verabschiedet hat, war das ein totaler Auslöser für mich, weil sie jetzt weg ist. Weg, so wie meine Mutter vor zehn Jahren.«

Ich stupste Mat auf den Boden und setzte mich auf seinen Schoß so wie damals in der Nacht, als ich wegen Sarah geweint hatte und neben uns das Dach herabgestürzt war. Das würde diesmal Gott sei Dank nicht passieren. Ich schmiegte mich an ihn und seine Arme hielten mich fest und wiegten mich sanft. »Erzähl mir, was damals passiert ist, wenn du möchtest. Ich bin bei dir.«

Zögerlich begann er zu flüstern. »Meine Kindheit in Trinidad war toll. Ich hatte alles, was man sich nur wünschen konnte: eine liebevolle Familie, Eltern, die immer für mich da waren, und viele Freunde. Klar, das Leben war einfach, aber ich wurde geliebt und mehr braucht ein Kind ja nicht.«

Ich nickte und strich ihm gleichmäßig durch das Haar, um ihn zu beruhigen.

»Dann war ich achtzehn und es kam immer häufiger das Gespräch darauf, dass ich nach Havanna gehen und studieren würde. In dem Zuge gestand meine Mutter mir in einem Gespräch unter vier Augen, dass sie Heimweh nach Deutschland habe. Weißt du, sie hat damals meinen Vater in der DDR kennengelernt und ist mit ihm hierher ausgewandert, woraufhin ich dann hier geboren wurde. Das hatte ich natürlich gewusst, aber als Kind oder Jugendlicher habe ich einfach keine Vorstellung davon gehabt, wie es woanders in der Welt sein musste, oder dass meine Mutter eine eigene Kultur hatte. Die hatte sie völlig aufgegeben und immer mit uns Spanisch gesprochen und nicht einmal von ihren eigenen Eltern erzählt oder der Zeit, bevor sie meinen Vater kennengelernt hat. Für mich existierte sie anhand ihrer Geschichten erst, seit sie hier in Kuba war. Wer weiß, warum sie nie etwas gesagt hat und dann doch wieder zurückgegangen ist. Ich habe das damals nicht verstanden und verstehe es auch heute nicht.«

Er machte eine lange Pause, in der ich ihn einfach weiterkraulte und seinem Herzschlag lauschte.

»Das Schlimmste war, dass mein Vater sie unterstützte. Er kratzte all sein Geld zusammen, verkaufte sogar Teile seines Grundstückes, damit Mama das Flugticket nach Deutschland bezahlen konnte. Warum hat er das nur gemacht? Ich meine, die beiden haben eine gute Ehe geführt. Warum hat sie ihn verlassen und warum ließ er sie einfach gehen? Und warum haben mich beide so hintergangen? Für mich brach meine Welt zusammen. Ich ging nach Havanna und drohte abzustürzen. Vergrub mich in meinem Schmerz, griff zum Alkohol, schwänzte Vorlesungen. Dann hat Rieke mich aufgelesen und mich hier in der *STE* integriert. Ohne sie wäre ich heute immer noch eine verlorene Seele. Trotzdem. Ich kann meinen Eltern nicht verzeihen.«

»Ich habe meine Eltern nie kennengelernt. Mein Vater ist unbekannt, und meine Mutter starb bei der Geburt von meiner Schwester und mir. Aber ich kann trotzdem absolut nachvollziehen, wie du dich fühlst. Ich kann Sarah auch nicht verzeihen, dass sie nicht zurückkommt zur Familie.«

»Ich muss dir etwas sagen, *mi amor*. Ich bin total in dich verliebt und ich glaube, wenn wir noch einen Tag so weitermachen, dann wird daraus echte Liebe. Und ich könnte es nicht verkraften, wenn mich noch mal jemand verlässt, den ich so nah an mich und mein Herz heranlasse.« Mat sah mich direkt an und in seinen Augen lag ein bekümmerter Ausdruck.

»Aber ich muss zurück. Damit ich nicht so werde wie Sarah. Das habe ich mir immer geschworen. Dass ich zu Marianne zurückgehe, weil sie immer alles für uns getan hat.«

»Wir haben dasselbe Problem. Nur bedeutet das für mich, dass ich zerbreche, wenn du gehst, du aber zerbrichst, wenn du bleibst.«

Wir schauten uns an und mein Herz bekam einen großen Sprung. Mir war sehr kalt. Tränen sammelten sich hinter meinen Augen und ich bekam kaum noch Luft wegen dem dicken Kloß in meinem Hals. »Ich will dich nicht verletzen.«

»Und ich will dich nicht verletzen. Dafür bist du mir viel zu wichtig.«

»Und du mir.« Ich schluchzte.

»Wir können nicht weitermachen wie bisher, *mi amor*. Das war alles schön und gut, wir waren verliebt und so weiter. Aber wer hätte denn gedacht, dass das so intensiv wird?«

»Ich schon mal nicht.«

»Hätte ich auch nie mit gerechnet.«

Eine Brise rauschte durch den Innenhof und ließ die Zeltwände und die Girlanden flattern, die nur noch grau aussahen. So grau, wie mir gerade mein Leben erschien. »Was machen wir denn jetzt?«

»Wir müssen vernünftig sein.«

»Ja«, stieß ich zwischen zwei Schluchzern hervor. »Kurz und schmerzlos.« Nur das schmerzlos auf mich nicht zutraf. Wie eine Ertrinkende klammerte ich mich an Mat, presste mich an ihn und wollte ihn am liebsten nie wieder loslassen. In seinen Augen fand ich den gleichen Kummer. Unsere Lippen trafen hart aufeinander, wir küssten uns begierig, weil wir wussten, das würde das letzte Mal sein. Mat hob mich mit Leichtigkeit hoch und trug mich in unser Zelt. Leise, aber leidenschaftlich liebten wir uns bis zum Morgengrauen. Mein Herz zerbarst, als wir schließlich gemeinsam den Höhepunkt erreichten und wir uns dabei in die Augen blickten, tief in die Seele des anderen hinein.

Ich würde all das nie vergessen, das wusste ich genau. Mats neckisches Lachen, seine Finger auf meiner Haut, seine Lippen auf meinen. Niemals im Leben konnte mein zukünftiger kölscher Freund da mithalten. Aber er musste sich ins Zeug legen, denn das hier würde für immer mein größter

Schatz sein. Ich würde irgendwann zurückkehren. Mit einem Koffer voller Nippes, einem neuen Strohhut und einer Unmenge an wilden, verrückten Erinnerungen. Und ohne Herz, denn das würde auf ewig in Havanna bleiben. Bei Mat.

Kapitel 32

Mat

Ich würde all das nie vergessen. Niemals. Wie wir uns im Zwielicht des Mondes, das durch den dünnen Zeltstoff geschimmert hatte, flüsternd unsere Liebe geschworen hatten, wie wir gemeinsam geweint hatten, weil das Schicksal uns nicht mehr erlaubte, und wie unsere Körper ein letztes Mal miteinander harmoniert hatten. Heute Morgen, in der frischen Meeresluft des anbrechenden Tages überwog die Bitterkeit, dass jeder Mensch, den ich aufrichtig liebe, nicht Teil meines Lebens sein konnte. Wir nahmen uns noch einmal fest in den Arm, legten alle ungesagten Worte, alle nicht erlebten gemeinsamen Momente und unsere gesamte gemeinsame Zukunft, die nicht passieren würde, in diese Berührung. Diese unendlich erscheinende Berührung, denn keiner von uns beiden wollte loslassen. Erst als draußen Reißverschlüsse geöffnet wurden und Kinderstimmchen durch den Hof schwirrten wie Schmetterlingsflügel, gab ich Maike frei. Und mein Herz zerbrach.

Kapitel 33

Maike

Sechs Monate später

Ein Dutzend kleiner gelber Schmetterlinge flatterte durch den Hof, als ich mich mit Jola an den filigranen Metalltisch setzte, den Stevens Schwester uns vor ein paar Wochen gespendet hatte. Genießerisch nippte ich an meinem Café Cubano. »Davon kann ich einfach nicht genug bekommen, sagte ich und streckte mich. »Ich muss mir auf jeden Fall das Rezept gut aufschreiben und mir in Köln auch eine Bialetti kaufen.« Dann würde ich auf meinem Balkönchen stehen, die Geranien gießen und mich mit Blick auf meine Stadt an diesen Moment zurückerinnern. Natürlich nicht direkt, denn wenn ich zurückkam, war es zu kalt dafür. Aber im Vergleich zu hier würde es für immer kalt sein, sogar am Aachener Weiher im Hochsommer.

Jola streichelte meine Hand und wir schwiegen eine Weile. »Die Kinder kommen gleich«, sagte sie mit Blick auf die Uhr.

Das stimmte. Bald würde der Tag richtig losgehen, aber vorher gönnte ich mir wie jeden Morgen eine Stunde Ruhe im *cielo,* manchmal allein, manchmal mit einem meiner Freunde. Denn das waren sie alle hier zweifelsohne geworden.

Echte Freunde, auf die ich mich zu hundert Prozent verlassen konnte. Egal, was für ein Problem man hatte, man fand in der Community immer die richtige Person, die prompt zur Stelle war und einen umsorgte – mit Essen, kubanischen Sprichwörtern oder Umarmungen. Wir waren eine riesengroße Familie hier.

Mat schlenderte durch den schattigen Gang, nickte uns zu und sagte: »Guten Morgen, allerseits.«

Wie immer übte er eine magische Anziehung auf mich aus. Seine Energie, seine liebe, offene Art und seine starken Hände, mit denen er mich schon am ganzen Körper gestreichelt hatte. Verdammt, Konzentration. Ich durfte mir nicht anmerken lassen, an was ich dachte. Eine schier unmögliche Aufgabe. Hoffentlich wurde ich nicht rot wie ein Teenager.

Wir erwiderten den Gruß freundlich, lächelten und nickten. Genauso wie im letzten halben Jahr, seit wir aus dem Zelt gekrochen und getrennt gewesen waren. Freundlich, aber distanziert behandelten wir einander. War ja auch das Ziel gewesen. Nach einigen Minuten kam Mat ebenfalls mit einem Kaffee zurück und fragte, ob er sich zu uns setzen dürfte oder störe. Herr Gott, machte er es mir absichtlich schwer?

Jola zauderte keine Sekunde und deutete Mat, sich setzen zu können. Klar, warum auch nicht aus ihrer Sicht. Er war unser Chef und wollte sicher mal checken, wie die Stimmung in der Crew so war und ob es irgendwelche Themen gab.

»Na, Mädels«, sagte er ganz unverbindlich. »Was steht bei euch heute an?«

Immerhin schaute er hauptsächlich Jola an und ich konnte ausgiebig meine Fingernägel begutachten. Eifrig erklärte Jola ihm unsere Kurse, die er als Leiter natürlich genau kannte. Die beiden tauschten noch ein wenig Small Talk aus, dann stand Mat auf, grüßte höflich und ging in Richtung Büro.

»Du kannst wieder auftauen und atmen«, sagte Jola.

»Hm?« Ich nahm einen tiefen Atemzug. Wie frisch und belebend die Luft war. Wunderbar. Wie lange konnte ich die Tortur noch durchhalten? Andererseits, wie konnte ich gehen?

Ich brachte unsere Tassen in die Küche und eine Viertelstunde später empfingen wir die ersten Kinder im Gruppenraum. Wir bastelten, malten mit gefärbtem Sand, schufen Kunstwerke aus Dingen, die man in Deutschland als Müll betrachtet hätte, und hatten eine Mordsgaudi.

»Schade, dass Stina nicht mehr da ist. Die hatte einfach eine Engelsgeduld.« Ich versuchte mich mit Jola vor den Kindern in Sicherheit zu bringen, die seit einer halben Stunde herumtobten und einfach nicht müde wurden.

»Das stimmt, die hätte jetzt gewusst, was wir am besten machen, um die wieder zu beruhigen. Und auch Priscilla, die vor ihr da gewesen ist. Schade, dass man ihre Handabdrücke nicht mehr sieht.« Jola strich über die Stelle an der rauen Wand, an der alle Helfenden mit knallbunten Farben Erinnerungen hinterlassen hatten. Leider war vor ein paar Monaten Havanna so stark überflutet gewesen, dass das halbe Erdgeschoss unter Wasser gestanden hatte. Der Pegel war zwar relativ schnell wieder gesunken, hatte aber einigen Schaden angerichtet. Deshalb hatte Stina, als sie vor ein paar Wochen abgereist war, auch ihren Abdruck im oberen Stockwerk im Flur hinterlassen, wo unsere neue Hall of Fame langsam Gestalt annahm.

Das Dach, das wir im Zuge der Renovierung wieder hergerichtet hatten, hatte gehalten, und das obere Stockwerk war ein toller Ort gewesen, um einigen Leuten des Viertels Obdach zu bieten, die in ihren Erd- oder Dachgeschossen nicht bleiben konnten. Nur die Kinder hatten einen Riesenspaß gehabt und waren vom oberen Stockwerk in den *cielo* gesprungen wie in ein Freibadbecken.

Aber unsere *casita* hatte insgesamt standgehalten und wir hatten es wirklich geschafft. Gemeinsam.

So waren die Tage und Wochen ins Land gezogen und wir waren unserem Alltag nachgekommen. Hatten gekocht, mal mit Strom, mal auf dem Feuer, hatten die Kinder unterhalten, mit den Senioren gespielt, Musik gemacht, gefeiert und ich hatte die kubanische Gelassenheit gelernt.

»Vielleicht hilft es, wenn wir sie noch mehr auspowern?« Ich hockte mich hin und rief: »*Niños, salten sobre mí.*« Dabei bedeutete ich ihnen, über mich zu springen wie über einen Bock im Turnunterricht. Jola legte die dicken Sofakissen auf die andere Seite von mir und half ihnen beim Überwinden der Hürde. Die Kleinen kreischten vor Freude. Als ich dann noch begann, sie als Pferdchen herumzutragen, war ein neuer Höhepunkt erreicht.

»O Gott«, sagte ich schnaufend. »Ich freu mich auf die Vorschüler und die Grundschüler nachher. Da geht's ruhiger zu.«

»Ich finde es immer noch eine so gute Idee, dass du ihnen Englisch beibringst und sie dir den spanischen Grundwortschatz.«

Ich lachte. »Hauptsächlich bringen sie mir lustige Wörter bei, die absichtlich schwer auszusprechen sind, Schimpfwörter oder Sachen, die sie ekelig finden.«

»Hey, aber auch die braucht man.«

»Ich weiß jetzt, was Zungenkuss im kubanischen Slang heißt ... Die Kinder haben gekreischt vor Aufregung, als sie mir das erklärt haben.«

Jola grinste. »Und, wann hattest du deinen letzten ›superekeligen‹ *mate*?«

Das Kleinkind auf meinem Rücken gab mir die Sporen und ich legte einen Zahn zu, was mir gelegen kam. Schnell galoppierte ich zur Tür hinaus.

»Ich vergesse die Frage nicht!«, rief Jola mir hinterher, woraufhin das Pferdchen eine Runde um den Brunnen trabte. Tja, definitiv war der letzte *mate* viel zu lange her, auch wenn ich regelmäßig davon träumte. Mit einem ganz bestimmten Mann.

Auf dem Rückweg zu unserem Gruppenraum entdeckte ich Carmen, die am Arm eines älteren Herrn durch das Tor spazierte. Lana strich ihnen um die Beine. »*Hola,* Maike!«, rief sie.

»Ein Glück, dass ihr da seid. Die Kleinen sind heute wieder außer Rand und Band.«

»Das haben wir schon vermutet.«

Immer häufiger kam es vor, dass Carmen oder andere ältere Herrschaften wie zufällig zu unseren Kinderkursen eintrudelten und wie selbstverständlich bei der Betreuung mitmischten. Sie hatten aber auch echt den Dreh raus. Lebenserfahrung.

Kaum, dass Carmen den Raum betreten hatte, wuselten sie herum, führten sie in ihre Bücherecke und stimmten über die Geschichte ab, die Carmen jetzt vorlesen sollte.

»*Dios.*« Sie stöhnte. »Meine Augen werden jeden Tag schlechter. Ich brauche eine stärkere Brille.«

Ich machte mir in Gedanken eine Notiz und fügte die Brille zu meiner Liste an Dingen hinzu, die Marianne aus Deutschland mitbringen sollte. Auch wenn es mir schwerfiel, mein Abschied hier rückte näher und vor ein paar Monaten hatte meine Oma mir vorgeschlagen, mich hier abzuholen, um sich alles von mir zeigen zu lassen. Allerdings gab es noch keinen genauen Termin.

Plötzlich schlüpfte eine kleine Hand in meine. »Oh, Maria, da bist du ja. Möchtest du nicht mehr zuhören?« Das Mädchen schüttelte den Kopf und schmiegte sich an mich. Ich nahm sie auf den Arm. Wollen wir vielleicht etwas anderes spielen? Wieder schüttelte sie den Kopf. »Wollen wir zusammen Lana füttern?« Sie strahlte. Die Kleine, die ich am ersten Tag in Kuba in der verfallenen Wohnung kennengelernt hatte, wohnte nun mit ihrer Familie im Dachgeschoss und hatte einen Narren an Lana gefressen. Die beiden waren ein Herz und eine Seele.

»Wir können euch doch allein lassen?«

Jola deutete in die Leseecke, wo es ganz still war und alle der Geschichte lauschten. »Na klar. Kein Problem. Carmen hat die wilde Bande voll im Griff.«

Auf dem Weg zur Küche zupfte Maria mir an meinen bunten Strähnen, die deutliche Ansätze hatten. Raúl hatte tatsächlich permanente Farbe benutzt. »Na klar darfst du mir die gleich wieder flechten.« Eines ihrer liebsten Hobbys. Sie flocht alles. Blumenketten, Freundschaftsbänder und sogar Lanas Fell manchmal, wenn wir nicht aufpassten. Manchmal trottete Lana plötzlich mit einer Unmenge an Holzperlen durch die Gegend wie Jack Sparrow.

Livio rauschte in die Küche. »Hey, ihr zwei. Ich suche noch meine Sporthose, du hattest dir die doch wieder für *deporte y juego* geliehen, oder?«

»Äh, ja, die hängt hinten bei Lanas Hundehütte auf der Leine zum Trocknen.«

»Ach, weißt du was?« Livio gab mir einen Kuss auf die Wange. »Behalt sie. Ich kauf mir zu Hause einfach eine Neue und du brauchst sie sicher dringender hier.«

»Quatsch, nimm sie ruhig mit, ich bin doch auch bald weg.«

»Meinst du?« Er grinste mit einem seltsamen Ausdruck. Keine Ahnung, was er damit andeuten wollte.

»Klar, ich bin schon in Gesprächen mit meinem Chef in Köln, wann ich wieder einsteigen kann.«

»Du willst wirklich wieder ins Hamsterrad springen?«

»Machst du doch auch.«

»Ich arbeite im Restaurant meines Freundes. Das ist was ganz anderes. Das hat mit Lebensfreude und Genuss zu tun, während du ...«

»Ich werde mich wieder um die Wareneingänge und Bestellungen meines Automobilherstellers kümmern.«

»Klingt so trocken wie eine Focaccia von vorletzter Woche.«

Ich lachte. »Ich finde Logistik super.«

»Klar, aber die hast du ja hier auch. Du treibst immerhin die Renovierungen im Viertel maßgeblich voran.« Er zählte an seinen Fingern auf: »Du koordinierst die zur Verfügung stehenden Transporter, du organisierst im Netzwerk Baumaterial, du lässt Suelita die Baustellen versorgen, du klärst internationale Zuschüsse und beherbergst die Familien in der Zeit des Umbaus. Also, wenn du mich fragst, bist du total in deinem Element. Du strahlst wie die Sonne, wenn du das machst. Kann dir dein Autobauer das auch bieten?«

»Willst du mich etwa hierher abwerben?«

»Klappt's denn?«

»Nee, ich gehe auf jeden Fall zurück, ich weiß nur noch nicht, wann genau.«

Aber ich würde das alles hier schmerzlich vermissen. Die letzten Wochen hatte ich mich bereits mit dem Abschied auseinandergesetzt und versucht langsam loszulassen. Aber no es facil, wie man hier sagte. Es war nicht leicht.

»Ich leg dir die Shorts aufs Bett, *ragazza*. Sieh es als Abschiedsgeschenk.«

»Lieb von dir, Livio. Ich werde an dich denken, wenn ich am Rheinufer joggen gehe.«

Livio lachte. »Das glaub ich erst, wenn du mir ein Beweisbild schickst.«

Ich suchte ein paar Reste aus dem Kühlschrank zusammen, als Dominga hereinpolterte.

»Gut, dass du da bist. Ich dachte, du bist bei den Kindern drüben.«

»Carmen hat meinen Platz eingenommen. Ich glaub, die springt für mich ein, wenn ich weg bin.«

»Jaja, genau. Wenn du weg bist.« Dominga nickte grinsend. Was hatten denn nur alle? Was wollten sie denn da andeuten? »Jedenfalls gut, dass ich dich sehe. Ich wollte gerade das Abendessen planen.« Sie hatte eine Plastiktüte in der Hand.

Ah, el jaba y la lucha – die Plastiktüte und der tägliche Kampf, das Lebensnotwendige zu organisieren. Hier auf Kuba war die Plastiktüte nicht mehr wegzudenken. Jeder Kubaner hatte immer eine dabei, um unterwegs Dinge kaufen zu können, die zufällig von fahrenden Händlern und Bauern angeboten wurden. Auf die staatlichen Läden konnte man sich nicht verlassen und in die Schlangen stellte man sich nur, wenn es gar nicht anders ging.

»Ich wollte mal schauen, was ich so finde. Ich müsste nur von dir wissen, für wie viele Leute wir ungefähr kochen. Das Budget für heute erfrage ich dann gleich bei Mat.«

Ganz kurz stolperte mein Herz, aber ich zwang es schnell zur Räson. »Hm, die Familien, die hier wohnen, sind heute alle da, plus die Freiwilligen. Kommt Mauricio wieder mit Huan und den Jungs?«

Die beiden hatten zusammen mit zwei weiteren Kubanern aus dem Viertel eine Band gegründet und ihre Proben auf die Abendbrotzeit gelegt, um damit Publikum zu unterhalten und direktes Feedback zu bekommen. »Ist doch Vergeudung, ganz allein zu üben«, hatten sie gesagt.

»Ja, die spielen heute Abend wieder.«

»Also, dann kommt auch der Fanclub aus dem Altersheim von drüben. Summa summarum macht das dann knapp zwanzig Erwachsene plus die Kinder.«

»Super, danke. Dann geh ich mal hoch ins Büro. Oder willst du das schnell für mich übernehmen?«

»Tut mir leid, ich bin gerade mit Maria auf dem Weg, Lana zu füttern.« Entschuldigend hob ich den Napf hoch.

»Ah, ja klar, verstehe. Also trefft ihr euch nur heimlich?«

»Wieso denn heimlich? Jola hat auch eben wieder Anspielungen in die Richtung gemacht, aber ich weiß gar nicht, wie ihr darauf kommt.«

»Wir haben Augen im Kopf und wir können einfach nicht glauben, dass ihr wirklich so dumm seid und euch die wahre Liebe entgehen lasst. Ihr schleicht doch umeinander herum wie Lana und Bello.«

Den flauschigen grauen Havaneser hatten wir vor einigen Monaten aufgenommen, als die Hundeauffangstation im Viertel überlastet gewesen war und er war uns allen so fix ans Herz gewachsen, dass wir ihn nicht wieder hatten gehen lassen können.

»So ein Unfug, da ist gar nichts«, sagte ich und verließ kopfschüttelnd mit Maria und dem Hundefutter die Küche.

Kapitel 34

Mat

»Da ist gar nichts eingetragen«, murmelte ich und suchte in den Papieren nach dem Monatsbudget, das wir für die Verpflegung eingeplant hatten. *Dios mio*, normalerweise stand das doch hier irgendwo. Ich fuhr mir durch die Haare, die mir garantiert zu allen Seiten vom Kopf abstanden, und Dominga reichte mir ein Haargummi.

»Gracias«, murmelte ich und band mir schnell einen Bun. Ich war schon lange nicht mehr bei Albertino gewesen, einfach keine Zeit gehabt. Noch nicht einmal, wenn er hier unten alle zwei Wochen im Gruppenraum ehrenamtlich die Schere schwang. »Spielt Mauricio eigentlich heute Abend wieder mit der Band?«, fragte ich, während ich weiter in den Unterlagen stöberte.

»Das gleiche hat Maike auch gerade gefragt.«

Maike? Ich hielt kurz inne, machte dann aber schnell weiter. »Okay, und was hast du gesagt?«

»Das Gleiche, was ich Maike auch gesagt habe.«

Sagte sie einfach absichtlich so oft ihren Namen? Wusste sie, dass mich das jedes Mal innerlich ein wenig aufrüttelte? Es war schwer genug gewesen, all diese Monate. Ihr so nah zu sein, aber den letzten Schritt nicht gehen zu dürfen. Dabei wollte ich mich mit ihr necken, bis ihr Lachen in meinen Ohren klingelte wie ein zartes Glöckchen. Ich wollte sie umarmen und halten und neben ihr aufwachen. Hoffentlich war sie bald weg, meine Sehnsucht wurde mit jedem Tag stärker und ich konnte das bald nicht mehr. Meine Nerven waren zum Zerreißen gespannt und Dominga machte es gerade nicht besser.

»Und was hast du ihr gesagt?« Langsam wurde ich ungeduldig.

»Ich habe Maike gesagt, dass Mauricio natürlich kommt.«

Oaaah, jetzt war ich mir sicher, dass sie mich zu einer Reaktion provozieren wollte. Aber nicht mit mir. »Okay, alles klar. Gut. Ah! Da ist ja die Zahl, so, Moment, da ziehe ich noch schnell ab, was wir schon ausgegeben haben und … Sekunde …« Ich rechnete auf einem Schmierzettel herum, bis ich das Budget für den heutigen Tag raushatte und Dominga nannte. Ich seufzte. Das war echt nicht viel. Seit vorletztes Jahr die zweite Währung abgeschafft worden war und alle, auch die Touristen, den Peso Cubano statt dem Peso Convertible nutzten, waren die Preise für die Einheimischen in die Höhe geschossen.

Als Dominga gegangen war, Gott sei Dank, ohne noch mal Maikes Namen in den Raum zu werfen, schob ich gedankenverloren den Zettel hin und her, auf dem ich gerechnet hatte. Ach Mist, das war die Bewerbung einer jungen Frau aus Frankreich. Sie könnte sofort anfangen und würde noch am ehesten Maikes Nachfolge antreten können. Letztendlich konnte keiner sie ersetzen. Was sie hier alles leistete: die Renovierungen, die Kurse, das Netzwerken, die intensiven Gespräche, die gute Laune. Verdammt, jetzt dachte ich doch wieder an sie. Dominga hatte mit ihrer Strategie gute Arbeit geleistet. Ich wurde das Gefühl nicht los, dass sie und Mauricio uns wieder zusammenbringen wollten. Wozu allerdings, erschloss sich mir nicht, denn immerhin war Maike kurz davor, uns für immer zu verlassen. Jetzt, so kurz bevor ich es geschafft hatte, würde ich nicht einknicken und all unsere harte Arbeit, uns voneinander fernzuhalten, zunichtemachen. Ich musste das einfach packen. Auch wenn es schier ein Ding der Unmöglichkeit war.

Aber es brachte ja nichts. Ich musste dringend ihre Nachfolge regeln. Etwas, das ich jetzt lange genug vor mir hergeschoben hatte, um zu vermeiden, mit Maike allein in einem Raum zu sein. Betriebswirtschaftlich war es notwendig, dass jemand ihre Aufgaben übernahm. So war das eben im Leben und besonders bei uns, wo die meisten nur ein halbes Jahr blieben.

Aber erst mal mussten wir heute Livio verabschieden und praktischerweise zeitgleich seinen Ersatz am Flughafen mitnehmen. Ich blätterte im Bewerbungsordner eine Seite zurück. Eine gewisse Friederike, deren Vater Kubaner war, wie sie mir während des Telefoninterviews berichtet hatte. Sie war allerdings bei ihrer Mutter in Ostdeutschland aufgewachsen und wollte nun ihre Wurzeln erkunden und gleichzeitig Gutes tun. Sollte mir recht sein. Ich würde wieder Dominga mit dem Chevy zum Flughafen schicken. Nee, warte mal, das ging ja nicht, die war eben erst zu ihrer Einkaufstour aufgebrochen und in Havanna konnte das gut und gern einen halben bis ganzen Tag dauern, je nach Versorgungslage und Glück. Mist. Wer war sonst noch da? Jola? Nein, die war im Kinderkurs. Maike? Die hatte ebenfalls den ganzen Tag heute Kinderkurse. Außerdem wollte ich wirklich nicht mit ihr allein reden. Selbst wenn sie die Einzige wäre, die frei hätte, würde ich eher selbst zum Flughafen fahren, als am Stachel mit den Widerhaken zu rütteln, der tief in meinem Herz steckte.

Ja, warum eigentlich nicht. Ich konnte ohnehin mal eine Pause gebrauchen von dem ganzen Bürokram, der natürlich wichtig war. Aber wie ich eben gemerkt hatte, machte ich inzwischen Schusseligkeitsfehler, was bedeutete, dass ich definitiv mal rauskommen musste. Danach würde es frisch und munter weitergehen. Und Livio würde sich bestimmt freuen, dass ich ihn höchstpersönlich zum Flughafen geleitete. Immerhin waren wir auch Freunde geworden und nur, weil ich der Leiter war, hieß das ja nicht, dass ich nicht auch noch solche Tätigkeiten ausführen konnte. Sehr gern sogar. Ich lebte doch nicht im Elfenbeinturm hier.

Ich griff an den Haken, wo der Schlüssel des Chevy normalerweise hing, fasste aber ins Leere. Komisch. Ich hatte den doch heute extra nicht vergeben, weil ich genau wusste, dass wir den für den Transfer brauchten. Hm. Deshalb hatte ich ja auch den Neuen damit zum Tanken geschickt, vor etwa drei Stunden. Mist. Vermutlich gab es gerade wieder keinen Sprit und er steckte irgendwo in einer Schlange fest. Na, das war ja blöd gelaufen. Normalerweise ließen wir den Tank nie so leer werden, sondern achteten darauf, stets ein wenig nachzufüllen, damit wir nie auf Reserve liefen und immer handlungsfähig blieben, aber gestern war der neue Helfer Patrick gefahren, der das noch nicht gewusst hatte. Ungünstig. Wie brachten wir unseren Livio denn nun zu seinem Heimflug. Das letzte Mal, als ich mich auf den Weg zum Aeropuerto José Marti gemacht hatte, hatte auch unter keinem guten Stern gestanden. Da war Ernestos pinkfarbener Pontiac ja abgeraucht, bevor ich Maike hatte einsammeln können.

Ja genau! Das war es! Der pinkfarbene Pontiac! Ich wählte die Nummer auf meinem Wählscheibentelefon.

Nach einigem Klingeln nahm Ernesto ab.

»Ist dein Auto verfügbar und getankt?«, fragte ich ganz direkt.

»*Si, compañero.* Brauchst du ihn heute?«

»Wäre klasse. Aber bitte sag mir, dass der Keilriemen noch gut aussieht.«

Wir lachten beide darüber.

Kapitel 35

Maike

Maria lachte, als Lana sie aufmunternd an der Hand schleckte, aber dann flocht sie in aller Seelenruhe meine bunten Strähnen, während Lana sich zu Bello in den Schatten legte und die beiden ihre Mahlzeit verdauten. Ab und zu brummelte Lana zufrieden. Ich streifte meine Chucks, deren Sohle sich seit ein paar Tagen an der Ferse löste, von den Füßen und spürte mit meinen Füßen ganz bewusst den Boden. Dünnes, von der Karibiksonne verbranntes Gras, trockene Erde und kleine Steinchen. Ich schloss die Augen und atmete den Duft ein. Die Nachbarin Frau Gonzalez war wohl zu Hause, denn aus ihrer Richtung strömte der Geruch eines deftigen Mittagessens. Die ganze Atmosphäre war entspannt, die Autos hupten etwas weniger als sonst am Tag und auch die Fernseher in der Nachbarschaft plärrten nicht so laut. Vogelzwitschern, ganz weit entfernt das Rauschen des Meeres. Wie ich das alles vermissen würde. Die Sonne auf meiner Haut, die inzwischen angenehm gebräunt war. Diese Entspanntheit mitten am Tag. Bald würde ich wieder in der Kantine meines Arbeitgebers essen, wo es zuging wie im Bienenstock. Alle sprachen über die Arbeit und das echte Leben würde wieder meilenweit entfernt scheinen. Aber ich hatte mir das ja so ausgesucht. Ich wollte das ja so.

Plötzlich stand der neue Helfer Patrick neben uns. »Hey, Leute. Wisst ihr, wo Mat ist?«

»Im Büro, vermute ich. Hast du da schon nachgeschaut?«

»Ich weiß ehrlich gesagt gar nicht mehr, wo das ist.«

»Na komm, Maria, wir bringen Patrick hin, okay?«

Das Mädchen nickte und schob ihre Hand in meine. Zu dritt gingen wir durch die *STE* und klopften an Mats Tür. Keine Reaktion. War wohl doch nicht da.

»Ich will ihm auch eigentlich nur den Autoschlüssel wiedergeben. Das Tanken hat leider länger gedauert, die Schlange war …« Er machte eine explodierende Handbewegung an seinem Kopf.

»Okay, das ist gut, ich glaub nämlich, irgendwer muss Livio zum Flughafen fahren, der müsste um …« Ich schaute auf meine Uhr. »Der müsste eigentlich schon am Flughafen sein. Komisch, aber wie ist er dahin gekommen? Wenn der Chevy hier ist?«

Wir sahen uns ratlos an.

»Hat vielleicht einen anderen Wagen genommen«, schlug Patrick vor.

»Wir haben nur den Chevy. Außer dem fahren wir nur manchmal den Pontiac von Mats Kumpel.«

»Dann hat er bestimmt den genommen. Immerhin ist Mat selber ja auch nicht da.«

Tja. Vermutlich war es so, wie Patrick vorgeschlagen hatte, und Mat war mit dem Pontiac zum Flughafen gefahren, um Livio zu verabschieden. Aber kam nicht heute noch eine Neue an? Eine Französin? Ahaaaa. So langsam fügte sich das Bild. Wann war Mat schon zum letzten Mal selbst am Flughafen gewesen? Und dann auch noch mit dem Cabrio?

Ein stechender Schmerz zuckte durch mein Herz, aber ich zwang mich, ihn zu ignorieren. Ich hatte kein Recht dazu, das zu fühlen. Wir waren nicht zusammen und würden es auch nie sein. Er konnte tun und lassen, was immer er wollte.

Trotzdem war mein Herz voller Kummer und ich sehnte mich nach einem Gespräch mit Oma Marianne. Im Büro hatten wir sehr langsames Internet. Sonst ging ich üblicherweise in den WLAN-Park ein paar Straßen weiter, wenn ich Oma schreiben wollte, obwohl alle Helfenden den Computer stets nutzen durften, wenn er frei war. Aber meist war Mat ja an seinem Arbeitsplatz und ich ging ihm aus dem Weg. Das konnte man nicht anders sagen. Vor allem allein wollte ich ihn nie sehen. Das würde mich zu sehr in Versuchung führen. Wenn andere dabei waren, fiel es mir leichter, mich nicht in seine Arme zu kuscheln oder ihm die wilden Haare aus der Stirn zu streichen, die er in den letzten Wochen oft zu einem Manbun zusammenknotete, was ich unerwarteterweise erstaunlich attraktiv fand.

»Gib mir doch einfach die Schlüssel, ich hänge sie an den Haken«, sagte ich und Patrick schien erleichtert, seine Aufgabe erfüllt zu haben.

Maria schickte ich hoch zu ihrer Familie, die garantiert ihre Siesta hielt, und schlüpfte ins Büro. Ein Hauch von Mats Old Spice lag in der Luft, als ob er gerade erst gegangen war. Ich atmete einmal tief durch und prägte mir den Duft ein.

Wie gern würde ich mir den in eine kleine Flasche abfüllen, damit ich heimlich zu Hause in Köln daran schnuppern könnte, wenn ich in meiner WG war, die keine mehr war und nie mehr sein würde.

Ich ließ mich in Mats Stuhl plumpsen und verband den PC mit dem Internet, was ewig dauerte. Gefühlt so lange wie damals als Jugendliche. Hoffentlich kam heute eine Verbindung per Video zustande. Es tutete mehrfach, dann erblickte ich Oma Marianne, die mit einem Tee in ihrer gemütlichen Küche stand und in einer Schüssel rührte. »*Ming Leevje!*« Sie strahlte über das ganze Gesicht. »Schön, dass du anrufst! So unerwartet mitten am Tag bei dir! Sonst hast du doch immer alle Hände voll zu tun. Ist was passiert?«

»Nee, Oma, ich wollte einfach nur mit dir reden und jetzt, wo ich dich dran hab, kann ich dich auch gleich bitten, alte Brillen zu sammeln und mitzubringen.«

Oma lachte. »Bald muss ich ein zweites gratis Spendengepäck bei der Fluggesellschaft anmelden.«

»Auf jeden Fall, bring mit, was du kriegen kannst. Schuhe und Jeans wären toll. Die kosten hier neu so viel, wie ein Anwalt monatlich verdient. Und auf jeden Fall Medikamente: Aspirin, Ibuprofen, was du kriegen kannst. Es fehlt eigentlich an allem.«

»Schätzelein, das notiere ich mir sofort. Kurzer Moment.« Sie flitzte in die Wohnung und schnappte sich Block und Werbekuli von ihrem Telefontischchen im Flur. Dabei kam sie auch an ihrem großen Kalender vorbei. »Kann ich denn bei der Gelegenheit auch ein Datum für den Flug eintragen. Vielleicht wäre es janz jot, wenn ich bald mal buche?«

»Ich weiß noch nicht so recht«, druckste ich herum. »Ich komme aber auf jeden Fall zurück, Oma. Mach dir keine Sorgen.«

»Mädchen. Ich möchte dir noch mal was in aller Deutlichkeit sagen.« Sie rührte mit Schwung in ihrem Teig. »Ich denke, du kommst nur zurück, weil du Sarah eins auswischen willst. Um ihr zu zeigen, dass du angeblich besser bist als sie. Aber lass es dir von einem alten Hasen gesagt sein. Wut und Enttäuschung sind keine guten Ratgeber. Du musst einen Schritt auf sie zumachen und verzeihen. Meinetwegen jedenfalls brauchst du nicht zurückkommen. Wir haben das Internet und unsere Liebe zueinander. Egal auf welche Entfernung.«

Jetzt musste ich mir doch eine Träne aus dem Augenwinkel wischen.

Oma nickte wissend. »Vorschlag, Liebchen. Wie wäre es, wenn ich den günstigsten Flug in den nächsten paar Wochen buche und einfach bei dir bleibe, bis du weißt, wie es weitergeht? Dann kannst du mir alles ganz in Ruhe zeigen.«

»Das wäre eine gute Idee, denke ich.«

»Schön. Dann wär dat abjehakt. Und sonst? Wie läuft es bei euch?«

Dankbar über den Themenwechsel legte ich los. »Super. Ich hab in den letzten Tagen einiges an Baumaterial mit dem Karren bekommen und kann jetzt die Leute bitten, bei Familie Lopez die Wand hochzuziehen, die haben wieder einen geschützten Raum mehr, den sie nutzen können.«

»Hast du denn schon einen Nachfolger, der sich genauso gut um die Dinge kümmert vor Ort wie du?«

»Ich hab von Mat noch nichts dazu gehört.« Unruhig rutschte ich auf seinem Stuhl hin und her und entdeckte dann den Bewerbungsordner neben der Maus. Aufgeschlagen war er bei Friederike, der Frau, die Mat gerade vom Flughafen abholte. Eigentlich war es nicht okay, hier herumzuschnüffeln, aber irgendwie ging es mich ja auch etwas an, wer eventuell bald in meinem Zimmer wohnen würde.

Schon wieder war mir so komisch flau im Magen. Aber ja, das musste ich einfach akzeptieren: Das Leben hier würde auch ohne mich weitergehen.

Aha, eine Frau also. Französin. Mögliches Eintrittsdatum: ab sofort. Ach, okay. Da hatte Mat gar nichts von gesagt. Andererseits sprachen wir nie miteinander. Aber sollte er das nicht dennoch langsam mal angehen? Sah ihm gar nicht ähnlich, solche geschäftlichen Themen zu verschludern.

Bestimmt würde er mich bald zu einem Meeting einladen. Irgendwie musste ich mich dafür wappnen. Mit ihm über meine Abreise zu sprechen. Überhaupt mit ihm zu sprechen. Allein.

***

Allein schon, dass Mat beim Essen neben der Neuen saß, ließ mein Herz aufschreien. Natürlich saßen wir sonst auch nicht nebeneinander, aber irgendwie war dieses Gefühl nie da gewesen. Wo kam es auf einmal her? Und was sollte das? Friederike war eine Frau mittleren Alters, die wirklich offen auf alle zuging und freundlich zu sein schien. Sie war hübsch und lachte herzlich. Und Mat schaute sie eigentlich auch nicht anders an als andere Frauen. Aber wenn er nicht mit ihr flirten wollte, warum hatte er sie dann höchstpersönlich mit dem pinkfarbenen Pontiac abgeholt?

Und warum zum Geier sah er genau heute wieder so gut aus? Er trug sein feines weißes Hemd, das einen Knopf mehr geöffnet hatte als sonst, und die Haare zu einem Manbun geschlungen, was ihn wirklich ultimativ sexy aussehen ließ und seine markanten Wangenknochen extrem gut zur Geltung brachte.

Mats Blick schweifte wieder zu mir und verflocht sich mit meinem, was auch sonst ab und zu beim Essen passierte. Als ob unsere Augen nicht voneinander lassen konnten. Aber das war wirklich das Einzige, was uns noch verband. Diese sehnsüchtigen Blicke. Falls das überhaupt so war und ich nicht alles fehlinterpretierte. Schnell nahm ich einen Bissen meines Abendessens.

Ich hatte auf Wunsch vieler meine leckeren Kartoffelpuffer gemacht und natürlich gab es auch wieder Kubas Nationalspeise, *congris*.

Hatte Dominga etwa das damit gemeint, als sie gesagt hatte, dass Mat und ich wie Lana und Bello waren?

Vielleicht wurde es wirklich Zeit, dass ich endlich ging, bevor es noch unerträglicher wurde.

Ich schaufelte mir schnell den Rest meiner Bohnen in den Mund und beschloss, schon mal den Nachtisch anzurichten. Das mit Friederike und Mat konnte ich mir einfach nicht mehr anschauen, obwohl mein Verstand mich anschrie, dass da wirklich gar nichts war, und selbst wenn, ging es mich einen feuchten Kehricht an. Interessierte mein Herz halt nicht, was da oben im Kopf los war.

Ich stiefelte in die Küche, schnaubte undamenhaft, stellte meinen Teller in die Spülmaschine von anno dazumal und riss den Kühlschrank auf.

»Na«, erklang eine Stimme hinter mir.

Vor Schreck kiekste ich auf und wirbelte herum.

Mat.

Mat und ich allein.

In der ziemlich dunklen Küche.

Ich schnappte nach Luft.

Darauf war ich definitiv nicht vorbereitet.

»Hat der Kühlschrank dir was getan?«, fragte er mit sanfter Stimme und einem zarten Lächeln um die Mundwinkel.

»Nee.«

»Gibt's sonst einen Grund, aus dem du irgendwie aufgebracht bist? Ich hatte da das Gefühl, Schwingungen zu empfangen, und als Chef hier ist mir natürlich wichtig, wie es allen geht.«

Klar. Als Chef. Mein Herz übernahm die Kontrolle über meinen Körper und streckte dem Verstand die Zunge heraus. Ich lehnte mich an den Tresen und verschränkte die Arme. »Nein, es gibt keinen Grund.« Klar gab es einen, aber einen völlig abstrusen, der mit einem normalen Kopf einfach nicht nachvollziehbar war. Ganz sicher würde ich den nicht laut aussprechen.

»Gut. Ich hatte schon befürchtet, dass du vielleicht eifersüchtig bist.«

Ich lachte sehr laut. »Natürlich nicht.«

»Natürlich nicht. Deshalb dachte ich, ich schaue mal vorbei und sage dir, dass du heller strahlst als die Sonne und schöner glitzerst als jeder Stern.«

Ich schluckte. Nur ein *piropo*. Das war nur ein piropo. Weil er mein Chef war. Und ein höflicher Latino. Das Gleiche hatte er sicher auch zu Friederike gesagt.

Mat schaute mich intensiv an. Ich schluckte noch mal. Er trat einen Schritt auf mich zu. Und noch einen, bis er vor mir stand, seinen Blick tief in meinem versenkte und ich wie in Zeitlupe die Hand nach ihm ausstreckte. Was zur Hölle machte die da? Ich beobachtete, wie sie in seine Haare griff und an seinem Zopf zupfte.

»Gefällt er dir?«, fragte Mat mit rauer Stimme.

Ich schluckte trocken und nickte.

Er legte seine Hand an meine Wange und ich schmiegte mich hinein und schloss die Augen. Bitte, bitte, bitte. Dieser Augenblick durfte niemals vergehen. Ich wollte für immer so nah bei ihm sein, ihn riechen, hören, spüren. Ich wollte mit ihm zusammen sein. Jeden verdammten Tag.

Plötzlich rumpelte es im Flur und einige Stimmen näherten sich. Als ob wir etwas Verbotenes getan hätten, sprangen wir auseinander. Wie damals vor fast sieben Monaten, als wir frisch verliebt gewesen waren. Nur, dass wir das jetzt nicht waren.

Denn obwohl wir uns die letzten Monate akribisch emotional und auch körperlich voneinander ferngehalten hatten, wurde mir in dem Moment klar: Ich liebte ihn. Von ganzem Herzen.

Scheiße.

Kapitel 36

Mat

Mierda. Was tat ich denn hier? Ich hatte sie doch eigentlich nur auf ihre Nachfolgerin ansprechen wollen. Wie schnell war das denn bitte eskaliert? Das war ja nicht zu glauben.

Das durfte doch wohl nicht wahr sein.

Gut, dass die anderen gerade in die Küche trampelten. Wer weiß, was sonst passiert wäre. Ich musste unbedingt eine Lösung finden für unser Gespräch. Das durfte auf keinen Fall allein stattfinden. Wir brauchten dringend einen Anstandswauwau wie die Leute früher. Ich war doch kein Jugendlicher mehr, der sein Ding nicht im Griff hatte. Also bitte. Warum schaffe ich es denn dann nicht, dass sie mich kaltließ? So kalt wie Friederike. Oder wie Jola. Oder jede verdammte andere Frau auf der Welt? Wieso in Gottes Namen musste es ausgerechnet diese sein, die ich wollte. Genau die, mit der es keine Zukunft gab?

Hoffentlich packte Maike bald ihre Siebensachen und ging. Aber gleichzeitig wusste ich, dass mich das zerschmettern würde. Ich hatte langsam das Gefühl, dass sie die Abreise hinauszögerte. Aber ich konnte mir nicht erklären, warum. Ob es an mir lag? Oder am Job, der ihr Spaß machte? Oder waren die Flüge aktuell zu teuer? Oder wollte sie noch auf ihre Oma warten, die sie abholte? Das hatte sie mal Dominga erzählt, die es gleich Mauricio erzählt hatte, der es gleich mir erzählt hatte. Wie bei der Stillen Post. Kindergartenspielchen. Warum sprach ich sie nicht einfach selbst darauf an? Im Hof? Ganz unverfänglich. Tags. Wenn andere da waren. Da würden wir uns schon nicht einfach in die Arme fallen. Oder?

Ich verstand einfach nichts mehr. Vor allem mich selbst nicht.

Eine heile Welt gab es für mich nicht mehr ohne sie.

Ohne sie war mein Leben düster und ich war allein. Ich … O Gott. Was da in meinem Herz wütete, war nicht nur Schmerz. Was da loderte, musste Liebe sein.

Ich stützte mich auf dem Küchentresen ab und bekam plötzlich keine Luft mehr. Durst! Ich musste etwas trinken. Ich wedelte mit einer Hand, aber die Gruppe war bereits auf mich aufmerksam geworden. Schon war Maike bei mir und reichte mir ein Glas mit Wasser. Ich nahm einen großen Schluck und hustete prompt. »Das ist Rum!«, krächzte ich.

»Na klar.« Maike lächelte und streichelte mir den Rücken, von wo aus sich ein Flächenbrand auf meinem Körper ausbreitete. »Du sahst aus, als könntest du den gut gebrauchen.«

Mein Widerstand war gebrochen.

Kapitel 37

Maike

Was ich jetzt wirklich gebrauchen konnte, waren unglaublich gute Nerven. Immerhin berührte ich Mat gerade und sein Shirt war so dünn, dass ich die starken Muskelstränge durch den Stoff spürte, und meinem Körper gefiel das eindeutig zu gut. Mein Herz galoppierte regelrecht. Ich musste ihn loslassen. Schnell. Sonst würde ich mich noch in seine Arme werfen und ihn einfach küssen, obwohl einige Leute um uns herumstanden und Mat besorgt musterten.

Dieser hustete noch mal und lächelte mich dann an. »Danke, *hermosa*. Du weißt einfach, wie du mich aufmuntern kannst.«

Hä? Wie meinte er das denn jetzt? Was war mit unserer monatelangen Neutralität dem jeweils anderen gegenüber?

Verwirrt starrte ich in sein Glas und schnupperte daran. »Scheint mir, da war noch mehr drin als Rum. Vielleicht noch Reste vom Reinigungsmittel, die sich im Alkohol gelöst haben und dir jetzt zu Kopfe steigen.«

»Möglich. Oder ich bin dir einfach verfallen, du schönste aller Blumen.«

Ich fühlte seine Stirn und die anderen blickten ihn ratlos an. Friederike wusste nicht, was sie von alldem hier halten sollte.

Nur die Kubaner fanden ihn ganz normal, ihrem Gesichtsausdruck nach zu urteilen.

Irgendetwas hatte unser inniger Moment verändert. Ich hatte nur keinen blassen Schimmer, was.

»Ich bring ihn ins Bett«, bot ich an und merkte dann erst, wie doppeldeutig das klang.

»Bett klingt gut.« Mat grinste verführerisch und wackelte mit den Augenbrauen.

»Ist klar«, sagte ich und nahm ihn an die Hand. »Na, komm mit. Du scheinst mir ganz schön neben der Spur zu sein.«

Als wir die Treppen in den ersten Stock hinaufstiegen, hielt er meine Hand fester. »Bringst du mich ganz ins Bett? Nur heute?«

»Nope.« Es klang lässig, erforderte allerdings meine völlige Willenskraft. »Du weißt, dass das nicht geht. Vernunft und so. Aber … wenn ich könnte, dann würde ich nichts lieber tun.«

»Aber ich meinte es ernst«, flüsterte er, als wir vor seiner Zimmertür ankamen. »Ich bin dir wirklich verfallen.« Die Palmen raschelten leise im Wind und von unten drangen noch Geschirrklappern und Lachen zu uns hoch. »Ich habe gedacht, wenn wir uns voneinander fernhalten, dann geht dieses Gefühl weg. Ist es aber nicht.«

Mit aufgerissenen Augen starrte ich ihn an. »Ach, Mat«, sagte ich. »Du machst es uns noch schwerer, als es eh schon ist.«

»Es ist schon am allerschwersten.«

»Du weißt, dass ich nicht bleiben kann.« Ein Wimmern drang aus meiner Kehle.

»Und ich kann dich nicht gehen lassen.«

Verdammt, es ging mir doch wie ihm. Ich wollte nicht gehen. Mein Herz war hier, mein Leben war hier. Eigentlich wollte ich nichts mehr von dem, was in Köln auf mich wartete, der langweilige Job, meine leere Wohnung, die oberflächliche Stadt. Und ich liebte diesen Mann. Alles an ihm. Ich wollte mehr Zeit mit ihm. Aber der Vorsatz, auf keinen Fall so zu werden wie Sarah, war immer noch stärker. »Musst du aber.« Ich schlang die Arme um mich, nickte ihm traurig zu, sagte: »Gute Nacht«, und ließ ihn stehen.

Kapitel 38

Mat

Gute Nacht … Ich schnaubte, als ich auf meinem Bett lag. Wie sollte das eine gute Nacht werden? Wie sollte überhaupt je wieder etwas gut werden? Ich hatte mich ein letztes Mal aufgebäumt und war gescheitert. Und jetzt wälzte ich mich hin und her und kam einfach nicht zur Ruhe. An der Tür kratzte es. Barfuß und nur in Boxershorts ging ich hinüber und ließ Lana herein, die unendlich viele Holzperlen in ihrem geflochtenen Fell trug.

»Ach, Lana, du hast ein Gespür für mich, hm. Was soll ich nur tun? Ich will dieses Gefühl nicht mehr. Diese ganze Bitterkeit in meinem Leben. Ich möchte nicht mehr, dass die Trauer mich auffrisst.«

Lana schleckte meine Hand und lange glibberige Fäden umspannten die Finger. Dann tapste sie langsam wieder in Richtung Ausgang.

»Na, das war aber nur eine Stippvisite. Wolltest du nur mal kurz nach mir schauen?« Ich öffnete ihr die Tür und sie blieb im Flur stehen und blickte mich an. Sie machte einen Schritt vorwärts und wieder einen zurück zu mir und schaute mich wieder an. Wollte sie etwa, dass ich ihr folgte?

Schnell warf ich mir wenigstens ein Muskelshirt über und schlich ihr hinterher.

An Maikes Zimmer, in dem es jetzt mitten in der Nacht komplett still war, ging sie vorbei. Gott sei Dank. Als sie die Treppen hinunterstieg, scharrten ihre Krallen leise auf dem Holz, aber sie trottete einfach weiter bis zur Bürotür.

»Ich soll noch was arbeiten zur Ablenkung?«

Luna stellte sich abwartend noch näher an die Tür und ich öffnete sie.

»Na gut, warum eigentlich nicht. Ich kann ja ohnehin nicht schlafen.«

Während ich mich auf den Stuhl fallen ließ, machte Lana es sich auf dem Teppich bequem und wuffte ganz leise und zufrieden. Ich schaltete den Computer an und verband mich mit dem Internet, um die E-Mails zu checken. Vielleicht hatte Livio ja geschrieben, dass er gut angekommen war.

Plötzlich ploppte ein Fenster auf. Ein eingehender Videoanruf von Rieke. Ob etwas passiert war? Schnell nahm ich das Gespräch an und winkte ihr zu. »Hey, Rieke. Alles okay bei dir in den Niederlanden?«

»Alles super, die kleinen Rabauken von Enkeln schlafen endlich und ich bin bei Facebook unterwegs. Und bei dir Junge? Es ist drei Uhr nachts. Ich hab gesehen, dass du online bist, und hab mich gewundert.«

»Ich kann nicht schlafen und Lana hat mich hierhergebracht, vermutlich damit ich noch ein paar Dinge abarbeiten kann.«

»Oder sie wollte, dass wir reden.«

Ich lachte. »Glaubst du, sie verhält sich wie ein Mensch? Meinst du, sie versteht alles? Und hat noch übernatürliche Kräfte dazu?«

»Keine Ahnung, Mat. Ich glaube nicht an so was, aber Lana ist schon komisch manchmal, oder?«

»Ja, gut, das stimmt.«
»Also, worüber möchtest du reden?«
»Ich? Über gar nichts.«
»Dann hatte Lana den falschen Riecher?«

Ich lehnte mich zurück und betrachtete die Schatten, die die Palmen im Mondlicht in das Zimmer warfen. In der Dunkelheit sah das gewohnte Büro völlig anders aus.

»Na komm, schenk dir mal einen Schluck aus der guten Flasche Rum ein. Du siehst aus, als könntest du das gebrauchen.«

»Das hat Maike auch vorhin gesagt.« Ich hob die Flasche aus der hintersten Ecke der untersten Schublade und goss mir daumenbreit davon in eine alte Kaffeetasse, die ich hier heute Nachmittag stehen gelassen hatte.

»Maike, aha.«

»Jup.«

Rieke putzte sich in aller Seelenruhe die knallrote Brille.

Verdammt, diese Stille machte mich fertig. »Ich liebe sie, aber wir haben keine Zukunft, weil sie ganz bald abreist und mich zurücklässt, und ich kann nicht mehr schlafen und ach, Mann! Das tut so weh! Wie soll man das nur ertragen?«, platzte es aus mir heraus.

»Soso.«

»Niemand kann nachvollziehen, wie es mir geht und was ich durchmache.« Ich vergrub mein Gesicht in den Händen und fühlte mich wie ein kleiner Junge.

»Niemand?«

»Niemand!«

»Mir würde jemand einfallen, der auch seine große Liebe hat gehen lassen müssen.«

Ich erstarrte.

Aber wir hatten seit zehn Jahren keinen Kontakt gehabt. Ich konnte doch nicht einfach hingehen und ...

»Überwinde deine Wut«, sagte Rieke in meditativem Tonfall und erinnerte mich damit irgendwie an Yoda. Einen Yoda mit blonden geflochtenen Zöpfen und einem niederländischen Akzent. Ich musste grinsen.

Verdammt. Ja. Vielleicht war es Zeit. Zeit, abzuschließen. Und wenn ich damit abschloss, würde vielleicht auch dieses nagende Gefühl weggehen. Oder mein Vater hatte andere Tipps, wie man die Liebe seines Lebens schnell vergaß. Ich musste nach Trinidad. Aber wann und wie?

Bald würde Maikes Oma herkommen, wenn ich mich recht erinnerte. Ich konnte die beiden Frauen zum Sightseeing mitnehmen, auch wenn es mir schwerfallen würde, Maike so nah zu sein. Aber so wäre der knappe Sprit wenigstens nicht nur für mich allein rausgehauen, sondern der Trip quer durch das Land würde sich wenigstens lohnen.

Kapitel 39

Maike

Zwei Wochen später

»Nein, nein, nein! Das ist ein Trip quer durch das ganze Land!« Innerlich hob ich flehend die Hände zum Himmel. Das war doch nicht zu fassen.

»Ja, aber warum denn nicht?«, rief Carmen leidenschaftlich. »Ich verstehe einfach nicht, was dagegensprechen sollte!«

»Ich will Marianne Havanna zeigen, das echte Leben hier, nicht eine völlig touristische Parallelwelt!«

»Aber das eine schließt das andere ja nicht aus.«

»Und außerdem hab ich ja wohl Mitspracherecht, was ich sehen will!«, rief Marianne und schubste unsere weiße Hollywoodschaukel noch einen Tick mehr an, die wir jüngst von Steven gespendet bekommen hatten. Keine Ahnung, wie er sie aus Florida hierher bekommen hatte, aber sie hatte sich zum Herzstück unseres *cielo* gemausert.

»Richtig, sie hat Mitspracherecht!«, rief Carmen und langsam kam ich mir vor wie in einer Telenovela.

»Prösterchen!«, zwitscherte Marianne und stieß ihr Glas Mojito an Carmens Glas mit purem Rum an.

»Prösterchen!«, erwiderte Carmen mit starkem spanischen Akzent und die beiden kicherten wie Schulmädchen. Ich schüttelte den Kopf.

»Aber Cayo Coco ist superweit weg! Wie wollt ihr denn da bitte hinkommen?«

»Wieso *ihr?* Wir! Du kommst natürlich mit! Und der nette Mat fährt uns! Ganz klar!« Omas Stimme ließ keinen Einspruch zu.

O Mann. Was hatte ich mir denn da eingebrockt?

»Ich hab leider zu viel Arbeit und überhaupt …«, wagte ich eine letzte Ausrede. Cayo Coco, also echt! Wie kamen die zwei denn bitte überhaupt darauf? Das war doch noch eine ganze Ecke hinter Trinidad, wenn ich mich recht erinnerte. Also zwei ganze Tage mit Mat im Auto. Puh. Eigentlich lieber nicht. Keine Ahnung, wie ich seine traurigen Blicke ertragen sollte, ohne mich in seine Arme zu werfen. Schon vor zwei Wochen war es die Hölle gewesen, als ich ihn abends stehen gelassen hatte. Ich hatte die ganze Nacht geweint. Natürlich. Aber es half ja wirklich nichts. Auch unser Gespräch im Speisesaal der *STE* war nicht gerade fröhlich verlaufen. Deshalb hatte ich mich gefreut, dass Marianne so schnell einen guten Flug gefunden und nur knappe vierzehn Tage später bei uns auf der Matte gestanden hatte. Nur dass sie jetzt große Erkundungstouren plante, statt mit mir wieder abzureisen.

»Und überhaupt«, wiederholte sie meine Worte. »Überhaupt hast du dir einen paradiesischen Urlaub verdient, bevor du wieder ins triste Deutschland zurückkommst.«

Sie machte mir die Heimkehr ja wirklich schmackhaft. Nicht.

»Bei uns sagt man: ›Hast du Cayo Coco nicht gesehen, hast du Kuba nicht gesehen.‹ Es ist also deine Pflicht, den Teil des Landes auch zu besuchen.« Carmen nickte nachdrücklich.

»Es ist ohnehin schon alles geplant«, sagte Marianne versöhnlich und schob ihr um die Stirn geschlungenes buntes Tuch zurecht. »Morgen geht's los. Zwischenstopp mit Übernachtung in Trinidad, das soll ja malerisch sein, da hast du ja auch so von geschwärmt. Ein richtig toller Kurzurlaub. Mat weiß Bescheid und hat den Chevy schon getankt. Geh also lieber schnell den Bikini einpacken.«

Fasste man es? Ich hatte mir Rückendeckung erhofft, stattdessen stiegen mir die zwei Damen aufs Dach.

»Und bring uns bitte noch mal Nachschub, wenn du schon stehst, *Leevje*. Bei dem Wetter hier hat man ja immer eine trockene Kehle.«

Das konnte ja was werden.

Kapitel 40

Mat

Was sollte das denn bitte werden? Wir hatten gesagt, dass es bei Sonnenaufgang losgehen würde, und ich hatte mich auf eine wunderbar entspannte Reise mit zwei rüstigen Rentnerinnen eingestellt, die sich unterwegs einen zwitscherten und dann friedlich ein Nickerchen machten. Zwischendurch Sightseeing und das Ganze von vorn. Das war mein Plan gewesen. Und natürlich das klärende Gespräch mit meinem Vater in Trinidad. Deshalb war mir der Plan mit Cayo Coco auch so recht gekommen und ich hatte sofort zugesagt, die beiden Señoras zu kutschieren.

Aber warum zum Geier stand jetzt Maike mit einer Tasche vor mir? Mit ihrem niedlichen, vom Schlaf zerzausten Haar, das sie noch nicht gekämmt hatte, und den vollen sinnlichen Lippen, die sie zu einer Schnute verzogen hatte.

»Guck mich nicht so an. War nicht meine Idee.« Mit Schwung warf sie ihr Täschchen in den Kofferraum.

Ich würde es auf keinen Fall aushalten, zwei volle Tage neben ihr im Auto zu sitzen und durch Kuba zu gondeln, als ob nichts wäre. Was wir in den letzten fast sieben Monaten geschafft hatten, war einfach nicht mehr möglich, seit wir uns in der Küche berührt hatten. Diese Distanz konnte ich nicht mehr aufrechterhalten, wenn ich mehrere Tage mit ihr auf engstem Raum verbringen musste.

Am Tor tauchten die beiden Damen auf, die aussahen, als würden sie zu einer Kreuzfahrt aufbrechen. Koffer, Sonnenhut, Leinenkleid.

»Hallöchen, Popöchen!«, rief Marianne auf Deutsch und ich vermutete, dass es so etwas wie *Guten Morgen* bedeutete.

Die beiden hatten mich eindeutig reingelegt. Sie hatten genau gewusst, dass ich Nein sagen würde, wenn sie erwähnten, dass Maike mitkam.

Andererseits musste ich es ja nur bis zu meinem Vater nach Trinidad schaffen. Wenn er mir die ultimativen Tipps gegen das gebrochene Herz mitteilte, dann würde der Rest der Reise ein Klacks werden. Und das Gespräch sehnte ich inzwischen mehr als dringend herbei. Jetzt konnte ich nicht mehr aus der Nummer heraus. Ich musste die Zähne zusammenbeißen. Und einfach die nächsten fünf Stunden nicht auf den Beifahrersitz schauen, auf dem Maike gerade mit verschränkten Armen Platz genommen hatte, damit die beiden Damen hinten schwatzen konnten.

Ach, verdammt. Nur fünf Stunden. Und wenn die Damen hinten etwas angeheitert waren, dann war ich sicher so von ihrer guten Laune abgelenkt, dass ich Maike und ihren entzückenden Schmollmund verdrängen konnte.

Ich eilte in die noch verlassene Küche und machte uns eine Runde Kaffee.

Auf dem Rückweg streichelte ich Lana zum Abschied, die komischerweise noch mehr Perlen im Fell hatte.

Breit lächelnd überreichte ich den Damen die Becher. »Mit den besten Grüßen aus der Küche, eine Spezialität, die von kubanischen Soldaten als Stärkung vor dem Kampf erfunden wurde: Carajillo, Kaffee mit einem Schuss Rum. Für einen besonders heiteren Start in den Tag.«

Auch Maike reichte ich einen Becher, darauf bedacht, nicht ihre Finger zu berühren.

»Danke«, murmelte sie. »Den hab ich echt nötig. Das wird ein Kampf.«

Ich konnte ihr nur zustimmen, wusste aber nicht, ob sie die beiden Frauen meinte oder uns beide.

Kapitel 41

Maike

Wir beide. Nebeneinander. Fünf Stunden lang, bis wir endlich in Trinidad waren.

Die Hölle.

Glücklicherweise hatte Mat uns den Carajillo serviert, der absolut scheußlich schmeckte, zumindest meiner Ansicht nach. Die beiden Urlauberinnen hinten brachte das Getränk jedoch in eine vergnügte Stimmung und schon bald schmetterten sie gemeinsam Gassenhauer, die sie sich gegenseitig beibrachten: von »La Cucaracha« über »El Comandante Che Guevara« bis hin zu »Viva Colonia«.

Wie sollte ein Mensch so etwas ertragen?

Immerhin lenkte mich das Theater so von dem Fakt ab, dass Mat neben mir saß, entspannt im T-Shirt statt im Hemd, mit Sonnenbrille und dem verboten heißen Manbun. Ich verfluchte meine Hormone und zwang mich krampfhaft, meinen Becher mit beiden Händen festzuhalten, damit die linke nicht in einem unbeobachteten Moment abhaute und sich auf Mats Arm legte.

Als wir bei dem Lied »Blootwoosch, Kölsch un e lecker Mädche« angekommen waren und Marianne Carmen das Wort Blutwurst erklärte, holperten wir endlich durch die Gassen

Trinidads mit den farbenfrohen kleinen Häuschen. Ein wenig Wehmut stellte sich dabei ein. Das letzte Mal waren wir gemeinsam hier gewesen, als Paar irgendwie.

Aber jetzt war alles anders. Wir waren in diesem komischen Stadium und auch die Jahreszeit hatte sich geändert. Die Regenzeit war vorüber und die Straße, in der Carmens Tochter wohnte und in der Mat gerade hielt, würde heute Abend nicht überflutet werden.

An dem Hauseingang hatte ich auf ihn gewartet, als der Schauer eingesetzt hatte. Mein Herz zog sich schmerzhaft zusammen.

Carmen und Marianne dackelten hinein und erwarteten scheinbar von uns, dass wir das Gepäck brachten. Erleichtert, endlich mehr Abstand zwischen uns zu bringen, rollte ich die Koffer in den Eingangsbereich, die Mat ausgeladen hatte.

Als wir fertig waren, stellte er sich mir in den Weg, scheinbar penibel darauf bedacht, mich nicht zu berühren. Kam mir recht.

»Maike, ich hole euch morgen früh wieder hier ab. Gegen neun. Dann geht's weiter. Schönen Tag euch.«

Kaum hatte er zu Ende gesprochen, war er in den Wagen gesprungen und auf und davon gefahren.

Stimmt, er hatte sein Zeug nicht mit ausgeladen. Offensichtlich würde er nicht bei Carmens Tochter übernachten. War es so fürchterlich mit mir? Brauchte er mehr Abstand zwischen uns? Auf der anderen Seite merkte ich, dass mich die Entscheidung erleichterte, denn ich hatte das Gefühl, für seine Trauer verantwortlich zu sein, und konnte das kaum ertragen. Gleichzeitig fiel mir das alles selbst ja auch unsagbar schwer.

Dafür hatte ich einen Nachmittag und Abend mit den zwei lustigen Ladys gewonnen.

Ich schlurfte ins Haus und begrüßte Carmens Tochter. Nachdenklich beobachtete ich, wie die drei gemeinsam in der Küche hin und her wirbelten. Carmen und ihre Tochter verhielten sich, als wäre sie nie weg gewesen und Marianne fügte sich ein, als wäre sie schon immer ein Teil der Familie. Genauso hatte es sich angefühlt, als ich Marianne vorgestern am Aeropuerto José Marti abgeholt hatte. Wir waren uns in die Arme gefallen, hatten ein paar Freudentränchen vergossen, aber letztendlich war alles wie immer gewesen. Nur eben hier und nicht in Deutschland. Ich hatte ihr die *STE* gezeigt, alle Leute vorgestellt und war mit ihr um die Häuser gezogen. Ob das mit Sarah genauso wäre, wenn ich sie wiedersehen würde? War es vielleicht gar nicht wichtig, wie oft man sich sah, sondern nur, wie man die Zeit gestaltete, die man zusammen hatte?

Ich ging zu Marianne und nahm sie, ohne etwas zu sagen, fest in den Arm. Als ob das eine Aufforderung zum Gruppenkuscheln gewesen wäre, gesellten sich auch Carmen und ihre Tochter dazu und wir drückten uns, bis wir alle in ein befreiendes Lachen ausbrachen. Nach Mat erkundigte sich keiner, scheinbar war allen klar gewesen, dass er hier nicht mit übernachtete, sondern sich ein eigenes *casa particular* gesucht hatte.

Nach einem leckeren Abendessen mit musikalischer Untermalung stand ich in dem einfachen Badezimmer und putzte mir gerade die Zähne, als Marianne in ihrem rosafarbenen Seidenbademantel hereinkam.

»Störe ich dich?«

Ich schüttelte den Kopf und Marianne setzte sich auf den Rand der schmalen Badewanne. »Soll ich dir die Haare kämmen? Wie früher?«

Ich nickte und setzte mich auf den Klodeckel. Marianne zog die Bürste aus dem Kulturbeutel und begann mir gleichmäßig durch die Haare zu fahren. Sarah und ich hatten das damals beide geliebt und uns immer darum gestritten, wer öfter und länger gekämmt wurde.

»Es ist so schön hier, alles. Ich bin erst seit vorgestern da, aber ich bin begeistert. Ich hab immer hierher gewollt. Schon damals mit Günther, wie du weißt. Wir hatten ja nicht viele Reiseziele zur Auswahl in der DDR. Ihr jungen Leute könnt reisen, wohin ihr wollt, ihr könnt euch auf dem Planeten frei bewegen. Im Vergleich zu den Einwohnern vieler anderer Länder auch heute noch.«

Das stimmte. Das war wirklich ein riesiger Luxus. Freiheit.

»Aber letztendlich geht es vielleicht gar nicht darum, wo man ist, oder?«

»Dasselbe habe ich mir heute Mittag auch schon gedacht.«

»Ich bin mit Günther dann nach Ungarn gefahren und da war es auch schön. Weil wir zusammen waren. Was hilft es einem, an irgendeinem Ort zu sein, an dem man sein will, wenn man dafür allein ist, statt mit demjenigen zusammen zu sein, den man liebt?«

»Denkst du, es hätte Sarah kaputtgemacht, nach Hause zurückzukommen? Denkst du, sie liebt Jake so sehr, dass sie dableiben muss?«

»Man muss auf sein Herz hören. Nicht der Ort bestimmt, wo man Heimat findet. Es sind die Menschen. Wo bist du zu Hause?«

»Ich liebe Havanna. Ich liebe die Leute, die Kultur, und ich liebe ... Mat.«

»Soso. Er ist also der junge Herr, den du auf dem Foto so angehimmelt hast.«

»Du siehst nicht aus, als würde dich das gerade total überraschen.«

»Natürlich nicht. Ich bin deine Großmutter. Ich weiß so einiges ... deshalb bin ich doch hier.«

»Ich dachte, um mich abzuholen.«

»Dachtest du das wirklich?«

Wir starrten uns an und plötzlich musste ich wieder lachen. »Haben du und Carmen uns absichtlich zusammen aus dem Haus gejagt und durch die Weltgeschichte gescheucht?«

Marianne grinste.

»Und was ist mit ›Wenn du Cayo Coco nicht gesehen hast, hast du Kuba nicht gesehen‹?«

»Der Spruch muss wohl erst noch erfunden werden. Aber irgendjemand muss ja den Anfang machen.«

Ich grinste. »Klitzekleine Notlüge, ne.« Den Ausdruck hatten wir früher immer verwendet, wenn wir geschwindelt hatten.

»Manchmal braucht man jemanden, der einen daran erinnert, was wichtig ist. Mein Job ist es, meine Enkel in ihren Entscheidungen zu unterstützen. Sarah hat auch lange gezögert, aber auch ihr habe ich gesagt, dass sie ihrer Intuition folgen muss, auch wenn das wehtut.«

»Es ist ihr nicht leichtgefallen, dortzubleiben?« Mir fiel das Kinn herunter.

»Nein, auf keinen Fall. Sie hat genau wie du wochenlang mit sich gehadert.«

»Aber Oma! Warum hat sie mir das nicht gesagt? Ich dachte, sie hätte mich einfach zurückgelassen und es wäre ihr egal!«

»Du hast den Kontakt wutentbrannt abgebrochen, bevor sie dir alles erklären konnte.«

»Aber ... aber ...« Jetzt, wo ich darüber nachdachte, merkte ich, dass das stimmte. Ich war so verletzt gewesen, dass ich Sarah keine Chance gegeben hatte, mir ihre Sicht der Dinge zu zeigen.

»Das war total unfair, oder?« Ich senkte den Kopf. »Aber warum hast du mir das nicht erklärt?«

»Du warst noch nicht bereit zuzuhören, und schon mal gar nicht in der Lage, es zu verstehen. Aber heute, mit den Erfahrungen, die du hier gesammelt hast, mit dem Wissen, das du jetzt hast ... kannst du nachempfinden, was Sarah gefühlt hat?«

Ich horchte in mich hinein. Dachte an Mat. An das Strahlen, das auf seinem Gesicht lag, wenn er mich sah. An seine zärtlichen Küsse von damals und sein Lachen, wenn er mich neckte. Die Liebe konnte ich spüren. Und den Wunsch, in seiner Nähe zu bleiben. Nach Köln zog mich nichts mehr. Der einzige Grund, der mich bis heute dazu getrieben hatte, zurückzureisen, war meine Sturheit. Es Sarah zu zeigen. Besser zu sein als sie. Nicht das zu tun, für das ich sie monatelang verurteilt hatte.

Sturheit, die mir mein Leben versauen konnte.

Ja, ich konnte sie jetzt verstehen. Und ich wollte am liebsten genauso handeln. Ich hatte einen Fehler gemacht. Einen riesigen Fehler. Und sie hatte recht gehabt.

»Oma. Ich muss Sarah anrufen.«

»Halleluja, Kind. Endlich bist du wieder richtig verdrahtet. Bei ihr ist es jetzt Vormittag in Sydney.«

Ich grinste. »Ich muss dringend zu den Treppenstufen. Kommst du mit?«

»Macht ihr Mädchen das mal unter euch aus.«

»Die wird ganz schön Augen machen, wenn ich mich plötzlich melde, oder?«

»Die wird deine glatten Haare bewundern. Und deine bunten Strähnen.«

Nicht eine Sekunde dachte ich darüber nach, was ich tun würde, wenn sie mich zurückwies oder wie es mir gehen würde, sollte sie mir nicht verzeihen. Alles oder nichts. Ich musste das jetzt einfach klären. Es fühlte sich richtig an. In einer warmen Nacht in einer kleinen Stadt auf einer Insel in der Karibik musste ich mit meiner Zwillingsschwester reden, die sich auf der anderen Seite der Erdkugel befand, in einer Metropole am Vormittag. Schnell wie der Wind raffte ich meine Sachen zusammen und rannte aus dem Haus.

Kapitel 42

Mat

Langsam ging ich auf das Haus zu. Den gesamten Tag hatte ich verbummelt. Hatte an der Treppe am Plaza Mayor Kaffee getrunken. War an meiner alten Grundschule vorbeispaziert. Hatte im Wagen Siesta gehalten. Und mich davor gedrückt, hierherzukommen. Obwohl ich das eigentlich seit Tagen herbeigesehnt hatte. Im letzten Moment bekam ich kalte Füße.

Was würde mein Vater sagen, wenn ich nach zehn Jahren einfach vor ihm stand?

Wie hatte er sich verändert? Würde er mich rauswerfen? Beschimpfen?

Ich stand wie angewurzelt da und konnte mich nicht bewegen. Das Licht der vereinzelten Straßenlaternen war so schummrig, dass ich nicht erkennen konnte, ob sich etwas verändert hatte. Die Fensterläden unter dem Gitter waren verschlossen. Klar, es war ja auch schon ganz schön spät. Ich hatte es so lange hinausgezögert, bis mein Vater im Zweifel schon schlief. Ich war ein verdammter Hornochse. Ein Angsthase. Ein Schwächling. Aber dann dachte ich wieder an Maike und daran, wie sie den Mund verzogen hatte, als die Damen im Auto die Lieder geschmettert hatten, und mein Herz schrumpelte zusammen vor Kummer.

Es gab keinen anderen Weg. Ich musste über sie hinwegkommen.

Jetzt oder nie. Eine Spannung, ja sogar eine gewisse Mystik lag über dem Moment an diesem Ort, der für die Welt so unbedeutend war. Irgendeine Gasse in irgendeiner Stadt, wo nie etwas Besonderes passierte. Aber hier und heute kehrte ein Sohn nach Jahren der Stille nach Hause zurück, angetrieben durch die Liebe zu einer Frau, die ihn zu dem gleichen Schicksal verdammte wie seine eigene Mutter.

Mit langen Schritten ging ich die letzten Meter mit klopfendem Herzen.

Wie in Zeitlupe hob ich die Hand und klopfte. Das war zu zaghaft gewesen. Noch mal.

Okay, klar, er schlief schon. Oder wohnte eventuell ja auch gar nicht mehr hier. Vielleicht sogar ganz woanders. In Santiago oder Santa Clara. Oder auch in Havanna. Vielleicht hatte er mich dort gesucht, aber nicht gefunden in all den Jahren. Vielleicht war er mir schon über den Weg gelaufen und ich hatte ihn nicht erkannt. Aber er hätte mich doch erkannt, oder? Außerdem, wenn er gewollt hätte, hätte er mich sicher gefunden. Das Netzwerk funktionierte in Kuba ausgezeichnet. Das hatten wir ja bei Steven gesehen.

Was sollte ich jetzt machen? Wo sollte ich schlafen? Darüber hatte ich mir in meinem Tunnelblick heute noch gar keine Gedanken gemacht. Ich hatte immer nur bis zu dem Moment gedacht, in dem ich klopfte und Papa öffnete. Was er nicht tat. Also alles ganz anders als in meiner Vorstellung.

Unentschlossen blickte ich nach rechts und links. Da stand ein Mann nur wenige Meter entfernt mit einem Obstkarren, den er statt eines Esels gezogen hatte. Er stellte ihn ab, ohne den Blick von mir zu nehmen. Dann kam er ein paar Schritte auf mich zu und trat in den Kegel der schwachen Laterne. Er war kleiner geworden. Gebeugt. Faltiger. Seine Haut war gegerbt. In seinen Augen lagen tausend Emotionen. Allen voran Unglaube.

»Papa.«

»Matti.«

Ich flog in seine Arme wie damals, als ich mir das Knie beim Spielen aufgeschlagen und er mich getröstet hatte. Er fühlte sich genauso an wie immer und er roch wie früher nach Old Spice, ein Rasierwasser, das ich aus Sehnsucht übernommen hatte.

»Ich glaube, ich träume. Bist du wirklich keine Halluzination?«

»Nein, Papa. Ich bin da.«

Wir lösten uns voneinander und betrachteten uns. Jetzt glitzerten Tränen in seinen Augen. »Kommst du noch mit rein?«, fragte er kaum hörbar, als ob er Angst hätte, dass ich jetzt wieder ging.

»Wenn ich darf, gern.«

»Du bist hier immer willkommen, mein Sohn.«

Ich kam ihm zuvor und zog den gefühlt tonnenschweren Karren hinter das Haus.

»Abends verkaufe ich noch viel Gemüse«, sagte er und ich war froh über das unverfängliche Thema. Wir mussten den emotionalen Moment noch überwinden und uns erst langsam vortasten. Nicht zu schnell zu viel. Der Frieden war noch brüchig.

Seine Hände zitterten, als er in der Küche, in der meine Mutter früher gebacken hatte, einen Lindenblütentee zubereitete. Handgriffe, die man sonst ohne nachzudenken ausführen konnte, wurden plötzlich zu einer Herausforderung. In ihm musste so viel vorgehen. Wie in mir.

Ich sog die Luft tief ein. Duft vom Holzfeuer im Ofen, der metallene Geruch der gusseisernen Töpfe, die Süße der Mangos am Baum vor dem Fenster. Grillenzirpen.

Ich holte zwei Tontassen, auf denen noch die Fingerabdrücke meiner Mutter und mir zu sehen waren. Wir hatten sie, als ich im Kindergartenalter gewesen war, bei einer Nachbarin getöpfert und es nicht gut hinbekommen. Wir hatten gelacht, bis uns die Bäuche wehgetan hatten.

Eine Träne lief mir die Wange hinunter. Hier war es so viel schlimmer als in Havanna. Alles erinnerte mich an sie und unsere gemeinsame Zeit. Es war unfassbar schwer gerade.

Mein Vater reichte mir die Tasse mit dem Tee, der wunderbar beruhigend roch. Als Kind hatte ich Unmengen davon trinken müssen, wenn ich krank war, während meine Mutter neben mir am Bett gesessen und mir die Haare aus der fiebrigen Stirn gestrichen hatte.

»Wie machst du das nur?«, fragte ich schniefend. »Du wohnst wie in einem Museum hier. Vermisst du sie nicht?«

Leise sagte er: »Doch, ganz fürchterlich. Es wird nicht weniger. Besonders, wenn wir telefoniert haben.«

Mir fiel fast die Tasse aus der Hand und ein guter Schwall schwappte mir über die Hand. Verdammt, der war noch kochend heiß. »Ihr habt Kontakt?«

»Natürlich, Mateo. Was dachtest du denn?«

»Dass Mama dich genauso verlassen hat wie mich.« Jetzt waren wir doch schneller auf das Thema zu sprechen gekommen, als ich gedacht hatte.

»Sie hat uns doch nicht verlassen. Sie ist nur woanders.«

»Das klingt, als wäre sie gestorben. Dabei hat sie uns absichtlich im Stich gelassen.«

»Sie musste in ihre Heimat zurück.«

»War hier nicht ihre Heimat?«

»Hier ist ihr Zuhause. Wir sind ihr Zuhause. Ihre Familie. Ihr Herz ist immer bei uns.«

»Aber warum ist sie nicht hier?! Warum hat sie uns zurückgelassen, wenn ihr Herz angeblich noch hier ist?«

»Muss man denn immer beieinander sein, wenn man sich liebt? Wird die Liebe denn weniger, nur weil man nicht beisammen ist?«

Ich dachte an die Monate seit dem Zeltmorgen, die Maike und ich nicht als Paar verbracht hatten. Die räumliche Trennung, wenn natürlich auch bei Weitem nicht so groß wie die zwischen Berlin und Trinidad, hatte rein gar nichts an unseren Gefühlen geändert. Wie naiv waren wir gewesen, das anzunehmen? Ich hatte sie nach Monaten der Trennung sogar noch mehr geliebt. Jeden Tag ein bisschen mehr. »Nein.«

»Sie hat dich nicht verlassen, Matti. Sie hat alles für dich getan, solange du klein warst, und dann bist du ausgezogen. Sie musste sich wieder um ihr Leben kümmern. Jeder Mensch hat eine Verpflichtung sich selbst gegenüber. Glücklich zu sein. Das für die Situation beste Leben zu leben, das möglich ist. Wir dürfen nicht über sie urteilen. Sie muss sich nur vor sich selbst rechtfertigen.«

In dem Moment wurde mir klar, was das für meinen Vater bedeutete. Und was das alles für ihn bedeutet hatte. Er musste Übermenschliches leisten. Er liebte meine Mutter so sehr, dass er sie freigelassen hatte, damit sie in ihre alte Heimat gehen konnte, wo sie ein Leben nach ihren Vorstellungen führen konnte.

»Ich muss auch das Beste aus der Situation machen. Na klar, gerade jetzt ist sie nicht hier, aber ich liebe sie heute noch genauso sehr wie vor dreißig Jahren und vor zwanzig und zehn. Und sie mich auch. Und wenn wir nur einmal im Monat telefonieren können, dann ist das eben so. Es ist nicht einfach, aber das Leben geht weiter.«

Da war sie wieder, diese stoische kubanische Gelassenheit.

»Ich bereue nichts.« Mein Vater nippte an seiner Tasse. »Ich erinnere mich an jeden Tag mit deiner Mutter. Aber sie hier im Land unglücklich zu sehen, hätte mich auch unglücklich gemacht. Und wem auf der Welt würde man weniger wünschen, unglücklich zu sein, als seiner eigenen Familie?«

Das stimmte. Aus der Perspektive hatte ich es noch nie betrachtet.

»Und warum hat Mama mich dann nie angerufen?«

»Du hast den Kontakt abgebrochen. Das war nie in ihrem Interesse.«

»Und warum kommt sie dich nie besuchen?«

»Dafür reicht das Geld nicht. Sie schuftet als Reinigungskraft und jeden Cent steckt sie in die Pflege ihrer Mutter, die im Heim lebt.«

»Und warum macht ihr dann keine Videotelefonie?«

»Ich habe keines dieser neumodischen Geräte. Kann ich mir nicht leisten.«

So viele neue Infos. So viele Missverständnisse, so viel verlorene Zeit, weil ich nicht hatte vergeben können. Zeit, in der man hätte leben können, statt sich nur aus der Ferne zu beäugen. Was für ein Glück hatten wir gehabt: Wir liebten uns und hätten jede Minute miteinander genießen können, aber das ganze halbe Jahr hatten wir verschwendet. Zeit, die meine Eltern mit

Kusshand genommen hätten, denen es aber nicht möglich war, sich zu sehen. Wenn sie sich wenigstens mal im Urlaub besuchen könnten, aber selbst das war nicht drin. Ich weinte bittere Tränen darüber, wie ungerecht das Schicksal sein konnte, und darüber, dass es genau meine Liebsten getroffen hatte. Und ich schuld daran war, dass ich alles nur noch schlimmer gemacht hatte. Sowohl für meine Mutter als sicher auch für meinen Vater. Beide hatten mich verloren. Und zwar völlig sinnlos.

»Ehrlich gesagt, ich hatte nicht mehr zu hoffen gewagt, dass dieser Tag noch kommen würde. Was hat dich dazu bewogen?«

»Ich wollte dich um Tipps bitten, wie man mit einem gebrochenen Herzen umgeht. Ich dachte, du seiest ein guter Ansprechpartner, dabei bist du gar nicht betroffen, wie ich jetzt herausfinde.«

»Das stimmt.« Er lächelte sanft. »Da bin ich der Falsche.«

Alles war anders, als ich all die Jahre gedacht hatte. Vielleicht war die Situation mit Maike auch nicht ausweglos? Wenn man nur diese blöde Mauer überwand und offen miteinander redete? Und selbst wenn sie wieder nach Hause ging, weil sie musste, was bitte sprach denn gegen eine Fernbeziehung? Solange man sich liebte, war alles möglich, oder?

Plötzlich flackerte da dieses winzige Gefühl der Hoffnung. Ganz tief irgendwo in mir verborgen. Vielleicht war ja doch noch nicht alles verloren. Ich würde um sie kämpfen. Und ich würde sie in ihre Heimat gehen lassen, wenn es sein musste. Solange ihr Herz bei mir in Havanna war, reichte mir das. So stark musste ich sein. Wenn mein Vater das schaffte, konnte ich das auch. Und wir hatten dazu noch so viel mehr Möglichkeiten als meine Eltern: Internet, finanzielle Mittel für Flüge, weniger soziale Verpflichtungen.

Ich würde alles geben, um sie davon zu überzeugen. Aber nicht zu schnell. Ich würde ihr nicht gleich morgen früh in die Arme springen. Nur die Ruhe. Ganz detailliert würde ich unsere Aussprache planen, so wie unsere erste Begegnung damals im Badezimmer. Nur, dass ich diesmal ein ganz anderes Ziel hatte. Ich musste langsam sein, weil ich keine Zeit hatte.

Kapitel 43

Maike

So schnell war ich in meinem Leben noch nicht gelaufen. In einem Affenzahn war ich auf den Treppen am Plaza Mayor angekommen und hatte mich völlig außer Atem ins Internet einwählen wollen, aber lange war gar keine Verbindung zustande gekommen. Murphys Gesetz. Immer wenn man es am dringendsten brauchte, ging es schief. Ich hatte eine ganze Weile nur dagesessen und den innig Rumba tanzenden Pärchen zugeschaut, die sich in völliger Harmonie wiegten. Erst nach einer Stunde konnte ich mich einloggen und öffnete WhatsApp. Wieder blieb ich an dem Bild von ihr und Jake hängen. Sie musste ihn wahnsinnig lieben und wie ich hatte Sarah sich vor ihrer Abreise nie ernsthaft in jemanden verliebt gehabt. Vielleicht hatte ich deshalb an ihren Gefühlen gezweifelt oder weil ich es selbst nicht hatte nachvollziehen können. Ich war neidisch gewesen auf ihr Glück und traurig, dass ich gezwungen gewesen war, ein eigenes Leben zu beginnen. Aber dieses neue Leben hatte sich als großes Glück entpuppt. Ich hatte mich entwickelt. Eigene Freunde gefunden, einen Job gefunden, der mich erfüllte, und mich verliebt. Das alles hätte ich nicht erlebt, wenn ich zu Hause in Köln auf meinem Popo sitzen geblieben wäre und auf Sarahs Rückkehr gewartet hätte. Ich hatte mein Leben selbst in die Hand genommen und es hatte sich mehr als gelohnt. Ohne Sarahs Entscheidung hätte ich das nie getan. Tiefe Dankbarkeit flutete meinen ganzen Körper und ich seufzte tief. Jede Zelle war plötzlich entspannt und ich schloss die Augen. Mein Herz war so leicht, ich hatte das Gefühl, dass es gleich wie ein Ballon von der Deutzer Kirmes abheben würde, wenn ich es nicht am Band festhielt.

Ich war bereit. Mit flinken Fingern hob ich die Blockierung auf und ich sah, dass sie online war. Ohne zu zögern, tippte ich auf das Kamerasymbol und es tutete nicht einmal, bis sich ein Bild aufbaute.

Ich grinste.

Sarah grinste.

»Hey, wow, du hast ne pinke und ne blaue Strähne! Sieht super aus!«

»Jaaa, danke, und du hast einen Pony!«

Das Kamerabild wackelte. »Sorry, wir passen gerade auf Jakes Neffen auf. *No, no, no, guys, don't jump into the pool!*«

Ich lachte. »Ich kenn das, Kinder machen immer das, was sie nicht sollen. Maria auch. Wenn ich kurz nicht aufpasse, sieht unser Hund Lana aus wie unsere Ballett-Barbie früher.«

»O Gott, erinnere mich nicht an die Ballett-Barbie.«

»Die Haare konnte man so schön flechten, bis du die eines Tages mit Mariannes Küchenschere einfach raspelkurz geschnitten hast.«

Empört rief sie: »Heeey, du warst das! Nicht ich.«

»Kann ich mich nicht dran erinnern. Du warst doch die freche Nudel.«

»Aber ich glaub, du hast genauso Unfug gemacht und mir den immer untergeschoben, du Engelchen.«

»Möglich wär's.« Wir grinsten uns an. Im Hintergrund ertönte ein leises Rufen.

»*In the fridge, babe!*«, rief Sarah zurück. »Sorry, wir machen nachher zum Sunset noch ein Barbecue mit der Familie und Jake mariniert gerade die Känguru-Steaks. Und jetzt führt er sich auf, als wäre er zum ersten Mal in unserer Küche.« Sie lachte und zupfte an ihrem Pony. Dabei glitzerte ein Stein an ihrem Ring am Ringfinger auf.

»O mein Gott!«, kreischte ich. »Ist es das, wonach es aussieht?«

»Ist es.« Sarah stimme in mein Jubeln ein. »Ich schick dir dann den genauen Termin, damit du buchen kannst. Als Trauzeugin musst du natürlich ein paar Tage eher kommen, aber das könnt ihr ja mit einem Urlaub verbinden, sonst lohnt sich der Flug ja gar nicht, ist ja schon ne ganze Ecke von Kuba aus. Jakes Familie hat ein Bed & Breakfast, da bekommt ihr ein Zimmer, Marianne natürlich auch. Ich denke, ihr müsstet dann langsam auch schon das Visum für Mat beantragen, ist ja nicht mehr lange.«

»Ja, ähm, wir sind noch gar nicht so richtig ... Ich weiß ja nicht, was Marianne dir so erzählt hat, aber wir sind kein Paar oder so.«

»Aber ihr liebt euch doch?«

Gute Frage, also ich liebte ihn auf jeden Fall. Aber ob er mich auch liebte? Immerhin war er traurig, dass ich ging. Und er sah mich mit diesem Blick an. Und er hatte gesagt, dass er in mich verliebt war. Aber das war vor einem halben Jahr gewesen. Trotzdem hatte er mich in der Küche berührt und mir Komplimente gemacht und mich beruhigt, als ich eifersüchtig war, und er hatte mich in sein Bett eingeladen. Vielleicht war er nur einsam gewesen. Nee. Da war so viel mehr zwischen uns. Ja, alles deutete darauf hin, dass er mich auch liebte.

»Ja!«, murmelte ich.

»*Bisse jeck?* Warum seid ihr denn dann nicht zusammen?«

»Das ist ne lange Geschichte.« Im Hintergrund hörte ich wieder die Rufe.

»Süße, ich muss Jack helfen, sorry! Der macht mich wahnsinnig! Ich weiß, das ist schwer mit dem Internet in Kuba! Aber ganz bald sehen wir uns ja. Und ich bin gespannt auf die lange Geschichte. Die kannst du mir ja dann mit Mat zusammen bei einem Sunset-Barbecue erzählen, die allseits begehrte Wieseid-ihr-zusammengekommen-Story. Oder am Junggesellinnenabschied. Also leg dich ins Zeug und schnapp dir deine große Liebe.«

»Äh, ja, dann bis bald.«

»Ich hab dich lieb, Schwesterlein.«

Zack. Aufgelegt.

Eine Minute lang saß ich total überfordert da mit hochgezogenen Augenbrauen und dem immer noch hoch erhobenen Handy. Dann ließ ich es sinken und eine Freudenträne kullerte aus meinem Augenwinkel.

Alles war wie immer gewesen. Sarah war wie immer gewesen. So lange hatten wir uns nicht gesehen oder gesprochen und sie hatte es mir nicht übel genommen. Sie hatte so viel erlebt und persönliche Meilensteine erreicht, aber mich immer mit einbezogen und über mein Leben Bescheid gewusst. Sie hatte mich bereits für ihre Hochzeit eingeplant, obwohl ich noch geschmollt hatte. Weil sie mich dabeihaben wollte. Weil sie gewusst hatte, dass ich zur Vernunft kommen würde. Weil sie wusste, wie sehr sie mir fehlte.

Aber ein Telefonat wie dieses konnte unsere Geschwisterliebe über Tausende Kilometer hinweg leuchten lassen und ich spürte unsere ganz besondere Verbindung. Sie hatte nie aufgehört, an mich zu glauben. Ich war es gewesen, die sie blockiert hatte, aber das hielt sie mir nicht vor.

Die Vergebung war wie Balsam für mein Herz und ich spürte, dass Liebe einfach unabhängig davon war, wo man sich auf der Erde befand. Es war genau, wie Marianne eben gesagt hatte: ›Nicht der Ort bestimmt, wo man Heimat findet. Es sind die Menschen.‹«

Ich war an so vielen Orten zu Hause. In Köln natürlich. Aber jetzt auch in Sydney und natürlich in Havanna.

Ich begutachtete die neuen weißen Chucks, die Marianne mir mitgebracht hatte. Staub zog sich darüber und ein wenig Sand, der mit dem Karibikwind teils kilometerweit ins Land getragen wurde, hatte sich darin versteckt. Holzperlen waren auf meine Schnürsenkel gefädelt und bunter Glitzerkleber, den Marianne zum Basteln mitgebracht hatte, besprenkelte den Stoff. Ich machte mir nicht die Mühe, die Schuhe zu reinigen. Das alles bezeugte, dass ich mein Leben lebte. Aktiv und eigenverantwortlich. Dass ich Entscheidungen traf und alles intensiv fühlte.

Ich war für mich selbst verantwortlich. Und ich wusste plötzlich ganz genau, was ich wollte. Und jetzt stand dem auch nichts mehr im Wege. Ich würde erst mal bleiben. Und dann einfach weitersehen. Alles würde sich fügen, das wusste ich instinktiv. Wir brauchten nichts überstürzen. Ich würde alles, was jetzt kam, ganz bewusst genießen. Abgesehen davon, dass Mat ein Visum für Australien brauchte, hatten wir alle Zeit der Welt.

Kapitel 44

Mat

»Nur keine Hektik.« Carmen schnaufte und schob sich ihre neue, von Marianne mitgebrachte Brille auf die Nase. Die Damen standen am Straßenrand und starrten auf das Marschland zu beiden Seiten, in dem sich Hunderte von Flamingos tummelten. »Wir haben doch alle Zeit der Welt, oder?«

»Kommt drauf an«, sagte ich und schaute auf die Uhr. »Wollt ihr noch was vom Abendessen abhaben, bevor das Büfett geplündert ist?«

»Na!« Carmen machte einen abfälligen Laut. »Mat, es ist noch nicht mal Mittag und ich habe noch nie Flamingos gesehen. Also reiß dich mal zusammen. Oder bist du auf der Flucht?«

»Nein«, sagte ich und seufzte.

Marianne zog sich das bunte Tuch weiter in die Stirn, um ihre helle Haut vor den direkten Sonnenstrahlen zu schützen, die jetzt am Mittag besonders intensiv waren. »Außerdem haben wir gerade vier Stunden im Auto gehockt. Da können wir uns doch auch mal die Beine vertreten, oder?«

Die Damen hatten ja recht. Ich wollte zwar unbedingt mit dem Hotelpersonal meine Pläne abstimmen, aber gut. Würde schon gut gehen. Ich überließ die Seniorinnen ihren

Beobachtungen und dachte darüber nach, dass Carmen und ich ohne Marianne und Maike nicht die Möglichkeit gehabt hätten, diesen bezaubernden Teil von Kuba zu sehen, denn die paradiesische Inselkette war komplett für Einheimische abgeriegelt. Dort lebten keine Menschen, sondern es gab nur Hotels und Strände.

Lediglich zum Arbeiten und mit bestimmter Zutrittsberechtigung durfte man die Inseln betreten. Es war ganz schön mühselig gewesen, mich als Touristenführer auszuweisen und Carmen als Pflegerin von Marianne. Gut, dass wir Ausweise von der Hilfsorganisation besaßen, die das ganze Prozedere etwas vereinfacht hatten. Dem Mitarbeiter an der Mautstelle kurz vor dem vom Militär errichteten Damm, der unsere Pässe und All-inclusive-Hotelbuchungen geprüft hatte, musste ich trotzdem noch ein wenig Trinkgeld geben, aber letztendlich ging es irgendwie. Ich kannte etliche, denen trotz aller Unterlagen der Aufenthalt verweigert worden war. Glück gehabt.

Maike trat mit ihrem Reiseführer neben mich. »Hier steht, dass das etwa 370 Quadratkilometer große Cayo Coco zu den Jardines del Rey, also den Gärten des Königs, zählt. Aber im Vorbeifahren habe ich gar nicht so viele Kokospalmen gesehen. Und wenn, dann nicht so majestätische, wie ich erwartet hätte.«

»Das stimmt, die sind hier nicht heimisch. Der Boden ist ziemlich salzig, das können die nicht abhaben. Dafür gibt es aber sehr viele Mangroven.« Ich lächelte sie an. Sie war so wunderhübsch, auch heute, obwohl sie auf der durchgelegenen Couch von Carmens Tochter geschlafen hatte. Das Gästezimmer hatten natürlich die Damen bekommen. Ich wollte sie so gern in den Arm nehmen.

»Aber warum heißt die Insel dann so?«

»Wegen des Vogels, dem roten Ibis. Der wird umgangssprachlich auch *Coco* genannt.«

»Ah, der da vorn? Da steht, glaube ich, einer neben der Gruppe Flamingos, oder? Tarnt sich aber gut. Der ist genauso flammend rot wie sie.«

»Das stimmt. Die Farbe stammt von ihrer Nahrung.«

Maike blätterte in ihrem Buch. »Genau, in den kleinen Krabben und Krebsen hier, die beide Vogelarten verspeisen, befindet sich ein Carotinoid-Farbstoff. Ein Verwandter davon ist beispielsweise Betacarotin, das sich in Möhren befindet. Nur, dass wir uns davon nicht verfärben. Wie witzig wäre das denn?« Das Lächeln auf ihrem Gesicht ließ ihre ganze Erscheinung strahlen, als ob sie mit ihrem Leben vollständig im Reinen wäre. Wenn das so war, weil sie sich wieder auf zu Hause freute, dann musste ich sie auf jeden Fall gehen lassen. Maike hatte es verdient, jeden Tag ihres Lebens dieses Glücksgefühl zu verspüren.

»Das wäre total witzig«, sagte ich lächelnd.

»Sie sind wunderschön, oder?« Ehrfürchtig betrachtete Maike das Treiben.

»Außergewöhnlich schön. Aber ich frage mich, warum sie nicht vor Neid erblassen, jetzt, wo sie dich sehen.«

Maike lachte aus voller Kehle. »Du alter Charmeur.«

»Hast du gewusst, dass Flamingos ein richtiges Sozialleben in der Gruppe haben? Sie haben Freunde und feste Partner. Und sie führen einen sehr aufwendigen und komplizierten Paarungstanz auf. Die Beziehungsanbahnung ist oft komplex.«

»Tja, das ist bei uns Menschen ja oft nicht anders.« Vorsichtig schaute sie mich an.

O Mann. Sie war so hübsch. Am liebsten wollte ich sie sofort küssen und nie wieder loslassen.

Aber nein, ich musste an meinen Plan denken. Nichts überstürzen. Da fiel mir etwas ein. »Wir haben übrigens schon wieder nicht die Rohrzuckertour mit der antiken Bummelbahn gemacht.«

»Nächstes Mal«, flüsterte Maike und es klang wie ein Versprechen.

Kapitel 45

Maike

»Oma! Bitte versprich mir, dass du guckst, wohin du läufst, und nicht in eins der Becken fällst!«

»Lass dat mal meine Sorge sein, *Leevje!* Das ist ja nicht das erste Mal, dat ich ein traumhaft schönes Luxushotel am reinweißen Karibikstrand sehe. Klar, vorher nur im Katalog, aber ich pass schon auf mich auf.«

Eine lieb lächelnde Kubanerin führte uns zu unseren Zimmern. Marianne hatte sich nicht lumpen lassen und vom Ersparten für das Alter eine der besten Zimmerkategorien im schönsten Hotel von Cayo Guillermo gebucht, der winzigen Nachbarinsel von Cayo Coco, die noch mal exklusiver war.

Die älteren Damen hatten durchgesetzt, dass sie gemeinsam das eine Zimmer bezogen und dass wir jungen Leute im Nachbarraum schlafen sollten. Mat und ich hatten nichts dazu gesagt.

Mit einem kurzen Blick stellte ich fest, dass es zwar Einzelbetten gab, aber es würde schwer werden, nachts nicht in Mats Bett zu krabbeln und mich an ihn zu kuscheln.

Der Blick aus dem Fenster brachte mich jedoch augenblicklich auf andere Gedanken: Das türkiseste, klarste Wasser, das ich jemals gesehen hatte, floss sanft flüsternd fast auf unsere Terrasse.

Ich warf meine Sachen auf das Bett, schnappte mir meinen Bikini und schlüpfte im Bad hinein. Dann rannte ich jauchzend über die Terrasse in das Wasser. Meterweit musste ich durch das fast schon whirlpoolwarme Wasser waten, bis es allmählich etwas tiefer wurde.

Endlich machte ich einen Satz hinein und erblickte im durchsichtigen Wasser in der Ferne Hunderte bunt schillernde Fischchen.

Ich war im Paradies. Anders konnte man es nicht nennen. Aber natürlich einem Paradies, das nicht allen Leuten des eigenen Landes offenstand. Kultur fand man hier nicht. Nur Tourismus. Trotzdem blieb es ein wahres Paradies. Ich konnte Marianne nur zustimmen, es war, als ob wir in einen Katalog gehüpft wären.

Eine Weile planschte ich durch die sanfte Strömung, dann ging ich zu unserem Zimmer zurück, um die Sonnencreme zu holen.

Mit einem dünnen Handtuch wischte ich mir das Wasser aus den Augen und erstarrte fast. Aus dem Badezimmer trat Mat, nur in mintfarbenen Badeshorts. Sein Sixpack war stählern wie eh und je und seine Sonnenbrille und der Manbun gaben mir den Rest. Aber was hatte ich auch erwartet? Wir waren am Strand!

Vielleicht würde ich ihn bald wieder berühren dürfen … Aber bis dahin genoss ich die Aufregung, die Spannung, die zwischen uns herrschte und mit der ich mich wieder wie ein Teenager fühlte.

Obwohl mein Gehirn nur so halb funktionierte, frage ich mich, wo er so lange gewesen war. Warum hatte er sich erst jetzt umgezogen? Ich hatte gut und gern eine halbe Stunde im Wasser verbracht.

»Na, *linda*.« Mat zog sich die Sonnenbrille ein Stück herunter und sah mich an. »Wie ist das Wasser?«

Schmetterlinge stoben in meinem Bauch auf. »Heiß«, brachte ich irgendwie hervor. »Verdammt heiß.«

»Soso.« Mat nickte bedächtig. »Ich hab das Gefühl, du bist ein bisschen aufgewühlt. Dabei sind wir doch im Urlaub. Entspann dich mal.« Mit einer fließenden Bewegung strich er mir hauchzart einen Tropfen Meerwasser von der Schulter.

Ich schnappte nach Luft. Der Typ ey, der wusste doch genau, dass es sein Body war, der mich in den Bann zog. Wie damals hinter der Häuserecke, kurz bevor ich Rieke kennenlernte.

Im Baywatch-Style lief er zur Wasserlinie und ging dann langsam hinein. Er machte einen völlig anderen Eindruck als gestern. Irgendwie positiver. Woran das wohl lag?

Nachdenklich legte ich mich auf eine Liege in den Schatten eines kleinen runden Bastsonnenschirms, bevor er mich noch total durcheinanderbrachte. Ich cremte mich großzügig ein und zog mir den Strohhut tief in die Stirn. Obwohl ich jetzt um die sieben Monate hier war – man verlor total das Zeitgefühl – war meine Haut zwar schon mehr Sonne gewohnt, aber ich musste natürlich trotzdem noch aufpassen.

Ich grub meine Zehen tief in den Sand, der so weiß war wie ein Blatt Kopierpapier und so fein wie Puderzucker aus einem Streuer. Heiß rieselte er um meine Zehen und ich musste meine Füße schnell auf die Liege heben.

Fast war ich eingenickt, da trafen mich ein paar Tropfen auf den Bauch. Ich fuhr hoch.

Mat stand neben mir, Meerwasser perlte an seinem Oberkörper herab und versickerte in seinen nassen Shorts, in der auch der schmale Streifen verschwand, der vom Bauchnabel abwärts führte.

»*Lo siento,* ich wollte dich nicht aufschrecken. Aber jetzt, wo du wach bist, soll ich dir vielleicht den Rücken eincremen? Sonst bist du hinterher rot wie der Touristenbaum.«

»Touristenbaum?«

»Der Almácigo.« Mat lachte. »Der hat eine rote Rinde, die abblättert so wie die Haut der Touristen, die sich nicht eincremen.«

»Kein Scherz?«

»Kein Scherz, kann ich dir morgen zeigen, wenn wir wieder über Cayo Coco fahren.«

Wie automatisch hatte ich ihm meinen Rücken zugedreht, obwohl ich gar nicht wusste, ob ich das aushalten würde, seine Finger auf meiner nackten Haut zu spüren. Und natürlich, Mat massierte mehr, als dass er mich eincremte. Mit seinen kühlen Fingern strich er mir über die Schultern, fuhr mit den Daumen neben meiner Wirbelsäule entlang und streichelte meinen Nacken. Wie zufällig streifte er meine empfindliche Stelle hinter dem Ohr, von der er wusste, dass mich eine Berührung dort wahnsinnig machte vor Lust. Natürlich konnte ich ein leises Stöhnen nicht unterdrücken. Innerlich schüttelte ich den Kopf über meine Hormone.

»So«, sagte Mat auf Deutsch und schlug sich mit den Händen auf die Oberschenkel, wie ich ihm die typische Geste beigebracht hatte. Er stand auf und als er zum Haus ging, sah ich nur noch seinen starken Rücken, der mich an den eines Schwimmers oder Kletterers erinnerte.

Verdammt. Er brachte mich doch absichtlich durcheinander, oder? Wollte er noch mal alles in die Waagschale werfen, um mich umzustimmen? Hatte er das heute Nacht ausgeheckt? Dachte er, wenn wir jetzt noch mal eine Nacht miteinander verbrachten, wäre das der ausschlaggebende Punkt, damit ich hierblieb? Das war auf keinen Fall so. Aber irgendwie niedlich, falls das seine Gedankengänge waren. War er deshalb heute so gut drauf gewesen?

Was hatte er noch geplant, um mich zu überzeugen? Da war ich mal gespannt, was er plante.

Kapitel 46

Maike

Laut Plan hatte ich noch eine gute halbe Stunde, bis die Sonne sich dem Horizont entgegenneigen würde und wir uns einfinden mussten. Gut, dass ich mein feines weißes Hemd, die *guayabera,* eingepackt hatte. Wenn ich da einen Knopf mehr offenließ, sah das lässig aus und Maike würde genug von meinem schön gebräunten und trainierten Oberkörper sehen. Hier im Luxusresort konnte man natürlich nicht im Muskelshirt zum Abendessen gehen. Und schon mal gar nicht, wenn man wie ich ein Candle-Light-Dinner im Pavillon am Strand gebucht hatte.

Natürlich würde das Maike nicht dazu bewegen zu bleiben. Die Illusion hatte ich nicht und auch nicht die Hoffnung. Aber gegen eine Fernbeziehung sprach doch nichts. Und dagegen, die gemeinsame Zeit zu nutzen, die uns noch blieb. Der heutige Abend sollte einfach nur romantisch werden. Etwas, an das man sich erinnern konnte, wenn man weit weg voneinander war und sich nach dem anderen sehnte. Hoffentlich hatten die das volle Programm mit Lichterketten und Tischfeuerwerk und dem ganzen Brimborium. Klar, so was war in Kuba nahezu unmöglich zu kaufen. Aber das hier war ein internationales Sternehotel. Das Abendessen hatte mich ein kleines Vermögen gekostet. Da musste das doch drin sein, oder?

Jetzt bloß nicht nervös werden, die würden schon wissen, was sie machten. Tief durchatmen.

Ich kämmte mir meine Haare zurück und machte mir einen unordentlichen Dutt. In der Küche der *STE* hatte ich ja herausgefunden, dass Maike das gefiel. Dann stutzte ich mir den Bart zurecht und trug etwas Old Spice auf, aber nicht zu viel. Jetzt war ich bereit.

Maike schlief auf ihrem Bett, draußen auf der Liege war es zu heiß gewesen. Ich schlich mich aus dem Bad, stellte ihr den Wecker, der auf dem Nachttisch stand, und legte ihr einen Zettel hin mit der Uhrzeit und dem Ort. Sie würde bestimmt kommen, weil ich es absichtlich so formuliert hatte, dass sie denken würde, wir gingen zu viert essen. Ich nahm mir noch ein Lehrbuch mit, dann setzte ich mich mit einem Kaffee in eine Loungegruppe in der Nähe des Pools und schlug es am Lesezeichen auf. Nach ein paar Minuten war ich in verschiedene Führungsstile vertieft. Meine Prüfungen standen endlich an, die ich wegen der Übernahme der *STE* erst mal verschoben hatte. Jetzt wollte ich die Weiterbildung endlich abschließen. Praktische Erfahrung hatte ich inzwischen genug und die Theorie würde ich sicher auch meistern.

Dennoch schweiften meine Gedanken immer wieder ab. Den ganzen Tag war ich so beschäftigt und abgelenkt gewesen, dass ich all die neuen Infos zu meiner Mutter hatte verdrängen können. Aber jetzt stahlen sie sich immer wieder in mein Bewusstsein. Wie sie wohl inzwischen aussah? Wie es ihr ging? Wie es meiner Oma ging, von der ich noch nie etwas erfahren hatte? Ich musste an Maike denken, die nie die Möglichkeit gehabt hatte, ihre Mutter kennenzulernen. Sollte man nicht die Zeit nutzen, die man hatte? Und sie nicht mit blödem Schmollen verschwenden? Am Telefonbrett meines Elternhauses hatte die Telefonnummer gehangen, unter der mein Vater sie einmal monatlich anrief. Bevor ich heute Morgen aufgebrochen war, hatte ich mit dem Smartphone noch ein Foto gemacht.

Ob ich …?

In Deutschland war es schon spät abends. Und es war Sonntag. Bestimmt war sie zu Hause. WLAN hatte ich hier im Hotel auch. Aber was sollte ich ihr sagen? Mit einem Mal war ich aufgeregt.

Ja, ich würde lieber anrufen, wenn ich mir Worte zurechtgelegt hatte.

Auf der anderen Seite … war man je bereit für so ein Gespräch?

Ich musste mich dringend bei ihr entschuldigen und da war jede unausgesprochene Minute ja wohl zu viel, oder?

Ich loggte mich ein, wählte die Nummer und es tutete einmal. Dann sagte eine Stimme auf Deutsch: »Ja?«

Das Wort hatte Maike mir schon beigebracht. Und augenblicklich erkannte ich meine Mutter. »*Mamita,* es tut mir total leid«, presste ich hervor und meine Worte überschlugen sich fast. »Ich wollte dir nicht wehtun und ich wollte nicht, dass ihr euch Sorgen macht, und ich wollte euch damals auch einfach nicht verstehen, aber heute ist das total anders, und ich hoffe, du kannst mir vergeben, dass ich so jung und dumm war.« Schnell trank ich den letzten Schluck Kaffee, bevor ich noch mehr sagen konnte.

»Matti?« Meine Mutter hatte gekreischt und es drangen polternde Geräusche durch das Telefon. Vermutlich hatte sie den Hörer fallen gelassen. Kurz darauf war sie wieder dran. »Mein Sohn! Bist du es wirklich? Ich kann es gar nicht fassen.

Nach all den Jahren! Geht es dir gut? Bist du bei Papa? Du rufst aber von einer anderen Nummer aus an. Sag mir, ist alles in Ordnung?«

»Mir geht's gut, Mama. Alles gut. Ich war gestern bei Papa.«

»Wie hat er reagiert?«

»Fast wie du. Nur eben auf seine Art.«

Mama lachte. »Erzähl mir alles, Matti. Wo wohnst du? Was arbeitest du? Wie lebst du?«

Ich gab ihr einen kurzen Überblick, dann schwiegen wir, um das alles zu verdauen. »Wenn dich das so sehr interessiert hat, warum habt ihr mich nie gesucht?«

»Es war deine Entscheidung, dich zurückzuziehen. Das haben wir respektiert.«

»Warum hast du nie über dein Leben vor Kuba geredet?«

»Ich hatte mich mit meiner Mutter überworfen. Sie hat es nicht gutgeheißen, dass ich mit deinem Vater ausgewandert bin. Ich wollte alles hinter mir lassen.«

»Bist du deshalb zurückgegangen? Um dich mit ihr zu versöhnen?«

»Nein. Ich habe mich nach Berlin gesehnt. Nach meinen Geschwistern, nach einem Leben, ohne ständig eingeschränkt zu sein. Ich wollte wieder Auswahl haben im Supermarkt, wollte mal wieder einen deutschen Film im Kino sehen. Ich wollte ins Theater, ich wollte Meinungsfreiheit, die es nach dem Mauerfall endlich gab, und eine neutrale Berichterstattung über das Weltgeschehen. Ich wollte, dass nicht immer irgendjemand meine Schritte beobachtet und weiß, wo genau ich bin. Weißt du, Kuba hat ganz viele tolle Aspekte. Die Menschen, die Kultur, der Zusammenhalt. Aber für mich war es auf Dauer nichts. Zwanzig Jahre habe ich durchgehalten und die Zeit mit dir genossen, aber dann musste ich einfach wieder zurück.«

»Und du hast dich mit deiner Mutter vertragen?«

»Nicht wirklich. Sie war schon dement, als ich zurückkam, und siecht jetzt seit Jahren vor sich hin. Mich erkennt sie überhaupt nicht, aber sie erzählt mir immer von mir und wie enttäuscht sie ist.«

»O Mama, das tut mir leid.«

»Kann man nichts machen, so ist das Leben, Matti. Ich habe meinen Frieden damit gemacht.«

»Verstehe.«

»Man muss jeden Moment genießen, der einem geschenkt wird. Ich denke sehr oft an unsere schöne Zeit. Und immer an deinem Geburtstag backe ich einen Kuchen für dich zur Feier des Tages. Ich hab dich sehr lieb.«

»Ich dich auch, *mamita*.«

»Ich hoffe, wir hören bald wieder voneinander. Und grüß sie von mir.«

»Wen?« Jetzt war ich verwirrt.

Mama lachte. »Ich darf doch annehmen, dass es einem Mädchen zu verdanken ist, dass du endlich den Hass losgelassen hast und wieder Liebe in dein Herz lässt.«

Kapitel 47

Maike

Wie sehr ich dieses Geräusch hasste. Was war denn das nur für ein unmenschlicher Lärm? Ich tastete danach und das Ding, das ich zu fassen bekam, entpuppte sich als vorsintflutlicher Wecker.

Ich betätigte den Knopf und endlich kehrte im Zimmer wieder Ruhe ein. Ich blickte mich irritiert um. Eigentlich hatte ich nur kurz die Augen zumachen wollen. Warum waren die Vorhänge zugezogen? Und warum hatte der vorige Bewohner des Zimmers denn einen Wecker gestellt, wenn er gar nicht mehr da sein würde? Hatte er ihn vergessen? War das ein dummer Streich?

Als ich mich aufsetzte, entdeckte ich den Zettel, auf dem in Mats Handschrift stand: »Fünf Uhr, Abendessen am Strandbistro.«

Strandbistro, das klang ja nett. Würde Carmen und Marianne sicherlich auch gut gefallen. Ich rieb mir die Augen, streckte mich und schaute auf die Uhr. Halb fünf. Noch genug Zeit, um schnell zu duschen, mein gelbes Sommerkleid anzuziehen und langsam dorthin zu spazieren. Ich genoss das nur laue Wasser und das nach Kokos duftende Waschgel auf meiner leicht geröteten Haut. Gott sei Dank war ich kein

Touristenbaum geworden. Und gut, dass offensichtlich Mat mir den Wecker gestellt und mich schlafen gelassen hatte. Keiner öffnete, als ich um kurz vor fünf ans Nachbarzimmer klopfte. Die beiden waren bestimmt schon vorgegangen, weil sie ein gemütliches Tempo bevorzugten.

Genau. Wir waren immerhin im Urlaub. Warum sollten wir uns da stressen? Was es wohl am Büfett gab? Für die Touristen sicher nur das Beste. Zu Hummer würde ich definitiv nicht Nein sagen. Und einen Mojito würde ich mir gönnen. Ach, wie schön, und das Ganze direkt am Strand. Das würde ja fast romantisch werden. Ich lächelte selig vor mich hin und genoss das goldene Licht, das die Pools zum Glitzern brachte und die Fenster des Hotels strahlen ließ.

Immer weiter folgte ich den Schildern zum Strandbistro und stellte erstaunt fest, dass es geschlossen hatte. Öffnete es erst später? Wo war denn das Büfett, von dem Mat gesprochen hatte?

Da stieg mir der leichte Duft von Old Spice in die Nase und ich drehte mich um.

Wow. Was hatte er sich herausgeputzt. Das Hemd gewährte ziemliche Einblicke und er trug wieder den Zopf, was mein Körper echt gut fand. In der Hand hielt er eine gelbe Blüte.

»*Hola, hermosa*«, sagte er und trat ganz nah an mich heran, als ob er mich küssen wollte. Er steckte allerdings nur die Blüte in mein Haar und strich mir eine Strähne hinter das Ohr. Ach du meine Güte. Das war so schön. Wunderschön. »Eine Blüte für die schönste aller Blumen«, sagte er leise und eine Gänsehaut lief mir über den Rücken, den er heute Nachmittag so hingebungsvoll eingecremt hatte.

»Wo sind denn die anderen?«, fragte ich. »Und warum hat das Bistro geschlossen?«

»Komm mit.« Lächelnd nahm er meine Hand und brachte mich zu einem weißen Holzsteg, der zu einem ebenfalls weißen Pavillon auf Stelzen im Meer führte. Das Holz knarzte leise unter unseren Schritten und alles war wie in Gold getaucht. Als wir dort ankamen, drückte ich Mats Hand ganz fest. Der Tisch war für zwei Personen edel eingedeckt und Begrüßungscocktails standen bereit. Wie ich mir eben gewünscht hatte, ein randvoller Mojito.

»Ich nehme an, dass die beiden Damen anderweitig Unterhaltung gefunden haben?«

»Die zwei plündern das Büfett und trinken den ein oder anderen Rum, so wie ich sie einschätze. Und in zwei, drei Stunden schmettern sie kubanisches und kölsches Kulturgut und verschrecken damit die anderen Gäste.«

Bei der Vorstellung musste ich herzlich lachen. »Das ist sehr gut möglich. Und was machen wir beide dann hier?«

»Den Urlaub genießen, würde ich sagen.« Mat reichte mir das Getränk und wir stießen an.

Nachdem wir gegenüber voneinander Platz genommen hatten, betrachteten wir staunend den glühend roten Himmel und die flauschig rosafarbenen Wolken, während die Sonne hinter das Hotelgebäude sank.

»Tja.« Mat stellte das Glas ab. »Ist eben nicht alles wie im Film, da würde jetzt die Sonne ins Meer eintauchen.«

»Macht ja nichts, ist ja trotzdem zauberhaft. Schön, mit dir hier zu sein.«

Langsam nickte Mat und meine Hand entwischte mir schon wieder und legte sich auf seine. Erstaunt sah er mich an, sagte aber nichts dazu.

»Weißt du noch, wie wir uns kennengelernt haben?«

Mats Mundwinkel zuckten. »Jedenfalls hab ich nicht unglaublich cool am pinkfarbenen Pontiac gelehnt wie geplant.«

»So hast du dir das wohl erträumt.«

»Das hat so einige tief beeindruckt.«

»Sei froh, dass das nicht so gelaufen ist.« Ich grinste. »Ich hätte dich sofort als Checker abgestempelt.«

»Gut, dass unser erstes Treffen dann ganz anders war: völlig authentisch. Und im Kerzenschein so wie jetzt.« Er deutete auf die vielen Stumpen, die um uns herum verteilt waren und gerade diskret von Mitarbeitenden entflammt wurden. Es mussten dutzende sein. Lieber Gott, was hier aufgefahren wurde.

Am Ende kam noch ein Geiger. Nein, Moment, es war ein Gitarrenspieler, der sich ein paar Meter entfernt auf dem Steg positionierte und für uns in die Saiten griff, um die romantische Stimmung noch zu intensivieren. Das volle Programm, aber echt.

Ehe wir's uns versahen, wurde die Vorspeise serviert, und ich musste wohl oder übel Mats Hand loslassen. Salat mit Shrimps und Muscheln, die wirklich vorzüglich schmeckten.

»Weißt du noch, wie wir uns auf den Baum gerettet haben, weil Lana mal den Nachbarshund aufmischen wollte?« Ich fischte eine weitere Miesmuschel aus der Schale.

»Na klar, du hast mich angefaucht, dass du nicht gerettet werden musst.«

Nach einem weiteren Bissen sagte ich nachdenklich: »Weißt du, was irgendwie interessant ist?«

Mat schüttelte den Kopf und sah mich aufmerksam an.

»Am Ende hast du mich doch gerettet. Du hast mir geholfen, aus meinem Schneckenhaus zu kommen, und mich immer wieder mit deinem Necken und deiner lieben Art hervorgelockt. Jeden Tag ein kleines bisschen.«

»Vielleicht habe ich das Ganze ins Rollen gebracht, weil ich die Hand auf deinen Hintern gelegt habe, aber letztendlich bist du den Weg allein gegangen.«

»Aber du hast einen bedeutenden Anteil daran, wer ich heute bin und wo ich stehe.«

»Und genauso ist es auch bei mir. Das hat meine Mutter mir heute deutlich gemacht.«

»Deine Mutter? Du hast mit deiner Mutter geredet?!« Meine Gabel polterte auf den Teller und der Gitarrenspieler vergriff sich prompt und musste neu ansetzen.

»Ja. Ich war gestern bei meinem Vater und …«

»Du warst bei deinem Vater?!« Ich sprang auf und starrte ihn an. »Und das sagst du jetzt erst? Mannomann, das sind ja fantastische Neuigkeiten! Oder? Oder nicht? Wie war es denn? Mann, ich muss dir ja alles aus der Nase ziehen.« Mat lachte und ich setzte mich wieder. »Erzähl mal, also natürlich nur, wenn du möchtest.«

»Das ist eine lange Geschichte.«

»Witzig, genau das hat Sarah auch gesagt.«

Jetzt sprang Mat auf. »Du hast mit Sarah geredet?!«

»Ja, gestern Nacht auf den Treppen am Plaza Mayor.«

»Was sagt sie? Kommt sie doch wieder nach Hause?«

»Nein.«

»Also bist du noch sauer auf sie?«

»Nein. Du auf deine Mutter?«

»Nein. Der ganze Hass ist weg. Ich kann sie verstehen.«

»Ich kann Sarah auch verstehen.«

»Willst du jetzt etwa auch nach Australien auswandern?«

»Natürlich nicht, *tonto*.« Ich boxte Mat gegen den Arm. Dann sagte ich leise: »Ich bin stolz auf dich.«

»*Gracias, mi amor*. Ich bin genauso stolz auf dich. Du bist perfekt, einfach perfekt. Und wenn ich gewusst hätte, wie unglaublich perfekt du bist, hätte ich ganz sicher nicht diesen dummen Plan mit dem Pontiac gesponnen. Und auch nicht stundenlang im dunklen Bad gehockt.«

»Was hättest du denn dann gemacht?« Mein Herz klopfte plötzlich schneller.

Unsere Blicke verflochten sich miteinander und meine Hände zitterten leicht.

»Ich hätte mir so was von in die Hose gemacht und mich nicht einmal in all den Monaten getraut, dich anzusprechen.«

Ich musste lachen und der romantische Bann war gebrochen. Aber er gab wirklich alles, um mich zu halten. Wenn er wüsste, dass ich mich schon längst dazu entschieden hatte. Still lächelte ich.

Nach der Hauptspeise, wirklich Hummer mit Kartoffeln, wurde das Dessert gebracht: ein Schokoküchlein mit einer Baiserhaube und dazu ein verlockend süß duftender Obstteller mit Papaya, Ananas, Kokosnuss und Melone. So lecker. Nur selten gab es so süßes Obst bei uns in Havanna. Oder wir erwischten vielleicht nichts mehr davon, weil wir zu spät dran waren.

Zum Gitarrenspieler gesellten sich noch drei weitere Mitglieder einer Band und nun, als das Dessert abgeräumt war, spielten sie dezenten Rumba. Ich hatte den Tänzern in Trinidad gestern ja eine ganze Weile zugeschaut. So ungefähr wusste ich, wie das ging. Zumindest die Haltung und die Schrittrichtung würde ich hinbekommen.

»Wollen wir tanzen?«

Erstaunt hob Mat die Augenbrauen. »Das letzte Mal im Club hast du mich nicht so nett gefragt. Da hast du mit meiner Eifersucht gespielt.«

»Du hast das gemerkt und bist trotzdem gekommen?«

»Na klar, ich war ja eifersüchtig.« Er stand auf und reichte mir die Hand. Meine passte genau in seine, als gehörte sie nirgendwo anders hin. Bei der Berührung wurde mir ganz warm ums Herz.

»Auch wenn man beim Tanzen nicht auf die Füße schauen soll, ich mag deine neuen Schuhe.« Mit Schwung zog er mich in die nahe Tanzhaltung. »Die sind typisch für dich, genau wie deine Strähnen. Ich finde, die solltest du behalten, damit sie dich an all das hier erinnern. Damit du nicht vergisst, wer du bist.«

Er führte mich so gut, dass es kaum auffiel, dass ich die Schrittfolge nicht konnte. Oder vielleicht tanzten wir auch gar keinen Rumba, sondern er wiegte mich nur hin und her.

»Du siehst heute Abend glücklich aus«, raunte er an mein Ohr, während mein Blick über das leise an den Pavillon plätschernde Wasser glitt. »Ich freu mich, dass du dich versöhnt hast. Ich wünsche dir dein ganzes Leben lang dieses Glück, das du heute empfindest. Egal, wo du bist. Ich werde immer an dich denken und du wirst in meinem Herzen sein.«

Ich schluckte. »Das hast du schön gesagt«, flüsterte ich. »Aber willst du mich denn gar nicht überreden, hierzubleiben?«

»Nein, *mi amor*. Eine Palme wächst auf Cayo Coco nicht gut, weil der Boden nicht genug Nährstoffe hat. Sie überlebt, aber kann nicht groß werden und dann auch nicht genug

Schatten spenden. So war es bei meiner Mutter und deshalb kann ich verstehen, wenn du gehen musst.«

»Du lässt mich gehen?« Sein Gesichtsausdruck war weich und liebevoll. In seinen Augen schimmerte wahre Liebe und ein Schluchzen entwich meiner Kehle. Er öffnete die Arme und ich warf mich an seine starke Brust. Unsere Umarmung war innig und der Moment war magisch.

»Ich liebe dich, *mi amor*. Vielleicht, wenn es dir auch so geht, können wir eine Fernbeziehung versuchen. Ich möchte dich nicht aus den Augen verlieren, ich möchte wissen, wie es dir in Deutschland geht und was du machst.«

Mein Herz stolperte kurz. Er war wirklich bereit, mich gehen zu lassen, wollte aber trotzdem mit mir zusammen sein. Warum hatten wir daran nicht schon vor einem halben Jahr gedacht? Keine Ahnung, warum wir das gar nicht erst in Erwägung gezogen hatten. Vermutlich, weil wir beide noch voller Abwehrhaltung und Hass gesteckt hatten. Aber gut, dass wir darum herumkamen. Sein starkes Verhalten heute zeigte mir nur noch mehr, wie richtig meine Entscheidung war.

Ich sah ihm fest in die Augen und legte meine Hände in seinen Nacken. »Ich liebe dich, Matti. Und ich möchte eine Beziehung mit dir.« Erleichterung zog sich über sein ganzes Gesicht. »Aber keine Fernbeziehung. Ich bleibe erst mal. Und dann schauen wir einfach, wie und wo wir leben wollen. Letztendlich ist das ja auch egal, so lange wir zusammen sind, oder?«

»Ist das dein Ernst? Ist das wirklich dein Ernst? Du bleibst?« Voller Begeisterung drückte er mich an sich, wirbelte mich herum und jauchzte, bis die Musiker lauter spielten, um noch gehört zu werden. Dann blickten wir uns lächelnd an, atemlos vor Freude und gespannt auf die Zukunft.

Als seine Lippen meine berührten, explodierte mein Herz vor Glück. Behutsam küsste er mich, als ob er es noch gar nicht glauben konnte, dann fanden sich unsere Zungen zu einem harmonischen Rumba oder was auch immer.

***

»Was auch immer du da machst, es muss richtig toll sein.« Udo, mein Chef im Automobilkonzern, klang beeindruckt.

»Ich mache hier auch Logistik, aber ich unterstütze das kubanische Volk damit.«

»Du bist dir also sicher mit der Kündigung?«

»Absolut sicher.«

»Tja, ich will nicht sagen, das spielt mir in die Karten, aber ganz ehrlich, Maike, ich weiß gar nicht, wo ich dich in der Kapazitätsplanung hätte berücksichtigen sollen. Alle sind aus der Elternzeit zurück und ich hätte nur noch Handlangertätigkeiten für dich gehabt.«

»Na, siehst du, dann ergibt sich das ja gut.«

»Zusätzlich zum Bürokratischen freut es mich auch auf persönlicher Ebene. Ich wünsch dir viel Erfolg und Glück.«

»Wünsche ich dir auch, Udo. Und grüß mir Nick, wenn er mal wieder da ist.«

»Nick?«

»Ja, der vom Zulieferer, mit dem ich manchmal Kaffee getrunken hab.«

»Ich erinnere mich dunkel. Aber den habe ich ewig nicht gesehen.« Er lachte. »Am Ende ist der auch ausgewandert wie du.«

Als ich den Hörer aufgelegt hatte, grinste ich Dominga und Maria an, die bei mir im Büro saßen. Auch Lana lag zu unseren Füßen und bellte plötzlich, als ob sie mir gratulieren wollte.

»Natürlich gibt's jetzt noch etliche Dinge, die wir mit den Ämtern klären müssen, mit den Visa, den Versicherungen und dem Vermieter. Nicht zu vergessen den Flug, den wir nach Sydney buchen müssen.«

Dominga und Maria strahlten mich an. »Aber das ist es wert. Ich freu mich wie verrückt, dass du hierbleibst und ...«

Es klopfte an der Tür und Mat und Mauricio traten ein, auf den Händen balancierten sie Tabletts mit Getränken. »Das müssen wir feiern, oder?«, sagte Mauricio und gab Dominga einen Kuss.

Mat reichte Maria einen Mangosaft und mir ein Glas Cuba Libre und gab mir ebenfalls einen Kuss, woraufhin alle johlten und klatschten. Gerade wollten wir anstoßen, da hörten wir fröhlichen Gesang im Gang und Carmen und Marianne erschienen im Türrahmen.

»Hey!«, rief Marianne. »Wolltet ihr etwa ohne uns feiern?«

»Auf keinen Fall würden wir das wagen.« Mat grinste und verteilte weitere Getränke. »Jetzt, wo wir hier alle zusammenstehen, müssen wir auf jeden Fall nachher noch das nächste Quartal besprechen: Wer kommt uns wann besuchen, Marianne, Rieke ... Apropos, die wollten wir doch auch noch zuschalten.« Schnell verband er sich mit dem Internet und noch bevor es einmal getutet hatte, erschien Rieke auf dem Bildschirm. Sie hielt ebenfalls einen Cocktail in der Hand und prostete uns grinsend zu. »Und wir müssen das nächste Zeltlager planen, bevor es bald wieder mit der Hurrikan-Zeit losgeht.« Er flüsterte mir ins Ohr: »Aber Bedingung ist, dass wir uns diesmal nicht trennen.«

Ich lächelte ihn an. »Würde mir im Traum nicht einfallen. Ich will doch noch mit dir zusammen diese Rohrzucker-Bummelbahn besteigen.«

»Dafür haben wir alle Zeit der Welt, *mi amor.*« Er legte den Arm um mich und ich schmiegte mich an ihn.

Danksagung

Katharina

Danke an Judith, Justine und Ute, die besten Testleserinnen, die man sich vorstellen kann.
Danke an Sven für den Hurrikan.
Danke an alle, die uns mit Rat und Tat zur Seite stehen:
Sara, Torsten, Saskia und viele mehr.

Last but not least: Danke an dich, liebe Leserin, lieber Leser, dass du uns dein Vertrauen und deine Zeit geschenkt und bis hierhin gelesen hast.

Die größte Belohnung für uns ist eine Rezension, bevorzugt auf Amazon.

Hier ein QR-Code, der dich direkt auf die Amazon-Buchseite führt.

Bonuskapitel

Möchtest du wissen, ob Maike und Mat es zu Sarahs Hochzeit nach Australien schaffen?

Abonniere unseren Newsletter und bekomm exklusiv das Bonuskapitel zu „Mein Herz in Havanna" zugeschickt.

Wir freuen uns, mit dir in Kontakt zu bleiben.
https://flamingo-tales.de/kontakt

Leseempfehlungen

Wenn du mit uns Flamingos weiterreisen möchtest, haben wir hier noch Vorschläge:

Florida

Korallen, Küsse und Key West ... aber nur für sechs Monate! Ein lockerer Liebesroman mit dem malerischen Flair des Sunshine State.

Finnland

Ein Roadtrip, zwei überzeugte Singles und ganz viel Polarlichtmagie. Wird der Zauber der Nordlichter dafür sorgen, dass die wahre Liebe eine Chance bekommt?

Nepal

Wandere mit Erik aus Wuppertal und seiner Clique durch Nepal und erlebe gemeinsam mit seinem jahrelangen Schwarm Jule Abenteuer

In Zukunft nehmen wir dich viele weitere Länder mit.
Hier gelangst du zu unserem Programm inklusive Leseproben:

https://flamingo-tales.de/programm/